景岗 作品

不惑

中国财经出版传媒集团
中国财政经济出版社

图书在版编目（CIP）数据

不惑／景岗著．—北京：中国财政经济出版社，2016．7

ISBN 978－7－5095－6596－4

Ⅰ．①不…　Ⅱ．①景…　Ⅲ．①长篇小说－中国－当代　Ⅳ．①I247．5

中国版本图书馆 CIP 数据核字（2015）第 318759 号

责任编辑：孙　琛　　　　责任印制：刘春年
责任校对：徐艳丽　　　　版式设计：丁丁图文

中国财政经济出版社出版

URL：http://www.cfeph.cn

E－mail：cfeph@cfeph.cn

社址：北京市海淀区阜成路甲 28 号　邮政编码：100142

营销中心电话：010－88190406　北京财经书店电话：010－64033436

北京时捷印刷有限公司印刷　各地新华书店经销

880×1230 毫米　32 开　8．625 印张　173 000 字

2016 年 7 月第 1 版　2016 年 7 月北京第 1 次印刷

定价：32．00 元

ISBN 978－7－5095－6596－4／I·0135

（图书出现印装问题，本社负责调换）

本社质量投诉电话：010－88190744

反盗版举报热线：88190492　88190446

一

北京的秋天，雾气腾腾，透过国贸嘉里林立的参差高楼，看不太远。

Frank 皱着眉头盯着三十层的窗外，直到第一滴雨珠砸在玻璃上，才突然想起来拨小雪的电话。小雪没接。

鬼使神差地，又打开手机里的两幅截屏，几天前一个陌生号码发给自己的，身不由己，看了无数次了，还是忍不住要去打开。好像那不是简单的两幅微信截图，不是自己太太叶子和陌生男人之间打情骂俏的话，倒像是一个能够吞噬光线和时间的黑洞，打开它，就能打开很多过往。

叶子的头像，她的半张脸被掩盖在大大白色亚麻太阳帽下面，有阳光稀稀疏疏地渗下来，斑斑驳驳的，方寸之间，帽檐下，大眼睛向上挑起，直视着你，还是那么深入人心的、那么无邪的、费雯丽般的眼神，每次都像是能够看到 Frank 心中最深处去。

可惜是截图，点不进去，不能放大了仔细看。手机里叶子的微信也早就被自己清空了，时间流转，删去后才知道当时的冲动是个多么愚蠢的错误，对自己是如何的一种惩罚，不能想，想了就心痛，那些记载了时光点点滴滴的闲言碎语，还有叶子耍赖发嗲的留言，如果还在，至少还能再扯起来心中曾经的万万千千，至少还可以抓住点什么似的。

截图里的叶子好像从来都未曾离去，新鲜生动，如昨。奈何物是人非，已经回不去昨天。

那个陌生男人的头像，是被用滥了的加勒比海盗杰克船长和标志性的骷髅在胸前，像是一个面具，面具后这个叫江湖小刀哥的男人究竟是谁，是个谜，一个阴魂不散地跟了Frank两年的谜。Frank对这个一无所知的头像的熟悉程度不亚于自己胸口右侧的那颗朱砂痣，时间久了，这个谜也就物化为自己生命中的一部分了，已经和自己的命运粘连在一起，分不开了，成为一个只属于他自己的秘密。

这算是所谓的绿帽子吧，被死去的太太再送顶绿帽子的，而时至今日，却自己还如同毒瘾般地追寻着她离开前的蛛丝马迹，我可能也是绝无仅有的一个奇葩了。

Frank呀Frank……不只是绿帽子这么简单，叶子，这里，你还留下了一个殉葬品。

Frank心底有个声音在调侃揶揄自己，笑容溢到脸上，散开的都是苦涩。

小雪的电话回过来，慢悠悠的，Frank能想象出电话那端小雪的样子。

“晚上干嘛？”Frank有点急迫地想见到小雪，巴巴的口气。

“没事呀……”小雪声音软软的，又有点不经心和小期待。

“我过来好吗？”

“现在吗？出城有点堵哦，过来吃饭吗？”

“吃饭算了，主要是找你接着聊聊，心里有点堵。”Frank 的声音闷闷的，像窗外高楼间的气压一样压抑，对方也感到了什么，不再多说。

“那好吧，等你吧。”

“挂了。”

面对，面对，Frank 你做的孽，你自己要面对。

Frank 心中念叨着，把眼前的咖啡喝完，黑咖啡，旁边精致银器里的牛奶一动没动，哥伦比亚咖啡豆，焦糊焦糊的苦涩，一股脑地穿过喉咙，顶上大脑。

服务员把账单递过来的时候，胖子的电话进来了。

“兄弟，我的短信你也不回，你晚上过来吗，几个领导下午在我这边打麻将，晚上一起了，还有几个我的 MBA 同学……”

“操”，Frank 的频道突然转化了，口气轻松起来，“美女多吗？”

“必须地，晚上有弹古筝的美女，绝对合你的口味，软妹子，文艺范，你不来，你就没戏了哈！”

“算了，晚上约了人。”Frank 没提小雪，胖子和小雪有点不对眼，Frank 刚回国张罗大家吃饭的时候，他们认识的，小雪典型外貌学院毕业生，看喳喳呼呼的黑胖子不上眼，就甩脸子，从不招呼胖子带人去她的会所。

人和人在一起是要有缘分的，是普世真理，不可违。

胖子聪明，从不自找没趣，大家提起来小雪，装作不认识。他知道小雪曾经是叶子的闺密，也是 Frank 的心理咨询师，从不评价小雪。

“那我下手啦……”胖子还不放弃，威胁道。

“操，也没见你给我留过……”

“哎，说点正事，公司的事情你是怎么想的，目前的局面，你是准备不管了吗？”听得出来，胖子真正关心的重点在这里，之前的铺垫很长。

……

“你和 Sindy 没有什么吧？”

……

胖子今天怎么这么啰嗦，Frank 心想。“没什么呀，一切正常。”嘴上说着。

当你嘴上说一切正常的时候，其实一切都不正常，Frank 心里想。

Frank 应付着，签单，挂电话，脸上的笑意也随之消失了。

国贸贵宾酒廊的服务员变成了一个长腿旗袍美眉，笑容温暖认真，Frank 也没注意到，起身离去了。

长腿美眉 Nancy 把账单输入电脑，很留意看看这个中年男人的挂账账户和下面的名片，“华益医疗 CEO 郭东平”。

Nancy 在贵宾酒廊老能见老外，这个酷酷的中年熟男，身上透出一些洋气，让人感觉与众不同。他好像也不是满嘴蹦英文单词的那种人，修身的灰黑 Zegna 也不扎眼，但套在他 1 米 82 的大个子上，真是说不出的顺溜修长，男人腿长太重要了，一矬百矬。脚上酒红色的 Hugo Boss 的波鞋，倒是有点闷骚，也不过分。

Nancy 偷眼酒廊里的客人各得其所，没有自己什么事情，难得偷得浮生片刻闲暇，立刻上网搜了华益医疗和郭东平，一下子出来很多网页。有他接受商业周刊专访讲未来基因治疗进入中国市场的，有讲他五年前如何从一无所有白手创业的故事，也有他引进厚石基金 5000 万美金私募基金的报道。

科学、创业和资本一般都不是美女的关注点，高速刷过，最引人瞩目的是几大门户网站都转载了的八卦新闻，“海归董事长太太在机场高速上深夜车祸”，董事长太太叫沈叶，时间是两年前，2012 年 6 月 11 日，文章还意味深长地特意写到，车祸中同时丧生的，还有同行的一名年轻男性王某某，身份不清云云，郭东平董事长回避了记者要求采访的要求，拒绝回答记者关于同行死者和沈叶关系的问题。

文章最后的这一句话放在这个特定场合，貌似很客观，符合新闻记者时间、地点、人物的三原则，但作为结尾，有意无意地突出孤男寡女的深夜车祸，对于多金的有夫之妇来说，似乎很有故事，不由得有点留作下回分解的评书习气。也就这么一段话，把一个车祸活活报道成了一个绯闻事件，让人联想起《玻璃之城》里的舒淇和黎明。

好狗血呦，长腿美眉 Nancy 为自己枯燥下午的惊奇发现，激动得几乎要叫了出来，立刻 po 上朋友圈。“靠，这大叔还真是很有故事的一个人呦！”美眉写到。

顺便把偷拍的大叔侧面照贴上去，立刻引来了朋友圈的小姐妹们群发性雌性激素泛滥加意淫的一片欢乐。

“哇哇，长腿大叔，我的最爱！我要……”

“你确定照片不是偷拍我老公的吗？鄙视你们。哈哈。”

“别争了，小心你们也被车祸。（各种表情）”

二

小雪放下电话就安排助手小小，晚上秋秋姐的聚会她要消失了，让小小招待好大家。

秋秋姐说要带那个能写荷尔蒙小黄书《不二》的冯唐过来，还有一帮编剧同行，文学男女青年，小小刻意提醒道。一般这种文艺圈的聚会是小雪的最爱，有文人耳边胡说八道，胡吃海喝，有帅哥美女在座，偶尔还有打舌钉耳钉的小鲜肉，白生生的，养眼养神，无论是红酒，二锅头，还是燕京啤酒，还是“三中全会”“海陆空混战”，小雪基本奉陪到底。

微醺之后，就像是午夜梦回，不知道此身何处，有恍惚回到纽约的时空错位。在小雪心中，如果说北京这里有新欢，还不知道人家怎么想呐，纽约就是旧爱了，无论如何，两个城市都是心头的好，是血液里的，前世今生的，都有逃脱不了的宿命。

小雪老师插着心理学的大旗在文学圈子混，可以反客为主，也可以游离其外，游刃有余两相宜。搞文艺不见得可以搞得了心理学哦，这就是优势。

“你陪他们吧。”这次饭局小雪张罗一周了，突然不上心了。

“你把钟师傅煲的土鸡汤留一煲。”土鸡是东北黑龙江山林散养的，有客人的时候，当天有人从市里新鲜快递过来。

“再配个上汤湖北有机红菜苔，一个东北野山猪肉末雪里蕻。”Frank 口味偏淡，他这么多年的医生了，比较注意养生。

小雪的会所叫未名堂，不对外，心理咨询工作室兼朋友聚会。在她的工作室后面第二进的小院左厢房里，中餐西餐两相宜。右厢房两间，一间是西式红酒吧，另一间是中式茶室，收有陈年的普洱。

Frank 的奔驰 SUV550 开进院子的时候，天已经全黑了，雨也一会儿紧，一会儿慢的。

山里面秋意比城里浓，Frank 来过多次，雨夜中还是第一次，穿过挂着半卷落地竹帘的长廊，雨打在两边的竹叶上，扑簌簌的。夜雨成秋，恰上心头，有几秒钟，Frank 被雨水带出来的山里味道感动了，脚步放慢，脑子一片空白和安静。

中式茶室的八仙桌上虽然摆了两幅碗筷，但是小雪根本不动，她信奉过午不食。筷子还是要摆，有仪式感，好像是两个人的晚餐，别让 Frank 感觉到被放单。汤已经让人热过两次，眼看又要没有热气了。小雪坐在一边的禅座铺垫上，开始掰茶饼，泡普洱。

“我原本就是想过来聊聊，没想一堵就是两个小时，真是不好意思。”

小雪只是笑笑，目不转睛地看着 Frank，直到他进来落座，然后认真地把开水浇在那套父亲送她的清代石霞山人紫砂陶瓷茶壶上，茶壶器型仿青铜器的簋型，大气厚重，篆字印章一个“陈”字，并不多见。

饭毕。小雪笑盈盈地把沏好的陈年普洱，浓浓的一小盅，放在Frank 面前，也不说话。

Frank 正想开口，被小雪手势打住。

“Frank，一直吧，有个问题要问你的，没得着机会。”

“你是真正学医的，当然我们心理咨询专业的，和你们协和高材生不是一个重量级的。”

“但你觉不觉，我这双重身份有点不专业呀？”

“我和叶子是闺蜜在前，你来找我做心理咨询在后。你担不担心我个人角色代入感太强，影响分析效果呀。长此以往，我的专业性都被你搅模糊了，是不是？”

小雪话里话外的嗔怪，应该不仅仅是因为 Frank 是前闺蜜的老公这么简单。

“要不，我给你推荐个我的小师妹吧，小我两届，也是刘老师的学生，在 798 那边有工作室，找她的都是非富即贵，不会拉低您的大海龟档次的，江南美女，温婉流畅，绝对配得上你。”

小雪不怀好意地坏笑，眯眯眼，瞄瞄 Frank，有点小虐心的那种狡黠，在笑容中透出来。每次这个高个子男人坐在面前，乍见之下，都有莫可名状的冲动，搅得她小雪甚至不能安静地坐下来，让她分分秒秒地希望起身走过去，环臂把 Frank 抱在怀里，以小雪的高度，正好能把Frank基因科学家的智慧脑袋搂住，让他的头埋到自己的怀中，就这样站着也不用做什么，自己就满足了。小雪老师故作镇定环顾左右，把壶慢慢加上水，让水流更细，更均匀，让自己的手稳稳的，稳住神，浇水洗茶杯、洗茶，有条不紊，貌似安静得很，貌似一切的一切都可控，都很专业似的。中分的长发，拨来拨去，发丝滑顺得像缎子，掩盖住聪明的脑门。中分挺适合小雪的，三十出头的女子，灯光下，圆润的两个白白的胳膊，温润得像玉。

“省得你大老远跑到我这穷乡僻壤的会所来，下雨，还堵车，瞎耽误工夫。”

Frank急于澄清，匆匆地打断。

“别，别小雪老师，是不是咨询费付少了，还是我话太多了，抛弃我这样严重的病人，不是逼着我放弃治疗吗？”

“你上次给我上课讲的认知行为治疗，我还没听过瘾呐，我上网查过你研究生时的论文，小雪老师深藏不露，好东西多着呐，我要好好学习呐。”

“我哪里什么大海龟，我在协和当医生那会儿，每天被挤在急诊室，两张桌子，一屋子挤十几个病人，屋子外面还排着几百个。味道大得要死，哪有您这明尼苏达大学毕业心理学高材生，这琴棋书画、梅兰竹菊的，如此这般的高大上？”

“白富美好吗？本姑娘，白富美！”小雪耸耸鼻尖，当仁不让，暗自的小得意，眸子亮亮的。

其实Frank也有那么一点点的顾虑过，不知是对自己不自信，还是对小雪是叶子闺蜜身份的敏感。主要还是怕熟人说话反而放不开，不想，反道被小雪先点破了。但这么长时间下来，自己已经没得选择了，非小雪不可了。

说不上什么时候，Frank 有时候会有几秒钟跳脱了躯壳，远远地审视自己的灵魂，像是猎人在审视自己猎物般冷静。是什么东西让自己很容易在心理上依赖一个人，尤其是自己亲近的人，或者更准确地说，尤其是自己身边最亲近的女人，以前是叶子，叶子出事后，是小雪。虽然自己从来都会伪装得很好，让人从外边看不出来。但是不是每个人都这样，这样到底好还是不好，也不得而知。

“言归正传。”Frank 清清嗓子，往回收收。

“最近失眠加重了。翻来覆去睡不着。”

“老是梦见叶子，不知道是不是天气的原因，眼见得秋天到了，每到季节转换，对我来说都很难过，身体上，情绪上的……”

“心里一堵吧，马上就醒了，醒了就再也睡不着了，听音乐也没戏，一直看书到天亮，不知道都看了什么。”

“白天心浮气躁的，开会也听不下去，靠咖啡撑着。”

“还是有点过不去呀。”

“你得对我负责呀……刘老师。”

Frank 长吐一口气，深深地向后半倚半躺在厚实的大皮沙发里。

秋意渐浓，大沙发比前两次来凉了，更舒服了。

“焦虑？”

“嗯，胸闷气短。”

“什么都没兴趣？”

“今天早晨都爬不起来床，明明看着保姆把温水放到床头，明明想喝水，就是没有力气起来去拿。有时候又好像没事人，前两天，大呼小叫地招呼人，吃饭，开会，发了疯似的停不下来。”

“公司那边如何了？”

“公司那边还那样，没有什么进展。”Frank 说这句话的时候稍稍犹豫了一下，不知道自己说的还那样是不是一个准确的描述。然后突然补充了一句话：

“僵局。基金 Derek 又闹起来了，这几天我还躲着老家伙呐。”

Frank 犹豫着，最终还是没有说起自己几天前收到陌生电话发过来的叶子生前的微信截图。

唉，小雪叹口气，翻开自己的大厚本皮包笔记，开始写了起来。

关于 Frank 的，已经有了厚厚半本了。其实，关于叶子的也不少，不在一个本子上，Frank 也不知道。

“你说那天，我要是接到了叶子的电话，会怎样？”

Frank 突然陷入了沉思，像是看到了盗梦空间里面的陀螺，旋转着，飘飘忽忽地，整个人都升起来了。

似乎看到了叶子夏天时喜欢穿的红纱长裙，直铺到脚面。半透不透的，红得润泽，红得跳动，红得扎眼。

大宽沿的草帽，低着头，整个人都沉浸在灿烂的阳光里，白胳膊，红长裙，唯独看不清叶子的脸。

但能感觉到，好像是站在玻璃的后面，她在笑，在笑。她为什么要笑？她好像喝醉了，笑得没心没肺，肆无忌惮。她为什么要笑？她离开的时候，就是这样的在笑吗？

看不清脸，这是叶子吗？为什么转身之间，变成了 Sindy 的脸，可是，明明裙子是叶子的呀！她们两个为什么会在一起？为什么旁边还有个陌生男人的脸，他是谁？焦灼。再仔细看去，不对，这难道不是小雪吗？天呐，明明是中分刘海，小雪抬起头来对着自己笑。一片混沌。

Frank 整个人都安静了下来，几乎不能动弹。

“小雪，我考虑了，实在不行，我还是去龙泉寺挂单，作居士吧，我需要救赎。我不能再忍下去了。我的脑子要爆炸了，像是有一块千斤巨石悬顶，就算是上天入地如孙悟空，被压在五指山下，也动弹不得。”

“这次很难面对了，真的。”

小雪沏茶的手微微一震，茶水溢出来，桌面上泼洒开，水花变幻，没人觉察到。小雪轻轻用抹布拭去茶水。居士，这个词冲进耳膜，如此猛烈，一瞬间，小雪居然有些手脚无措，头皮发麻。脸上还是守得住的平静。

小雪当然知道居士是什么意思，她的朋友圈里皈依的也不少，尤其最近这两年，世事无常，有不少朋友扛不住，躲到寺里去了。只是对 Frank，小雪实在是没有想到，梦魇如此强大，挥之不去地缠绕着这位国内外基因研究领域的翘楚，让这位如此善良正直、白手起家的大董事长，不断地陷入忧郁症的魔掌，挣扎反复，甚至要迫使他放弃了视同生命的事业和研究，又是什么样的神秘力量，居然能够把他赶到寺庙里去。

佛学果然能够给他所需要的心灵庇护吗？

小雪有说不出来的感觉，或者是直觉，仿佛哪里有些奇怪，影影绰绰地，似是而非。后来变成一丝丝的担忧，甚至，还有些愁绪弥漫开来。关于这个大个子男人，小雪感觉越来越复杂了。

小雪理理头发，像是在理思路，在大厚笔记本上写下一个个问号：

Frank ？叶子？陌生男人？ Sindy ？

还有谁？

下划线，接着下划线，重重地，一遍又一遍。每个人都有太多的故事，倒是该如何谈起呀。

三

北大的学五食堂，因为比较便宜，人巨多，叶子和小雪没课的时候都提前饭点半小时到这里吃。

叶子是新闻传播学院的，住小雪斜对门寝室。

叶子家境一般，从四川考到北京来以后就很少问爹妈要钱了。叶子爹年轻时退伍开过饲料加工厂，也曾经火过两年，后来竞争不过当地的大集团，资金链断了，跑过路。等他再回来，债还完了，人就像泄了气的皮球，再也没了精气神，每天打打牌赌赌钱，靠叶子妈在楼下开个小吃店过活，混吃等死。

叶子不怎么提她家的事，放暑假也不回去，都在北京兼职打工、全职泡帅哥，忙得不亦乐乎。

那时候的小雪还没有长开，大二时还是清汤挂面的，除了脑门有点鼓，哪里都不鼓，人细高细高的，穿什么衣服都有点咣当，唯一的优势是那张线条柔美的小瓜子脸。

小雪活得要复杂得多。小雪要看弗洛伊德，要在豆瓣上点评《午夜牛郎》和苏菲玛索的《西西里的传说》，要在主页上播《天空之城》，要在系刊杂志上发表《人格类型及人格潜在的障碍》，还要准备 GRE。

说白了，在一起，叶子就是小雪一个不费脑子的伴儿，简单和谐。而对叶子来说，有像小雪这样的北京土著闺蜜，也相当地方便和有安全感。但对小雪的爱好，用叶子的话说，就是装逼指数比较高，无他。

再后来小雪从美国失恋回来，先是飘着，后来在北京电台做深夜心理节目的主持人，再后来又在长城脚下开了自己的心理分析工作室。活得很精神世界。

回国后，小雪还是经常和叶子一起混。看到彼此，就看到彼此的青春。这句话是小雪总结的，叶子也严重同意。那时候叶子已经结婚了，嫁给了 Frank，而小雪一直单着。严重优质，严重剩着，用叶子的话说。

直到有一天，叶子死了，很梦幻地消失了，用一种很离奇的方式。

那天到底发生了什么？没人感到很奇怪吗？这么离奇地，一个人突然消失了，尤其是你身边的、曾经日夜相处的、那么真实的一个人。

叶子的死，逼迫小雪要如此近距离看待死亡。原来，比死亡更冷酷的居然是人死后的世界，日出日落，喧嚣依旧，没有丝毫的改变。“亲戚或余悲，他人亦已歌。”小雪明白，叶子或者自己的来去，对于这个世界，微弱得都不及汪洋大海中一滴水。

小雪曾经长时间地疑惑，Frank、叶子，还有那个车祸中死去的不知名的男人，他们之间到底还有什么链条和环节，是她小雪遗失掉的或者是错过的？总有一些说不清、道不明的东西，让小雪心神不定。

没人知道，叶子死了，只有小雪守着她的秘密。这秘密和叶子的死，好像有着千丝万缕的关系，到底要不要告诉 Frank ？ Frank 知道后又会怎么想？会不会对 Frank 造成二度伤害，把自己的忧郁症患者不负责任地再度抛物线一样推向无尽的黑暗？我是要为死去的叶子负责，还是要为自己的病人负责？还是要为人前光鲜的小雪老师，人后可怜的自己，多少负点责？

小雪忘不了那天，叶子的手，捂在自己的胳膊上，潮湿的，温暖的，一直要渗透到小雪的皮肤下面，至今隐隐的还在。

叶子说，小雪，照顾 Frank，我要走了。

这个秘密倒像是能够疯长的石头，愈来愈重地压在小雪的心上了。

四

香港港岛香格里拉就像一瓶被精心照顾的经年葡萄酒。外边看起来貌不惊人，但内部细节讲究，味道醇正悠长。

大堂几年前装修过，那种低调的大理石、厚重的青绿中国山水、巨大的华丽水晶灯、实木的楼梯扶手，有点老派，又奢华厚重，像一个饱经风霜依然不舍细节、规规矩矩打好领结的老绅士，不急不躁，彬彬有礼，让 Frank 说不出来的喜欢。

Frank 在香港一天的会，除了在旁边的太古广场和一个在香港做牙医的同学吃饭，基本都约在了香格里拉的贵宾酒廊。

这里的大皮沙发和精致小吃，还有窗外灿烂的维多利亚湾，都能让 Frank 缓解一些开会的烦躁感。

胖子的电话进来，背景一片嘈杂，好像在牌桌上。让 Frank 过境深圳去吃晚饭。Frank 有一搭没一搭地应付着，胖子的苦心，Frank 心领神会，也挺配合。叶子走后，胖子经常张罗各色各路人等的聚会，主题就是一个，生怕 Frank 一个人待一会儿，就会被寂寞吞噬了似的，张罗得紧。Frank 也愿意在兄弟张罗的场子里流连，对抗自己心里不时升起的黑暗。但是今天，他有点懒得动了。胖子也不强求，挂了。

“郭总，我请个假，去和朋友吃个饭。”Sindy笑盈盈地过来，俯下身子，用手拢拢划过脸庞的秀发，轻轻地说，怕打搅到正在翻材料的Frank。

“喔，有香港靓仔等着啦。”Frank调笑道。

“不是啦，是浙大的校友，考到香港大学读master，是个美女，好久没聚了。”

Frank扬扬眉毛，表情生动地点点头：“Enjoy。”

Sindy消失在前台的一瞬间，Frank心头突然掠过一丝不舍，Frank自己都觉察到了，笑着摇摇头。

Sindy是胖子介绍的，与酒桌上的美女不同，Sindy是胖子很认真地介绍来公司专门帮Frank做上市重组的外援力量，北京第二外国语学院英美文学研究生毕业，在香港巴克莱银行工作过两年。据说家世不俗，老爸是某县级市的副市长云云。不用想也明白，国内毕业的能进境外投行，哪怕不是一线的，也必然有点背景才行。投行是极其功利的行业，利益的钞票最好今天就能兑现，绝不过夜。

不记得何时，Frank无意中提到过自己现在团队里面缺一个收集资料、对接投行等中介机构的助手。

自己团队里没有合适的，就暂时空着这个职位。

直到有一天，胖子派司机送Sindy过来面试。Frank只道是胖子的关系户，还以为是要帮胖子一个忙，直到看到Sindy，才知道原来是胖子帮了自己的忙。

商业圈，想想，美女还真是不多。Sindy 的出现，真是减轻了 Frank 不少的负担。Sindy 有着与众不同的干练和情商，有无师自通的聪颖。这年头，情商比智商重要太多了。智商进学校，情商进社会嘛。

今天一连串的会，Sindy 昨天都按照时间段排好了，紧凑但也有些缓冲的时间。一早又捧着打印好的日程出现在早餐厅和 Frank 过了一遍，才放心早餐。Sindy 不但自己忙着记下来开会的要点，还随时电话连接前后每个会议的接送往来。训练有素简直让 Frank 惊为天人。一个气质美女，一个读英美文学专业的，势必被家庭被社会被男孩子宠坏了的，如何有如此的专业素质和情商？Frank 每每暗自称奇，却还没有机会问问她。

Sindy 来了不到一个月，Frank 甚至开始慢慢建立起来依赖，有些细节上，自己都懒得动脑子了。他可能自己都没有意识到，他对这个 80 后的美女，慢慢地有了依赖感。

商界和美女似乎不是很兼容，像是原来 Frank 所在的协和医院，美女都被白大褂给抹杀了。Frank 周围的商业群落里，几乎没有太多的美女出没，大概有过几个，也迅速被圈里的饿狼盯上，迅速被瓜分圈养起来，不再抛头露面了。想想也是，商界大佬带着太漂亮的美女出现，太扎眼，会被怀疑关系不纯，不容易解释，还是避嫌的好。

Sindy 还真不是一般的美女，她瘦瘦尖尖的脸，被密密的偏分短发遮掩了三分之一，一边的头发老是会像扇面一样遮住脸，不时需要拢一下，拢到耳边。这个动作，十分的女人味，让 Frank 觉得 Sindy 身上多了一些别的女孩子没有的书卷气和专业性。

Frank 看女人眼光太杂，也许是人到中年，看什么都眼顺了。一般中国人不能欣赏的模特吕燕，Frank 也觉得她的脸很有立体感，至少很独树一帜，可以过目不忘。《归来》里的半老徐娘巩俐，他也能欣赏风韵。《卧虎藏龙》里的章子怡，他也觉有几分英气，好看，带劲。美国的黑妞哈利贝瑞、大眼安妮海瑟薇，都各有各的动人之处。这和 Frank 的个性有关系，看人看好的一面，女孩子也一样。

这让 Frank 和胖子的口味严重分歧。胖子饭桌上团团围坐，莺声燕语的，都是尖下巴大胸长腿细腰高个子的韩国风，一眼看过去，除了谁比谁的事业线更深，线条浑圆，更汹涌，其他印象不深。女孩子有没有脑子，其实在这种场合特别明显。大家都搞性感，你就要小清新，T 恤牛仔，背上印个瓦格拉竖起中指，鄙视你们；大家都搞清汤挂面，知识感性，你就红唇烈焰，小露风骚。总之，还是要与众不同，让自己鹤立鸡群，否则勒紧了小蛮腰，可了劲地比谁胸大，比得过里面动过刀子、填过材料的吗？

Sindy 有着逼人的青春，稍微有点初熟，身体饱满得像是一朵初绽的百合，生机勃勃，肆无忌惮。

女人就是艺术品，只看着不动，也是一种享受，Frank 心里暗暗嘲笑自己，这么多年，从美国到国内到处混，风风雨雨经历了这么多，会不会也慢慢要变成了食草动物了。好汉不提当年勇了。只是自己当年也不见得有多勇。有次协和同学聚会，挑在北京一个有机农庄里，欧风、小资，加上印度佛陀，干冰冒烟的竹筒水轮，混搭环境舒适得很，Frank 喝高了，没人招惹，自己行云流水般地坦白，大二就被护士专业的师妹从教室叫出来，被人钩着脖子，强吻得透不过气来直翻白眼，双手老老实实的，不敢搂师妹，规规矩矩地摆在背后，像采油的磕头机。强吻的后遗症是腰疼。一屋子的男男女女嗨到了，纷纷要求 Frank 再表演一番。

窗外的维多利亚湾，暮色中，水汽升腾，挂着大红帆的渔船往来穿梭在白色游艇间，渔家风情的味道弥漫上来。有着急的，串串的红灯笼已经挂了起来。Frank 坐的地方靠窗边，半明半昧的，桌子前一壶黑咖啡，安静得像一幅剪影。

绷了一天，Frank 想给自己点时间，手机放在房间，去健身房游泳池折腾了一个小时，才回来。人清爽了很多。浴室里抹干身体时，Frank 诚实地面对镜子里人过中年的身体，皮肉紧实，小腹平坦，胸大肌还在，目测还算不错。

Frank 换上比较休闲舒适的黑色夹衫，回了一堆的邮件。

总经理老路邮件里说，新的基因检测乳腺癌的方法，申请材料沟通顺利，已经递交上去了，如果很快批下来，应该是 0003 号注册号。Frank 最近一直心烦意乱，定不下来神，经常莫名其妙地心慌，幸亏有老路方方面面盯着，什么事进度都没落下。

老路是 Frank 回国后招聘的第一位高管级的中国员工，十几年来忠心耿耿，一路干到了一千多人的总经理，谈不上超前思维和运筹帷幄，但基本不出娄子。Frank 不愿出面的政府关系，都靠老路搞定，一晚上两三场酒的频率，发改委的科技补助、药监局的 GMP 技改、行业协会排名，都妥妥地搞定。帮 Frank 省了大量的精力，可以大把的时间花在公司最重要的基因检测方法的突破上。可以说，老路是功不可没，Frank 暗暗赞许。

还有一堆奇怪的港式英文名字的投行跟踪的邮件，看到 Sindy 已经礼貌地回复了。

微信里，小雪有小红点冒出来。

“怎么样了，今天的心情如何？”

“好像不错，没有继续发作。”

“药好好吃吗？”

“报告美女老师，工作是我的毒品。”Frank 才想起来，小雪要求服的药，他有意无意地忘了吃，胡乱找理由搪塞过去。

两个龇牙咧嘴的笑脸和哇哇大叫的表情蹦出来。

“有没有美女，坦白吧。”Frank 眼前浮现出小雪坏坏的、挑衅的笑。

“公司的 Sindy 在，算是……美女吧。”在自己的心理咨询师面前，Frank 一直很透明，挺诚实，丁是丁卯是卯，习惯成自然。

“那个小美女董秘吧？”

“对，我看给她转正没问题。”

又蹦出来一串龇牙咧嘴的坏笑。

“你最好给我小心点。”

“今天撞上有人在香港占领中环，战火还没扩大到我这里，没事。”Frank 故意胡扯，转移话题。

“别转移话题，中环占领不了，有我大中华撑腰呐，我说你小心被占领了。”小雪不依不饶。

这丫头有点隔空的千里眼，Frank 暗自惊奇。

“我的心理医生变成大仙了。我被占领了不就说明你的心理辅导工作卓有成效吗？”Frank 有点心虚，以攻为守。

“答对了，承认人家的工作，才是有良心的表现。回来请我吃饭，表扬我一下，还有事找你。”

手机里飘过来几只曼舞的流氓兔，眯着眼，得意洋洋的样子。

Frank 还没来得及问小雪啥事，Sindy 电话进来了。

“郭总，上午见的高盛 Meck 请我们喝酒，他想问问你过来吗？”

“哪里？”

“万豪的 pool club。有美女哟。”

“投行的无孔不入呀，直接收买我的人，这么明目张胆？”Frank 半开玩笑地装酸。

Sindy 吃吃地坏笑：“你不过来的话，你的人就真的被收买啦。”

香港的夜风是出了名柔和，这夏秋之交的晚上，还能吹出春风沉醉的感觉。

Frank 感觉自己的脚步很轻松，是刚刚游泳后的内啡肽分泌出来了，还是这趟香港来对了，好像把失眠的黑夜也都留在了北京。但愿今晚不需要吃安眠药。

各个国家的美女帅哥。长腿比基尼和修长的白衬衫混在一起，淡淡的拉丁风鼓点，活泼激情但不嘈杂，撒落在每个摇曳的烛光旁。香港最好的季节，柔情蜜意的帅哥佳人，志得意满的商人，美酒烛光，没人愿意缺席这泳池旁人生的盛宴。

Sindy远远地迎过来，与其说是迎接Frank，倒不如说是给自己留几秒钟的猫步展示时间。

Sindy换了一身Gucci的露肩斜跨收腰黑色小礼服，曲线灵动，一条若有若无的细细的链子亮亮地在脚踝上晃动，一双超高细跟水钻蓝色的鱼嘴鞋，把Sindy的腿撑得修长笔直，亭亭玉立。俏佳人。Frank脑子蹦出几个字。

Frank夸张地扬起眉毛："太漂亮了，Sindy。"

Sindy一把挽住Frank的胳膊，小脸都乐开花了，欣然接受。

Sindy很喜欢Frank穿了件天蓝色亚麻的圆襟休闲西服，暗合她的小蓝鞋。一条白色Versace的窄腿裤，赤脚蹬了一双深蓝天鹅绒面的休闲鞋。这哪是美国回国的土人，绝对欧范大叔嘛。

Frank的大个子，北方男人宽宽的肩一直是Sindy的心头好，今天这衣服架上又配搭的是意大利风格，和环境太和谐了，能不高兴吗？

Meck显然已经有点多了。主客未到已经把自己喝多的人，要不是酒精依赖症，把持不住，就是被Sindy给灌的，酒不醉人人自醉。

桌边还有个高挑美女，Meck介绍叫Meiya，是他们私行的VP。

一袭白色裸背的 Chanel 的小摆幅喇叭裙。对自己的脸很自信，淡扫蛾眉，头发很精致地盘起来，清爽的样子。领口开得很低，事业线让你无法回避的那种。

目测这位应该是 Meck 罩着的。

海外私行生意对个人资产要求 2000 万港币起步，自然需要专业好有服务精神的优质美女和中国土豪沟通，帮中国土豪在海外理财。当然中国土豪大多也不傻，很少有和私行美女搞不清楚，置自己大笔财富的安全于不顾的。

Meck 是投行里面比较另类一点的，算是诚恳，至少现在有点酒意后会说实话。比 Frank 大一轮，已经是中国区的医药行业副主席了。Meck 出马，说明高盛对 Frank 公司的重视也确实不一般。

Meck 说："郭总大家都是自己人，我客观地说，你公司的大爆发其实是在你的基因检测技术最后出来。所以技术正在进行中的时候 IPO，才有故事，会叫座卖好，朦胧美，你懂的！"

Meck 胖手在空中比划出了一个上升的完美曲线，得意洋洋地哈哈大笑。

这也是实话，现在这技术投入了五年的心血，马上要爆发了。就在几年前，Frank 公司着急要钱，考虑过上市，希望通过代理医疗器械的利润支撑，把基因技术作为募集资金投向上市，孙子似的到处求爷爷告奶奶。这些投行都把白眼翻得比 IFC 顶楼还高，听到 Frank 说到利润，立刻闪人，直白得连个遮掩的话都懒得说。

Frank 叫了加冰威士忌，跟 Meck 有一句没一句地聊着，之前胖子老吴警告 Frank，投行都是 bitch，大部分都是骗子，满嘴谎言，只不过是比较专业的骗子。即使没有那些经历和朋友的警告，今天的会议，以 Frank 几十年的商业经验，也大体听得明白，哪些是赤裸裸的讨好，哪些是不计后果的空洞承诺。

Meiya 更多兴趣在 Frank 这边，不动声色地打量这个马上 IPO 的医疗高科技公司的控股股东。按一般 20 倍的市盈率大概一估，算来身价也应该超过几十亿了。老板旁边这个 80 后的姑娘看起来也不是什么草根，就身上这条 Gucci 的裙子和 Bottega 的小手包，也都该十万了吧，怎么可能像她自己说的，就是个刚加入公司不久的新人，估计认老板当干爹了吧，不然还有别的选择吗？

现在的小姑娘都从哪里冒出来的，像一茬一茬割不完的韭菜，刚粉墨登场就钓到这么一条大鱼。看看平常那些脑满肠肥、说话粗俗的老板，带着一堆庸脂俗粉干女儿，比郭美美还老，恶心一把也就算了，心理上还能平衡过去。怎么这一对男女，看起来还挺般配、顺眼。

这位 Sindy 不会在老板面前坏我们项目吧，算了，我还是识趣点，别凑人家干爹太近了，以后再找机会吧。

Meiya 愈发起劲地和 Sindy 聊起来，一会儿夸 Sindy 的鞋子包包漂亮，一会儿感慨香港弹丸之地，除了会计师就是会计师，没有什么优质男人可选，不像北京，自己不能这么干耗青春了，干脆回大陆得了，半是幽默半是苦涩地拿自己开涮，一堆没有头绪的感慨。

Meck 也不忌讳自己手上的戒指，油滑地插话：“我优不优质？”

Meiya 本能地呲呲鼻子，马上又风情万种地摸摸 Meck 的大肚子："哎呀，我们老板当然是香港第一优质多金老帅哥了。"

Sindy 被逗得前仰后合，又连叫了几杯鸡尾酒。

Meck 意识到时间差不多，称有事和 Meiya 告辞了。

Pool Bar 里面已经不像刚才那么闹了，有节目的男男女女已经撤了一波。还不断有人进来。不夜之城。

"要不，咱们也撤？" Frank 试探。

"不，我还没喝好呢，你都没跟我聊。"

"你不是和 Meiya 聊得那么开心，我都插不上话。"

"她不就是一 bitch，想拉你的存款吧。" Sindy 一脸的老成。精致的小脸老成，也是别样的风情，现在就是小脸通吃的世界。

"我要喝喝你的威士忌。" Sindy 一把 Frank 的酒拿过来喝干了。

喝完后，马上苦着小脸找水喝。Frank 把冰水递过去，笑笑的，纵容 Sindy 作怪。

"她叫 Meiya，北京外贸学院毕业的，后来国内海通证券混了一段时间，跳到高盛私行的。长的还行，一直单着。"

"你看她和 Meck 什么关系？" Sindy 故作神秘，凑过来，忽闪着大眼睛，装萌。

"上下级关系？" Frank 明知故问。

"CAO，上下床关系还差不多。"

Frank 也微醺了，觉得萍水相逢的两个女子，没几句话，也能在这么短的时间内，把对方隐私迅速定位。谈话如此亲密，内心活动如此强大，很搞笑。

Sindy有点高了，很嗨的状态，拿出手机来自拍卖萌，逼着Frank说好不好看。

Frank被Sindy带动很开心，拿手机帮Sindy拍了很多鼓腮帮、揉眼睛的萌照。酒又整了两轮，Frank还被Sindy逼着喝了一杯她的鸡尾酒，蓝色生死恋，摇曳烛光下蓝莹莹，如同饮下了一杯灯光夜色。

Frank去洗手间时有点晃悠，感觉有点多了。要回去了，否则场面要失控了，Frank想。

Frank回来挥手示意waiter准备结账，看到Sindy在专心地玩手机，粉红的Bottega手袋掉在了脚边也没发觉。

Frank大大的个子，站在Sindy面前，看着Sindy撑着腮帮子刷微博的样子，突然，心里涌出一股热潮。这个女孩子，青春，活泼，靓丽，简直可以满足一个中年熟男内心对女性的每一部分的需求和虚荣。白皙的肩膀和修长的细腿，更是让Frank有些迷乱。

为了控制住这突如其来的冲动，或者掩饰什么，Frank弯下腰，帮Sindy捡起她脚旁的手袋。Sindy突然丢开手机，一把捉住了Frank的手，然后紧紧地抱住这个粗壮的手臂，笑盈盈地看着Frank，不说话，也丝毫没有放开的意思。

Frank有点猝不及防，不过手臂是收不回来了。结完账，电梯里，直到走回Frank的房间，Sindy就像一只荡秋千的猫，安静的，柔柔的，但是毫无商量的，紧紧地把自己挂在Frank身上。

Frank 小心地用半边身子呵护着这个小自己将近二十岁的姑娘，内心五味杂陈。既有我 Frank 何德何能的兴奋，也有老牛和嫩草哪有什么未来的疑惑，还有一点至少今晚我不要再一个人面对漫漫失眠长夜的安慰。交互在一起，忽左忽右，起起伏伏。

当两个人回到 Frank 的行政套房，温暖的灯光和落地窗外满城的灯火扑面而来，Sindy 把自己顺势跌进香格里拉绵软温柔的大床里，把 Frank 拽倒到自己身上，覆盖住自己。一股淡淡的男人气息钻入了自己的脑子里、心里、身体里。柔软和湿润的感觉，让 Sindy 不能自己地身体摆动得像条蛇，两条白腿像寻觅大树的藤蔓，钩住树干，寻找着着力点，死死地攀住，拉向自己。

这时，一条微信钻进了 Sindy 手袋中的苹果手机，冒了一个泡，幽灵般地在 Sindy 的手提包里“咕咚”响了一声。

“怎么样了，你和 Frank ？明天能见一面吗？急事呀！急！”

谁的微信，在这午夜梦回的时候，还在瞪大眼睛，窥视着这对忘情缠绵的璧人，贪婪地想知道有关于他们的一切一切……

五

Frank 本来想在香港多待两天，被忠哥的一通电话改变了行程。

胖子忠哥是和 Frank 在外人看起来是截然不同的两路人，无论是外形，还是个性。一个高瘦，一个黑胖；一个书卷气，一个捣糨糊；反差鲜明，搁在一起说相声倒是合适。

两人的缘分是源于父辈的，两人是发小，都住北京西边的五棵松。当年胖子爹是铁路十三局的办公室主任，中层处级干部。Frank 的爹是十三局的普通科员，但特别能写，官场八股文和领导讲话，手到擒来。

胖子和 Frank 上小学的时候，在一个家属院住，上下学天天腻在一起。

当时的胖子黑是黑，还没那么胖，Frank 也没那么高。

他们两个在一起，一般是胖子打头，Frank 跟着当狗腿子。胖子上树掏鸟蛋，Frank 在树下接应。胖子扯女孩子的辫子，Frank 跳脚起哄。胖子砸人家玻璃，Frank 跑得比胖子还快。在一起合作收拾班主任的自行车，胖子拔气门芯，“噗嗤”一声，Frank 站前面负责挡着人来人往的视线，顺便把铃铛帽给拧下来。

他俩的性质在学校“民间团体”里属性偏中间，既不属于书包里揣着砖头和链子锁，校内外勾结，以打群架为目的的流氓帮派；也不属于依附校方团部，暗地里向官方打小报告，以换取共青团和党内利益的间谍狗腿子；以他们两个为核心，再加上几个十三局的子弟当作外围，组成了一个“逍遥派”，闯祸上不至于定性定罪，学习上也不入上流的中间阶层。

初中两人就分开了，Frank 老爹凭着一支笔，经常和共青团市委的宣传口走动，后来作为人才，被借调共青团北京市委，日积月累地积小胜为大赢，一路混到了局级，Frank 也就辗转几次搬家，混进了北京四中，中间因为忧郁症情绪问题休过一年学，胖子接着上他的铁路子弟学校，就此两发小就没有了交集。Frank 就此进入了一个比照正规的驯化系统，一路中规中矩地考进了协和医科大学，然后去了美国。

胖子一直在铁路子弟学校野着。19 岁那年，他爹刚刚办了病退，胖子高中没读完就南下了，从此就以无产阶级的身份赤手空拳进入了人生的江湖。虽然是赶上了南方改革开放的早期，胖子倒过彩电票，贩卖过钢材指标，倒过东北木材，还帮人装修过门面房，十几年下来从来没闲着，但也没挣着什么钱。直到遇到了现在的老婆，胖子的江湖人生才开始时来运转。

胖子当年为了泡妞争风吃醋，砸夜场的场子；欠钱被人用枪从后面顶着头；喝酒喝大后，酒驾进局子，在派出所走廊里撒尿，什么混蛋事都干过，怎么就被胖子现在的老婆给收服的，至今也是个谜。胖子一般比较淡化这一段，酒桌上有人提起，尤其是有美女在侧时，会被胖子一句“好汉不提当年勇”打哈哈，敷衍过去，即使对 Frank，这一段也绝口不提。亲朋好友问深了，胖子只说，老岳父当年对他有知遇之恩。

据胖子当年的一起混过的哥们说，是胖子黑了别人的一笔定金还不起，为了躲债，在深圳劳务市场招工，被介绍到珠海的一家制药企业做工。结果，被当时工厂的老板老朱提携和赏识，从销售干起，一路提拔到负责营销的副总。胖子的市场天分和人脉，经过那么多年的历练都人精了，帮着老板把一个几百号人的企业两年发展成了上千人的企业，销售团队遍布全国 30 多个省区。老朱索性把整个的营销部分包给了胖子，保底不封顶，多挣多得，胖子挣到了人生意义上的第一桶金。这时胖子 35 岁，不早不晚，刚刚展开自己人生下半场。

老朱只有一个女儿阿朱，职业高中财会专业毕业就退了学，帮老朱在厂子里管着财务，把着营销费用这块，等于是胖子的主管财神爷。

阿朱老是听老朱对胖子的赞扬，也慢慢地对胖子青眼有加，尤其是被胖子的一口京片子吸引，每次都被胖子添油加醋天南海北的胡侃逗得前仰后合，慢慢也就对胖子的身材眼熟了，眼熟了后，还觉得胖子的圆脸还是很喜兴的，有佛相。

珠海这个小地方，一年到头风和日丽，绿草如茵，安逸无比。

最近生活舒适指数据说已经超越了香港，成为大中华首屈一指的宜居城市。胖子跑业务，半年时间在外边，天南海北的，在胖子的眼里，这里的外来人口打工的多，姑娘每个长得都差不多，和他在北京和深圳追的小明星、小车模，甚至夜店小姑娘，都不是一个档次的。阿朱也不例外，一米五左右的身材，细腻的皮肤，圆圆的大众脸，并没有出众的天然条件能让胖子往女朋友的角度多想。胖子起先也就是多拍马屁，和主管财神爷多耍耍嘴皮子，多争取些营销预算和费用，充实自己小金库的功利心是有的。但后来胖子慢慢发现，这个阿朱也确实不简单，一个女孩子，外形单薄，其实内心十分强大。

且不说一般的日常业务方面她管着十几号的财务，正常生意场上的工商、税务、消防、医药管理局的领导迎来送往，她也都能操持，老朱不在的时候，都是她张罗，一晚上可以在酒店同时开三个包间，张罗三桌，每桌都不冷场。白酒端起来就走一个，十分豪气。

胖子有个得力干将负责西南片的销售网络发展，被竞争对手下阴招，暗地跟踪拍了他们和医院主管领导混夜场送钱的照片，被公安立案刑拘了。胖子当天飞过去坐镇指挥捞人，稳定局面，阿朱这边接到电话后，连老爹都不请示，立刻批给胖子三百万的活动经费。

阿朱当时说了一句，三军易得，一将难求，不够再加。胖子当场就在心里给阿朱跪拜了，阿朱从此在胖子心里就有别样佩服，那句样板戏怎么唱的来着，“这个女人不简单……”

日久天长，阿朱和胖子就模糊了工作上的关系，慢慢地暧昧起来。

老板老朱起初也不见得支持这件事，只不过觉得胖子阿忠是个难得的营销人才，但是跑市场的，每天外边花天酒地的，业绩是一回事，真把女儿嫁给他就是另外一回事了。

没想到阿朱比谁都坚定，直接就向老朱挑明，就是胖子了，简单直白一如阿朱的个性。

老朱的太太是在阿朱八岁那年去世的，老朱为了阿朱一直没有再娶。阿朱从小就特别有主意，说一不二的男孩子性格，在家里是名副其实的半边天。女儿的婚姻大事，老朱少不了听阿朱的，也不讲究繁文缛节了，在一次饭局上直接向胖子挑明了，把姑娘嫁给胖子，作为嫁妆，也把厂子的经营管理交给了胖子。

20世纪80年代南方房地产开发热潮初期，老朱把早期圈下来的工业用地变性成商业开发用地，房地产业务越做越大，后来扩展到整个珠三角地区，就彻底把药厂的股权分给了女儿和胖子，把业务做了切分。

2000年初，股份制改造和资本市场上市浪潮兴起，胖子在珠海信息灵通，找了机会把药厂重组为境外架构，在香港主板市场挂牌上市了。为了回避家族企业的嫌疑，阿朱退出上市公司，在控股公司挂了董事的虚名，回归了家庭，但财务大权还是牢牢控制在她手中。弹指一挥间，胖子做董事长也有十几年了。两人一直没有孩子，其中的原因，外人也不得而知。

广州四季酒店的check-in前台在70层，Frank张张嘴，从高速电梯里出来，像鲶鱼一样，努力让受到压力的耳膜回归原位。

围着70层一圈的落地窗咖啡，可以鸟瞰整个城市的天际线，乌云滚滚，有场大的雷阵雨正逼近羊城。

胖子出现的时候，满脸的笑意：“抱歉抱歉，兄弟，有点事耽误了点时间。”

“Sindy呢，她不是跟你到香港了吗？”

“她有电话会，上市中介机构选聘的事，在房间里。”

“谁的房间里？”胖子狡猾地笑着，弥勒佛般的大脸盘和大耳垂，十分富态。

“她自己的房间呀。”Frank早就适应了胖子咋呼，轻轻松松的样子，不为所动。

“我可和她爹保证过了的，要照看她的，你小子想下手，必须先向我报备呀。”胖子很夸张的样子。

Frank不动声色地点点头，笑而不语。

“哎，最近还失眠吗，看着你老兄气色还不错。”

“好些了，昨天睡得很好。”

昨天的确是一夜好眠，很难得的一觉睡到天亮，整个人神清气爽。很久没有这样了，Frank心里想。

过去Frank忧郁症爆发的时候，一晚上瞪着眼睛等天亮。

更重要的是，旁边还有个睡得身子弓成一只猫似的Sindy。

Frank 甚至要定定神，悄悄抬起头侧面看过去，确定身边睡的不是叶子。早晨等 Frank 从健身房都回来了，这只猫还睡得昏天暗地的，Frank 不得不把这丫头叫醒。

Sindy 醒了后的第一句话是，我这是在哪儿？没心没肺的，活得毫无负担的 80 后，Frank 倒有几分艳羡。

青春呀！

“还去澳门吗？”Frank 突然把话头接过来。

“去，能不去吗，你哥我不就这点乐趣吗，人生在世的。”

胖子厚厚手掌在圆圆脑袋上摩挲几圈，活脱脱一个酒色财气的花和尚，不同的是，他穿的是 Ralph Lauren 的 POLO 衫和浅色休闲裤，大腿把裤腿撑得满满当当的。要脱了这身行头，换上袈裟，就是少林寺方丈第二。

Frank 知道胖子的这个嗜好，也不问输赢，怕问多了，胖子就会滔滔不绝，刹不住车。

“到香港啥事？”胖子关心道。

“没啥大事，见见客户。”Frank 知道胖子一直以来反对他单独上市，老是用上市过来人的姿态告诉 Frank 上市公司的种种限制、信息披露和不便之处，做得很累。胖子老想把 Frank 挖到他们上市公司当老总。估计今天还要提这事，所以，Frank 基本没有提到在香港见投行的事。

胖子笑笑，也不追问。

外边的天突然暗下来，广州的黑夜像是突然提前了几个小时，然后就是豆大的雨点，呼啸而来，砸在四季酒店厚厚的玻璃窗上，瞬间，视野模糊了，这个城市转瞬间就消失在了暴风雨中，人在高处，像是飘摇不定的一片叶子，敬畏地看着莫测的大自然。整个城市变成了弗兰克米勒的漫画《罪恶之城》中活生生的画面。暗黑的力量。

恍惚给人的错觉，像是被包围在水汽和雾气的玻璃缸中。应该有上帝的一双眼在好奇观察着，玻璃缸里被自己豢养的叫人类的这群生物，像实验室的小白鼠自顾自地吃喝拉撒，喜怒哀乐，在上帝的眼里，肯定很好玩。

咖啡吧传来压低声音的诺拉琼斯的蓝调，慵懒而绵长，把人的思绪拉长，散一地。

又聊了几句生意的事，胖子要Frank给他上市公司介绍点新的项目，他的股价比较低迷，他好像有点担心，目前公司只有一两个拳头产品的单一产品结构，研发跟不上，竞争压力大，分出给渠道的利益越来越多，成本有点失控，会很快被市场抛弃，目前股价一直持续下跌的兆头不好。胖子好像还挺有压力的，本来就不白，近来脸越来越黑了，像是从非洲刚回来的样子。

没这么快见效，Frank再次向胖子强调，医疗行业的项目都是战线拉得很长，要靠大把金钱养，胖子急功近利的心态，让Frank想帮忙也无从下手。

Frank在美国晃荡了这么多年，也不是白干的，他在多伦多大学做医学博士和助教的经历，让他有一批的同学和故旧，白人居多，都在美国各大医疗机构混成了实权人物，或是科室主任，或是研究室主任，还有一线杂志的主编，甚至还有一位是全美前十大医学院的院长，再不济也是个终身教授什么的。Frank在美国、加拿大医学界和相关产业的人脉还是很广的，这也是华益医疗的竞争力所在。

Frank没少给胖子张罗美国项目，甚至几次专门飞回美国，帮胖子签下来独家协议。但胖子是拿营销的思路或者要求来做项目，希望立刻能看到投资收益，不肯踏踏实实坐下来和美方发展几年，能谈下去的项目自然是寥寥。

Frank也拿胖子没办法，说过他，他也不听。今天又重复提起，让Frank欲言又止。不在一个频道上，就是不在一个频道上。

“我就不陪你晚饭啦，我晚上还要处理点急事，这两天股价跌得厉害，跌破一块了，马上成仙股了。”

“啊，那你的抵押岂不是又要补股票啦？”

胖子低头看手机发微信，也不回答，有点心不在焉。胖子起身匆匆离去，满腹心事的样子，坚持不让Frank送他。

Frank看看窗外，一个人发起了呆，窗外的城市，正是疾风劲雨时。

六

胖子的微信是发给 Sindy 的，希望和 Sindy 晚饭后见一见，因为担心 Frank 会不会有点敏感，也没和 Frank 说，瓜田李下的，避嫌为上。可是这小丫头片子，好像也不好配合，托词加班和投行电话会，不愿出来。

前几次在北京倒是和胖子吃过饭，每次胖子都是问华益医疗的上市进程，事无巨细，从最新季度的报表数字，董事会上谁都说什么了，什么时候启动 IPO，投行谁递交项目建议书了，等等。开始时，Sindy 还是耐心配合，第二次喝咖啡的时候，还是这话题，小丫头的脸色就有点不耐烦了，她用长勺子一点点地挑着面前的酸奶，半开玩笑，夹枪带棒地说：

“呦，吴总，您这是关心我呢，还是关心公司呢？”

“我这不是公司股东吗？关心公司的资本运作，和我的投资息息相关嘛。”

胖子厚实的手掌摸摸额头和短寸，油腻腻的，装傻憨笑。

“吴总，您该不是把我一个小女子当成消息树了吧，每天给你送鸡毛信？”

胖子咧嘴笑笑，不置可否。

胖子把 Sindy 介绍到 Frank 这里，也不能说一点私心没有。

一方面 Sindy 漂亮能干，一点就透，不至于把朋友嘱托的事情搞砸了，大家都下不来台，这个是基础和底线。最初胖子认识 Sindy 当副市长的老爹是在他们市里有项目，通过当地的招商办认识的，每年几场大酒，交情交下了，去年年底常市长在酒桌上说起女儿在投行待烦了，有跳槽的想法时，胖子立刻拍胸脯，大包大揽下来，要表现一下。

听者有心，何况还是常市长的掌上明珠，胖子要董秘小胡认真地记下来 Sindy 的电话，帮 Sindy 积极张罗。这也是胖子经商的过人之处，既然是交易，无论是领导还是交易对手的任何个人需求，胖子都当成大事来办。把握人性，帮人办事办到心坎上，往往事半功倍。

实际情况是，胖子在北京第一次见到 Sindy 时，有那么几秒钟，心中其实动摇了一番。这样一个妙人儿，不如留给自己算了，当个助理也行，介绍给谁不是便宜他孙子的。不过没有过了五句话，胖子蠢蠢欲动的念头就消失得无影无踪了，马上改了套路。这女孩子太聪明了，更甚的是，还不屑于隐藏自己的聪明，很有点杀伤力，胖子感觉自己不见得镇得住。

女人漂亮没问题，聪明也没问题，就怕是又漂亮又聪明，坐在胖子的对面，小蛮腰挺得直直的，听胖子上天入地地扯，微笑着，脑子里面不知道在想什么。

胖子躬身前驱，压低声音，用一只手掩着嘴，神秘地说某某常委太太前天请来京的某某边疆大吏，让他“小吴”张罗，作为大姐深深信任的小吴，他昨天整了两瓶拉菲，一瓶梧桐，大姐的酒他都替大姐挡了云云。说到兴头上，还非要 Sindy 看看自己的手机通讯录，上面不是常委弟弟，就是常委办公室大秘的大名。胖子手足舞蹈，情不自禁，好像嗑了药一样，自己把自己给说高潮了，整个人漂浮起来，好像自己就是常委生活大管家，生意中的白手套，嘴皮子溜得抹油。不知道这一套书，人前人后说了多少遍了。也怪不得胖子，生意场中这种手段就是管用，有人买账有人上当有人把资源送上，权且算成三十六计中的无中生有吧。这样说，也算是抬举这路数了，江湖上也就是障眼法，和小偷一只手搭着衣服，一只手摸兜，没啥区别。

Sindy 矜持地迎合，嘴上甜甜地说，吴哥果然长袖善舞。心里面开骂，老爹都介绍的什么人呐，太不靠谱了。

“吴哥，你给妹妹介绍一下中石油的业务呗，我们投行在争取他们的海外发债呢！”

Sindy 知道怎么治这种以领导代理人自居的傻鸟，装傻卖嗲，扎他一下，最管用。

“好呀，我给你介绍他们老大王老板。”

胖子刚刚嘴张得像入海口，一时还不好收回去，但突然打住，不再云端漫步了，这丫头一下就给胖子踩了刹车，再吹下去，Sindy

不知道要提啥要求，要求胖子下次去中南海带她一起，闪了这丫头没事，人家背后还有老爹呢，回头话传出去，好像他胖子真有关系不使出来似的，不就弄巧成拙了吗，赶紧收回来，还来得及。

“我回头帮你问问哈，好像竞争很激烈，好多家都在争，高盛，摩根。”

Sindy 灿烂地笑了，胖子琢磨不透，这丫头在笑啥，很甜甜的样子。至少，和胖子平常见惯了的胸大无脑，肤白腿长脸假，每天磨着男人买包包的女人，天壤之别。胖子一时没有主意，答应常市长的事也没了头绪。

机缘巧合，Frank 也向胖子抱怨过，没有个专业人士帮他打理资本运作的事，胖子当时也就是耳旁风，过了就过了；这边 Sindy 有意思从投行出来，华益医疗是家知根知底的好公司，自己在常市长那里也会很有面子，最重要的是，上帝都会成全的男女搭配，干活不累！方方面面都妥帖，岂不是很完美。

当然，扪心自问，可能对胖子更重要一点的是，胖子一路看着 Frank 企业这几年发展进入了快轨道，尤其是基因治疗这一领域，让胖子惊喜之余，也同样上心，真正了解 Frank 公司经营和资本运作的信息，对胖子来说就显得十二分的重要。胖子是很希望 Sindy 能够投桃报李，能够给胖子更多的信息。

商场如战场，说间谍太难听了，不过，信息就是克敌制胜的关键，有时候，亿万财富，也就是一条有用的信息起到的蝴蝶效应。居心叵测也谈不上，胖子越来越感觉到 Frank 的公司在资本市场可能会是原子弹等量级，可惜 Frank 是搞专业的，不懂资本市场，自己意识不到而已。兄弟归兄弟，生意归生意，一码归一码，这是胖子的哲学，还有，胖子对自己的商业敏感性，从没有一丝一毫的怀疑。

现在美人有了，也成功地作为楔子打在了公司关键位置上，董秘。这个位置，公司董事长一人之下，万人之上，统筹公司上市的大小事情，从选投行中介机构，到上市过程的所有技术问题，再到后来卖股票，事无巨细，都应该了然于胸。一个公司的上市成功与否，董秘可以起到至关重要的作用，他是具体的操盘者，魔鬼总在细节中嘛。胖子自己上过市，自然了解这个位置的重要性，问题是 Sindy 不听话，计划执行不下去了。空有美人，没有计，岂不是无源之水无本之木。这才约了几次，小丫头片子就过河拆桥，不耐烦了，微信短信都不回。

看来小丫头是得手了吗？！胖子心里面有上万只蚂蚁蠕动，好奇心让他甚至有点坐立不安了。

这个小丫头想干什么？她是真的为了 Frank 好呢，还是准备和我对着干，抑或是自己别有所图？

胖子有些不祥的预感，没想到自己处心积虑设计的好棋，被人家给“策反”了。不会是 Frank 察觉了什么，顺势而为，把自己的这步棋轻松化解掉了吧？如果是这样的话，麻烦就大了，兄弟情面上过不去还是小事，自己周密谋划的棋局岂不是刚刚有起色就要落空了。这是在博傻吗？难道我胖子成了局中局的瓮中之鳖，那个浑然不觉的大傻子？

这可能也不能说没有。胖子脸色阴沉的如同广州天空上的乌云，挥之不去。眼看着自己妙手巧施的美人计不成，小丫头反倒变成了美人蛇，朝自己“咝咝”地吐信子，岂能让胖子甘心。

手下韩刚的电话进来，透着焦虑，语速很快。

“吴总，出大事了。北京王总的电话都打了两天了，人还是找不到呀！是不是跑路了？怎么办？”

胖子一言不发，无视窗外的倾盆大雨，突然下令：“给我定今晚的飞机，我要亲自去北京。如果飞机不能飞，小韩你准备好开车，我们开车也要开到北京去，挖地三尺，不信找不到他，妈的，给我挖坑，看谁先淹死。”胖子吼得有些声嘶力竭，仿佛在给自己壮胆，找足底气。

一切都在加速失控中，对这位 Frank 老弟到现在还是一筹莫展，无计可施，自己的一张王牌大猫，本来是十拿九稳的，也他妈的折了。“一群废物！”胖子狠狠地骂了一句，像要溺水般，拼了老命，重要的是要伸出头来，先要保持住呼吸，一切才能有挽回局面的可能。

“老板，还有个事。”韩刚突然压低声音，“那个手机找到了！是酒吧的酒保拿着的，但有点麻烦，我们无论如何要比警察先拿到。”

胖子听着，一言不发。

七

当年Frank刚回国创业，胖子是看走了眼的，虽然胖子后来坚决不认账。

自己这个小兄弟，和很多回国的海归一样，在美国十年转了一圈，“归来时却空空的行囊”，回到北京，又回到了原点。居然连套房子都没有置下，还要在他父母家里的两室一厅蹭吃蹭住。

近四十的人了，老婆孩子一样都没有，开个二手的马六，研究成果倒是积累不老少，有用吗，论文能当饭吃么，哪里有半点可能做成一个成功的企业？找到哪个大专院校，踏踏实实做个研究员，也是顶天了。

国内这十年的发展简直是天翻地覆，刚回来的人，没有个三五年也接不了地气了。不接地气，在国内怎么能做得了企业？开玩笑。

Frank三番五次地找胖子，胖子知道Frank的意思是要找投资，一直躲着，后来实在抹不开了，怎么说也是发小，就答应和Frank吃饭。胖子想和Frank推心置腹地谈一次，摆摆自己这么多年商场上历练的老道，干脆灭了他的这个念头，也是为了他好，让他明白，他就不是做企业这块料。

昆仑饭店对面的水煮鱼，桌子上满满一大盆白生生的鱼片和明晃晃的辣椒油，热油的香气蒸腾，一溜半打绿莹莹的小二，桌子对面是功成名就的发小胖子，人胖得都走形了。一张油乎乎的大嘴，把 Frank 说得一愣一愣的。自己这个协和的高材生，在国外高精尖的基因研究业顶级实验室混了这么多年后，在胖子面前，简直就是不名一文、一无是处的屌丝。人生就是这么滑稽，规则变了，高低也就变了，十几年过去了，胖子变成 Frank 的人生导师了，而且 Frank 还要巴巴地等胖子的投资，或者最好再介绍点人际关系。

自己和胖子之间相隔的还真不是一盆水煮鱼，是钱，是上市公司平台，是社会地位。这个，不就是时下社会判断人与人差别的唯一标准吗？

“你要做哪个行业？多少钱？商业计划有了吗？”胖子问。

“基因行业吧，商业计划具体没想明白，不过，这个行业没有 1000 万，启动不了，一些基本的设施和实验设备都要上。”Frank 说。

胖子一听，简直是啼笑皆非。自己这个多年不见的发小，整个就是个外星人吧。这么宏大的命题和行业，别说你 Frank，我胖子，就是社科院也不敢说上马就上马的，这行业就是传说中的高冷行业好吗。1000 万，在这个行业里简直就是毛毛雨呀。砸进去怎么能回来？

“兄弟，你怎么不说你要拯救人类呀？”胖子歪着头斜眼看着

Frank，冷嘲热讽。Frank 听得明白，只是不动声色地挑着水煮鱼里面的豆芽，一根一根地慢慢吃，任尔东西南北风。

“你说你研究基因，我还说我要开发长生不老药呐！”胖子不解气，接着茬地阴损。

“有可能呀，国外的研究已经能应用到人类寿命延长方面研究了，最新一期的科学杂《自然》就有篇文章是研究改变小白鼠基因，延长生命周期的，试验结果证明有效。”Frank 给个棒槌就当真，顺杆往上爬，给胖子科普一些基因研究领域的 ABC。

胖子被 Frank 气得无语了，不知道从何说起，只好自己找辙。

“兄弟一场，我就不收你咨询费了，算我小时候欠你的。”胖子开始就着小二狂喷，“国内医药代表回扣销售有多黑，你有数吗，从院长到主任医师到专家，一年 365 天要像供观音菩萨一样地供着，我的一个销售人员为了打通一个重庆三甲医院的普外科主任医师，干掉竞争对手，曾经连续三个月帮他们家连着换了九个小保姆，由着他老婆折腾，你这高级知识分子能想象么？你行吗？”

一个小时下来，Frank 瞪着眼睛，灵魂出窍，听天书般，听到没有了反应。这的确是离他这么多年的实验室生活十万八千里。

胖子一口闷了眼前的小二，润润嗓子，接茬给 Frank 教育政府关系和公关的黑幕，需要多大的酒量和多少的脂肪肝比例。“我们公司的 600 人销售队伍，高达 90% 的脂肪肝比例，你晓得伐？”胖子突然加了句上海话。Frank 还是无语，只是默默地又打开一个小二放在胖子面前。他发现咖啡催尿，小二这东西催话。

你行么？这句话一顿饭说了N遍，说的Frank频频摇头，彻底承认，自己真是不行，在中国医疗环境的现实主义的土壤中，自己就是一个棒槌，发不了芽，也开不了花。

这让胖子很有成就感的，像圆满完成了一件费时费力的工作般，总结似的挑起眉毛，等待Frank无条件地缴械投降，放弃创业这个愚蠢的想法，饭毕，踏踏实实，该干嘛干嘛去，那么多的研究院校呐，慢慢找吧。

“怎么样，兄弟？”胖子期待着Frank张嘴投降。

“你能投多少？”Frank突然冒出这句话，让胖子立刻意识到今天一晚上的唾沫星子算是白费了。干脆还是自己投降算了，省得把生命都耗费在自己这个偏执到石化的兄弟身上。

结果是两个月以后，实在是拗不过，注册资本金里，胖子最终用上市公司子公司的名义出了一百万人民币，占了10%，算是早期的投资者凑热闹掺和一下。其他的注册资本，听说是Frank自己在美国的工资积蓄，不够的部分，用爹妈的房子做的抵押贷款。屌丝认准的事，也真有赌性。没有商业分析，没有经济测算，甚至也没有什么后手，直接就全部身家压上了。

这点股份比例，倒是不在胖子眼里的，他的思路其实也就是对兄弟名义上的支持，有一搭没一搭的。Frank在美国这么多年做的事情，胖子也不甚了解，如果失败，失败的概率巨大，就算打了水漂，反正也是上市公司的钱，研发的费用总是要有的。胖子有这个心理准备。

一句话，胖子当时的逻辑是看不上科研出身的屌丝，在基因这样美国独霸全球的领域内创业，根本不现实。Frank 有屌丝的全部特点，专业出身，不懂市场，不懂人情世故，不懂医疗行业潜规则，连国家白给的科研经费都不会去骗，一根筋搞技术，在当前中国混乱的商业环境里，基本上就是个鼻青脸肿的结果。

说实话，华益医疗初设之时，真的不是很有方向的，Frank 当时什么都在看。医院这块，国内公立医院的改造当时很热，托管模式起起伏伏也出了很多事，老职工告状告到省里的，告到卫生部的，堵市政府大门的，扯着条幅不让病人进大门的，还不如福建莆田帮搞的专科承包和私人医院模式直截了当。制药这一块，新药研制时间长审批周期长，投入大胜算小。Frank 回国后，看什么都新鲜，都感觉有机会，但又像狗咬刺猬不知道如何下嘴，有点刘姥姥初入大观园，眼花缭乱的感觉。

Frank 的创业显然和别人不同，严格意义上说，也算是硅谷回来的第一次创业，无论心态上还是资本上，都要比别人更紧张，毕竟人到中年再创业，有点输不起了，犹豫复犹豫的。

一般人创业有些步骤是省略不了的，多是做好市场调研，确定好商业模式，组织好团队，固定下来商业计划书，然后就开始求爷爷告奶奶地，上蹿下跳地找钱。

嘴皮子在这个初创阶段很重要，你讲的东西，说白了就是镜中花、水中月，碰到好的懂行的 VC 团队，算是可遇不可求的事情，碰到一群不懂装懂的专家是大概率的事情。能不能让别人听得懂相信你是第一关，且不说这里面还有很多说不清的因素，情商、个性、成熟度、个人感觉等复杂原因，最终标准不复杂，也不简单，是要让人家给钱的给得放心和省心。

Frank 有自知之明，明白自己的嘴皮子有限，连个商业计划书都写不出来，就不找专业的 VC 了，干脆只在自己的老熟人圈子里面寻找可能的投资，基本上把自己多年的身价和老爹老妈的房子压上的钱做启动，这样东瞅瞅、西看看，等 Frank 把这个行业扒着看了一圈，仍然是一头雾水，时间流逝，转眼小半年已经过去了。

最终让 Frank 确定下来方向的，还是导师 Nelson 的一封邮件，问他能不能出面，在中国组织几个人帮他出个研究结果，他的实验室付钱，预算不高，几万美金的样子，工作量不大，但是要的比较急。“一日为师终身为父”，何况这个白人老头还是业界泰斗，基因研究的开拓性人物，自己导师的事不好耽误，Frank 干脆自己撸起袖子干了起来，自己刚刚招进公司来的一个北大生物的研究生，在基因这个领域除了认识几个单词，还是两眼一抹黑，加上还有两个清华的实习生打打下手，Frank 自己没日没夜地加班，两周成果就出来了。

Nelson 的实验室标准，自己的前弟子熟门熟路，结果自然很满意。由于出结果时间还提前了，Nelson 的成果还得以赶上在日内瓦的一个国际学术会上发表，效果非常好。Frank 的研究部分属于数据支撑，非常扎实，功不可没，Nelson 发邮件把 Frank 给痛痛快快地表扬了一番，又顺便给 Frank 扔过来两个其他项目。这样水到渠成的，到年底，Frank 的公司就已经有了 20 多人，一半人都在他前老板的项目上，都忙不过来。

Frank 在项目组织上游刃有余，在国外多年参与和主持大项目时的经验，让他在上规模承包境外实验室、医疗机构，后来扩大到境外几个大药厂的研究项目方面，显得得心应手，至少在基因研究领域，印度阿三的公司和实验室根本不是他的对手。创业的前两年，现金流就可以打平了，甚至可以小盈利。

Frank 的公司，就这样稀里糊涂地开始，歪打正着地摸到了方向。

Frank 不着急挣钱，把有限的现金流都投入实验室设备和人力资源的升级上面。

Frank 骨子里是个技术狂，经常飞回美国几个老东家那里走动，看到人家实验室又进什么好的设备了，像是果粉看到新的 Iphone6 一样眼馋，兴奋得不得了，绝对不甘落后，非要火速置办回国才算过瘾。

三年半不到，Frank 请 Nelson 到北京讲课的时候，Nelson 也对 Frank 的设备和人力资源团队交口称赞，翻译成中文地道点就是：你小子，当时还真没看出来，这实验室不比你老师我的差。

后来经过这五年，资本需求还是比较大，团队一直在扩招，项目研发的承包，硬件再好，没有一流团队就是无源之水。Frank 把自己的资源都用上也不够，为此苦恼了一年多。有些很高端的项目，仅仅靠 Frank 的脑力和体力是拿不下的，每次看着这种项目拿不到，Frank 会对着邮件一直发呆，沮丧得像是拿了不及格的小学生。

Frank 在自己买设备的同时，也干脆顺手代理了一些品牌的医疗器械在华销售，没想到这一块的利润也不错，Frank 又顺势而为组建了销售团队，老路就是这个阶段引进过来的。中间 Frank 也做了 B 轮和 C 轮的融资，都没有出去声张，主要是选择了几个境外投过类似生物医学行业基金的钱，希望借他们的资源，把更多的境外资源带进来。胖子的公司申华生控股自然没有这个功能，主要是胖子对自己的企业也不感兴趣，所以两轮都没有让他们跟，股份被稀释到了 5 个点以下了。

股份不多，人也不在董事会，但胖子知道资本市场对基因研究突破的期待值很高，美国市场纳斯达克上市公司中，报表亏损，但市值动辄十亿美金以上的生物医疗公司，比比皆是。

B 轮和 C 轮没跟进，胖子也当时没有啥意见，甚至懒得争取，对 Frank 华益医疗的发展模式，除了创业之初的看走眼，后来胖子经历了几个心理阶段。

第一个阶段，这不就是个医疗实验室吗？谁听说过研究室能挣什么钱？都是花钱的主，我不会再投了，投下去的钱都变成了 Frank 老兄的新机器，这老兄一旦疯狂起来，非要研究上帝之手的话，谁知道猴年马月能够有盈利？

第二个阶段，医疗器械代理能挣点钱，干嘛不放大这一块，花这么多的钱在自有研究项目上面，美国技术都没听说有突破，这不是赔本买卖吗，Frank 小子在美国待时间长了，脑子进水了？

第三个阶段就是五年后的现在，看不出来，高精尖的领域，中国人还真能有突破啊，难以置信，赶紧上市或者干脆装进我的上市公司算了，过了这村，可就没有这店了。

老弟 Frank 这个公司，有潜力做成一个这方面的小而精的上市公司，国外资本市场这样的生物医疗上市公司比比皆是。但 Frank 稳坐钓鱼台，好像在资本运作这个方面的推进有点不温不火，直到最近，终于准备启动境外上市了，这样尤其是关于申华医药控股的资本运作方面的信息，就对胖子很重要了。

5% 股份的市值和投资回报不是关键，关键是胖子也曾经想劝 Frank 在合适的时候把公司并入申华医药上市公司算了。胖子看来，Frank 更多的是医学专家的天分，在纵横商场上，基本是乏善可陈，不如加入上市公司成为首席科学家，把经营的事情给他胖子，兄弟两个联手，像是许文强和丁力，岂不是纵横四方，所向披靡，干翻一票江湖竞争者吗，多痛快。顺便提一下，胖子当然认为他就是那个许文强，虽然胖了点，加肥版的不行吗？

胖子很认真地向 Frank 开过价，市盈率倍数 15 倍还是 18 倍，听 Frank 的，再高了资本市场也不接受，股东大会过不了；控股权直到 100% 的股权范围内，进入上市公司；上市公司向公开市场增发，支付方式按照部分股票部分现金的方式，装进上市公司来。

Frank 微微一笑，胖子，你的公司是传统制药，我们公司是基因研究实验室，投入周期长，产出慢，吃的是草，挤不出来半桶奶，八竿子打不着呀，哥哥。

胖子表示鄙夷，兄弟，我们是综合性的，复合型的，医疗类全产业链概念，好吗？你这一块，就是我们的研发，顺理成章地再出些好的产品，加上我的人脉资源。这事不是你的长项，你要听哥哥我的。

Frank 只是微笑，倾听，不语，胖子没有共鸣，兴趣阑珊，嘴皮子磨破了也没效果。你呀，就是高级技术宅男，不懂资本市场。Frank 显然对这个大帽子很认可，也很高兴，顺着话头，对，胖子，我就是，超级的技术男。不玩花的，只知道出成果就能赚钱，就能带着团队大家往前走。

其实 Frank 对胖子的商业模式是存疑的。Frank 看来，胖子就是这山看着那山高，心太过花花，没有定力。商人以逐利为天性，无可厚非，但是如果投机心太重，也会有马失前蹄的一天。两个兄弟不是一个路子的，一个看重长线科研，持续投入和团队建设，一个要马上见利益，马上套现，这天南地北的，强扭在一起，不见得有什么好的结果。

兄弟一场的，最后反目，有什么意思？还不如不要起这个念头。这是 Frank 一厢情愿的想法。

胖子可不这么想，我想要的，一定要得手，谁也挡不住。

八

胖子对华益医疗这块资产，时间越长越喜欢，就像围着葡萄园来回转圈进不去的狐狸，对目标研究得透透的，他心中有一盘大棋，布局已久。

既有外因，也有内需。很多的因素凑到一起了，越是得不到的，越是有致命的诱惑，人性使然。

但是不能急，有些事是要等火候的，火候到了，瓜熟蒂落，火候不到强求，夹生饭，后果不可控，反而欲速则不达。Frank 不是说道不同不相为谋吗？时机到了，可能也就由不得 Frank 了。

说起来胖子基本上是第一代中国特色企业的路数，算是搭上改革开放的强台风飞上去的猪。

有趣的是，看过了无数猪同辈在台风中的起起伏伏，有的飞得高，最后摔得粉身碎骨，胖子也很有危机感，像别的企业家一样去读了北京东方广场的长江商学院，也北上参加这长江会、那华山会，也南下拜见星云法师，顺便参观富士康面圣郭台铭。最近还张罗着，让人帮他准备参加巴菲特的股东大会。

另外一种意义上说，胖子也不能说不上进，只不过活得很主流，没什么主见。

一次吃饭，有人在忽悠什么藏传佛教的大喇嘛，很神，他立马跟人约时间进藏。结果，一路车马劳顿，三天后倒是见了大喇嘛，发现大喇嘛带着金丝眼镜，很安静地给他讲灵修和生死观，让他放弃俗世生活，让他回归内心的安静，把胖子讲得诚惶诚恐的，恨不得立即就皈依。大喇嘛不让，让他三个月后再来。果然，三个月后的胖子，已经在参观前门潘石屹新开的杜莎夫人蜡像馆了，大喇嘛弟子的短信也不回了，只是每次吃饭多了一段进藏传奇故事谈资。

胖子也感到很累，热点要追，官员的饭要吃，朋友的场子要捧，生意上还是很难突破，于是乎，胖子也是动不动地心中肿胀，动不动就在 KTV 点唱《驿动的心》。不同的是，胖子从不也不想为什么肿胀，没时间想。

申华医疗的主业比较稳定，主打产品主要是一个治疗心血管疾病中成药，每年正常人民币 1.5 亿的利润，增减幅度都不会太大；其他稳定的产品，主要是小容量注射剂、冻干粉针剂、粉针剂，都是头孢菌素类的，在国内抗生素还是主流，老百姓常识不够，感冒发烧都喜欢用抗生素，医院医生都投其所好，大量消费抗生素。辅业方面，保健品投了一堆，还持股了一家医院管理公司的少数股权，盈利的项目不多，更谈不上技术含量。下一步的发展没有方向。

香港资本市场的监管严格，上市后，胖子一时也没有什么腾挪空间，管理上市公司这一块比较稳定的资产，也没有占他太多的时间。胖子虽然家在珠海，但他一半时间在北京，四分之一在香港，剩下的四分之一在澳门，珠海厂子那边基本交给抓生产的总经理和抓财务的阿朱，难得去几次。

最近胖子比较来劲的，是盯上了北京三元桥的一块商业地产。

经过2009年到2013年的直线上升，2014年的春天伊始，北京地产的价格终于开始松动了。2013年北京的地产价格是个加速上扬的过程，一整年的价格上涨是前几年的上涨指数之和，到了2014年，冲得太猛了，有点像强弩之末，牛劲不足，体力透支，上攻的动力不再，开始徘徊下跌。看需求方面，撇开流动人口不说，就每年毕业的七百多万高校毕业生来看，刚需还在，持币坐上观，需求仍然强劲。但凡有楼盘比周边便宜入市的，日光盘和高价卖不出的有价无市盘，相互验证，组成了十分有趣的涨跌交叉共存的现象。

看上这个北京的商业地产，就是因为这个开发商老板有点盯不住了。这个地产分为三期，总体量比较大，第三期有点走不动了，急于脱手。是老王介绍的。

这老王也是个大神级的人物，几年前在澳门赌桌VIP厅里认识的，80年代后期，老王仗着他老爹在部委里，有些产业内和海关的关系，靠倒成品油品起的家，后来范围扩展到了原油、煤炭和有色金属的进口贸易。行业鼎盛期，老王手里一年有五条原油船到香港，出手一条船就能挣到1000万美金。现金流强劲，老王干脆把总部和家也搬到香港，自己香港北京两地跑。

顺风顺水地做了十多年，老王几乎忘记行业还有周期这一说，看到什么机会都很贪婪。为了控制货源，老王把贸易的手伸到了产业上游中去了，在澳大利亚吃进了比较多煤矿，大都是早期阶段的矿，结果2007年全球经济危机，老王主营的能源类行业一下子跌到了低谷，老王当时扩张投资都在高位，每块资产还都是嗷嗷待哺，哪儿哪儿都要钱，资金量需求巨大，一时半会儿也脱不了手。而从2008年起，国内的融资成本畸形得高，搞得老王是热锅上的蚂蚁，两脚乱跳，脚上还都是泡。

老王当初的想法是吃下这个地产迅速地转手给保险，快速地做一单，反过来补自己的亏空，但前期的资金量需求有点大，自己一个人吃不下去，融资渠道也全部堵死了，只能拉上一个合作伙伴。而胖子也看到是快速收益的机会，经过老王牵头，胖子也和保险的见了，保险的都给了意向书了，等于是有了收益保底，一切似乎都合适。

胖子对房地产有天然的情结，刚刚下海那段时间，只要在南方混过的，没有不对海南房地产行业的狂飙印象深刻的。

可惜的是，那时候的胖子刚刚在南方大潮中游泳，属于尚在市井引车卖浆的贩夫走卒，连门都还没摸到，人家王石已经完成资本市场的重组上市了。

胖子的岳父大人老朱在房地产行业收获颇丰，依托工厂投资拿地，虽然不是什么全国一线的房地产开发商，在珠海周边，南山财富地产，也算是赫赫有名的品牌。老头最旺的时候，同时有四五个盘在开工，300 万平方米土地的储备，项目公司销售常年维持着 100 多人的团队。

老岳父的房地产业务是不让胖子插手的，这是当时把药厂转给胖子夫妇打理经营的前提，这么多年下来，从来也没动摇过。

得不到的永远是最好的，手头上的不值得珍惜，人性如此，这胖子岂能脱俗，老朱不是在房地产业务方面和我切割吗，那咱们等着瞧。

胖子一直憋着这口气，准备和老王在北京三元桥这块地产上好好地深耕细作一把，看看你们老朱家还能小瞧了我胖子老吴。

胖子知道阿朱对他所谓体外投资的态度基本上是反对的。这次房地产的投机，如果通过他老婆，答案肯定是 NO，绝无可能同意他从上市公司走钱，都没有必要去碰这个钉子。

胖子有手段。上市公司的关键岗位的人叫 Tommy CHOU，明面上是公开招聘渠道过来的，其实 Tommy 进来之前很早跟着胖子熟识，在汕头的一家外贸公司做财务的，英文也不错，跟着胖子挣过两次小钱，胖子对他有把握。胖子鸡贼，装作不认识 Tommy，也不通过自己介绍，让 Tommy 通过 HR 部门公开渠道进来上市公司，自己暗中帮忙促成，说这人看着不错嘛。这样，别说公司的人，连胖子的老婆都不知道这位 CHOU 先生和胖子的关系。明修栈道暗度陈仓的路数天衣无缝，这样财务的实权明着是在阿朱手里面，其实算是胖子安插自己的眼线心腹。木马计，对胖子来说，小菜一碟。

各方同意的付款是这样设计的：胖子出首付，从上市公司的子公司里走出来3个亿，用预付款的方式，双方开始办理项目的转让手续。然后老王出4亿，项目公司的股权变更到胖子和老王的一个海外公司Redbull Holding；这个合资公司，两个人各占50%。

后续20个亿的付款，其实就是保险公司付了，等于是老王和胖子用7个亿撬动了27亿的项目，这样杠杆能够放大到三倍左右。同时，Redbull和保险公司签的意向书的价格是35亿，这样一进一出之间，差价在8个亿，去掉隐性的交易成本，两个人每人挣到3个亿，没有问题。考虑到税收的成本，胖子和老王的公司设在海外的BVI，税上又能省掉不老少。

交易是去年年底签署的，胖子和上市公司CFO Tommy一起商量，用买锁定原材料的价格为理由，从上市公司分5次走出来3亿，都从关联公司集中到了胖子和老王的BVI公司，一月份走到了房产项目公司股东北京福汇投资公司的账上。北京福汇公司也如约开始办理项目公司的股权过户。本来的目的就是偷偷走钱，所以，上市公司对此自然没有任何的披露。一切顺利的话，60天内支付第二笔钱，由老王支付，房产项目的股权就正式转过来，保险公司就可以开始尽职调查，签署正式协议了。

可是，人算不如天算，就在这个时候，老王突然出事了。

人找不到了。胖子急得五内俱焚，亲自坐镇北京指挥找人。手机不通，公司也没人知道，老王在北京国贸对面的银泰中心的公寓也没有人，电话打到他们香港家里，他老婆孩子也一头雾水。老王常年在香港和内地之间来来往往，大部分时间不着家，去哪里从不报备，他老婆早就视他为无物了。胖子急，他老婆反倒不急。

“老王他就这样，这德行，几天找不到，不知道和哪个女人、小狐狸精去哪个小海岛眯起来了，过段时间又会冒出来。”

老王老婆住在香港多年，还是没有改掉一口东北腔，自己把自己说得火冒三丈，话里话外，新仇旧恨的。

“你有老王其他女人的电话吗？”胖子一急，有点口不择言。

“我哪里知道他王八蛋在外边有多少个女人，我要是知道，还不飞过去，烧了他们的骚窝，毁了她的脸，操他八辈子祖宗的老王，有家不回，孩子也不管，在外边花天酒地，丧尽天良，天打五雷劈的……”

胖子这才意识到，是自己的话戳了马蜂窝了，话筒里，一番上天入地的诅咒，绵延不绝。

东北半老徐娘，嗓门大，惹不起。胖子见过她一面，早年在南方下海，做过夜店歌手和模特，给老王生了一男一女，逼着老王在香港给她买了房，结婚娶了她。

胖子挂掉电话后，更加焦躁不安了，毫无头绪。内忧外困。上市公司的钱如果转不回去，时间长了，是要出大事的，往小里说是香港交易所的谴责，往大里说，香港交易所刑事起诉相关责任人都是分分钟的事。而这边，老王又杳无音信，交易眼看要完蛋了。胖子感觉到自己是掉到人家设计的一个大圈套里了，而这个套现在越收越紧，基本上要锁喉了。

胖子北京的公司在东三环边上一座商务楼的30层，站在落地窗前向下看出去，玩具般的车流在慢慢蠕动，暮色起来，车灯前后相接成灯河，从上往下看，胖子好像看到了万丈深渊，就等着自己纵身一跳了。

别把我逼急了，逼急了老子，我TMD什么路数都能使得出来，胖子手扶落地窗，看着窗外钢筋水泥的丛林，仿佛其中看到无数的魑魅魍魉在跳跃，在怪笑。落地窗隐隐地映出自己的脸，胖子狠狠地自言自语，谁怕谁呀，不就是弱肉强食吗。

胖子脑子里想的是Frank。

九

车子驶出车库时，Frank 把频道调到北京音乐台 97.4，午夜档小雪主持的心理咨询节目。小雪一般把节目的主题提前两天在朋友圈发布，Frank 还在日历标注了，提示自己听。

曲子是梅兰芳的女人花，马上弥漫了这辆线条硬朗的奔驰 550。去世多年的女人，嗓音幽怨缠绵悱恻，宛若坐在对面的咖啡桌前，风华绝代，触手可及。时空交错，人世迷离。

Frank 下班通常是晚上 11 点钟了，依然是川流不息的车流，熙熙攘攘为了名利来往，流光溢彩的城市，生动又物质。

小雪的声音在电台里，改变了不少。有点磁性和共鸣，听起来像是经历丰富、历尽沧桑，虽然也不时爆发出有穿透力的笑声。

“这位听友，微博名字 @ 小溪静静地流，显然是把男友当作自己生活的唯一重心了。曾经满心满意想的都是他，曾经全世界都是他。

当男朋友转身离去，让你无法接受这个事实，甚至无法接受自己，沮丧、愤怒、甚至自卑等各种情绪，混杂在一起，给自己单薄可怜的心灵拴上了一个巨大的铁球，痛苦而麻木，自我放逐，又没有方向。

我看过你的微博留言，还好，看得出来，你现在好像还没有到十分严重的地步，如果继续任其发展，不加干预，严重到要伤害自己的地步，那就要十分小心了。

用别人一个轻率的、不负责任的分手决定，就来伤害自己宝贵的身体和生命，是你自己的生命尊严不能允许的。”

“两性关系中，没有绝对的公平、平等或对与错，只有宽容和放松。只有微笑和欣赏，只有成熟和等待。如果你没有宽容和等待的勇气，亲爱的听友，包括这位心碎到要伤害自己的朋友，你至少可以选择等待，什么都不做的等待，不是等待奇迹的出现，不是等待有人回头，不是等待那个虚无的戈多，是等待时间的河流冲刷去一切，是等待你被伤害的心灵，脱胎换骨，变得更加成熟，是等待自己在更高的天空飞翔，直到有一天，你可以从容地微笑着说出自己这一段经历，用那么云淡风轻的口气和波澜不惊的心情。

也许有一天，你能从容地为自己写一首歌，用于纪念自己这段无处安放的青春，像齐秦一样。

这一天，值得你等待。

我们陪着你一起等待吧，好吗，亲爱的 @ 小溪静静地流……

下面这首歌《不让我的眼泪陪我过夜》送给这个节目所有的听友和微博上留言的所有朋友，我是陪伴你今晚的心灵主持小雪。”

小雪的声音在黑夜里弥漫开来，像暖暖的苏格兰羊绒毯，在这个灯光流动的城市里，轻柔地托起了 Frank 的心绪。一个中年男人的每天风吹日晒的心灵，也会被这样的声音漫过，滋润，甚至让 Frank 的眼底也莫名地湿润了起来。

不惑之年的 Frank 肯定和节目里那位准备为情自残的 90 后小姑娘不在一个频道上，为什么小雪的这一番话，也像是在对自己说，娓娓道来，丝丝入扣，都到心底去了。是小雪的穿透力，还是 Frank 的脆弱。

叶子走后的这半年，Frank 的忧郁症复发，是否也算是潜意识里对自己的放逐和惩罚。我又在等待什么，戈多吗？我又在斗争什么，堂吉诃德的大风车吗？

在那些艰难的日子里，Frank 会紧张到无法呼吸，会痉挛。是不是负罪感在黑暗中紧紧地扼住自己的喉咙，准备了结这场看似毫无意义的人生。是潜意识伸出的双手吗？是自己的潜意识在为了叶子复仇吗？是我害死叶子的吗，不然，我的潜意识为什么这么恨我，甚至要消灭了我的肉体。

面对早晨的镜子，面对这场虚无缥缈的人生，面对这个似乎和自己毫无关系的人世间喧闹，Frank 甚至没有了力气再挣扎下去。镜子里，他能看到，叶子笑着，伸出手来，从后面抱住他，越勒越紧，他脖子上面青筋暴出，直到他无法呼吸。

我是不是也在等待，像小雪说的一样在等待。可是，我等待的是什么？答案吗？

可是，这样的人生，会有答案吗？

电台里的小雪是属于大家的，属于她的每一个听众，现在这样远远地听起来，像是一个熟悉的陌生人，和生活中面对的心理分析师小雪老师，又多少有点说不出来的不同。Frank似乎能感觉到自己变得对小雪越来越依赖了，动不动就要微信小雪，有些时候，甚至不是需要小雪老师的专业咨询，只是一个简单的问候，简单到想知道小雪此时此地在干什么。

可是，小雪？自己前妻的闺蜜，自己的心理医师，在这么多的角色中，可能么，被自己私有化？自己在小雪面前赤裸裸地一片狼藉，一个千疮百孔的老男人。反差太大了。简直没有可能性，小雪那么阳春白雪的女神范，那么多男人围着她，自己在小雪心目中不知道要有多么不堪呐！而每次去看小雪，小雪似乎也永远是小雪老师，除了犀利的分析，还真看不出来有任何别的东西，哪怕是蛛丝马迹的对自己的好感。

和小雪在天上飘着相比，Sindy更现实一点。

Frank在后座上，闭上眼睛，车外的灯光迅速地掠过他线条鲜明的脸，任自己的情绪在这首歌曲里飘荡起伏，让自己内心的柔软浮出水面，让自己很真实。

一天下来，开会，见客户，陪领导，内部开进度协调会，批评人，表扬人，揣测人，哪儿哪儿都是人。

回到北京了，Frank发微信给正在放歌间隙的小雪。

回来几天了，Frank也没有主动约Sindy吃饭，一方面要处理不少的事情，慢慢消化掉积累了几天的见面和吃饭预约；另一方面，他也在悄悄观察 Sindy 在工作的空间里是否有任何的变化，心态上，还是举止上。

有意思的是，公开场合 Sindy 丝毫看不出来什么，严丝合缝地按照上下级的关系，该工作的工作，该汇报的汇报，该开会的开会，称呼一律是郭总，好像一切如初，从未发生过什么。朋友圈贴出来的照片看得出，姑娘最近没闲着，紧着吃，紧着玩。

这反倒让 Frank 暗暗称奇，想这姑娘还真是稳得住，好感和好奇指数级上翻。

Frank 反而马上开始琢磨，是不是应该请 Sindy 吃个饭呀，人到中年的大叔 Frank 居然有这种跃跃欲试的感觉，自己也觉得好笑。劣根性，Frank 自嘲，人不招惹你，你就想招惹别人。

“周末在猫眼胡同文艺复兴书店，有个朋友发新书，我帮她组织的小聚会，过来吗？带上你的新女朋友？”

“哪个新女朋友？”难道什么都逃不过刘老师的天眼吗，Frank 有点匪夷所思，也不甘直接缴械，佯装抵抗中。

“别装了，把 Sindy 带来养养眼嘛，没见过，什么样的美女，比我的药还管用……美女是大家共享的稀缺资源，也借我们用用嘛，满足一下好奇心，哈！”

“好吧。”Frank 不善于在自己的心理咨询师面前抵抗和伪装什么，微信里打字速度也不在一个档次上，只好答应。

“我问问她。”正好，Frank 想，顺水推舟，正好找个理由约 Sindy，刘老师太善解人意了。

Frank 对咖啡的了解，相信一般人是望尘莫及的。他在美国生活的十几年，也可以在任何一个地方的星巴克抓上一杯当日的咖啡，把大量的咖啡因灌入体内，但这并不代表他对咖啡的态度。这就是 Frank 的心得，秘而不宣，没有条件的时候，绝不装逼，麦当劳汉堡王也能果腹；有条件的时候，用精致的蟹八件一丝一缕地挑大闸蟹，食不厌精，也不嫌烦。像是 Frank 一贯的生活态度，可以极简，可以复杂，不可以放弃生活的乐趣。

咖啡更是如此了。Frank 在北大后门与颐和园之间的地带，有个心仪的小咖啡馆，叫慢时光的，作为自己的据点，周末的时候过去消磨大半天的时光。

咖啡馆很小，统共没有 10 把椅子和沙发的样子，随性地摆在粗糙的后工业化感觉的水泥地面上，被书架、佛像和屏风隔开的几个空间，狭小私密而又温馨，有个红砖的壁炉里有真实的木头，被火舌舔得黑黢黢的痕迹和壁炉上散着的杂志相得益彰。墙上挂的黑白的曼哈顿通用汽车大厦旧楼和中央火车站的素描，还有永不断网的 WIFI，厚重的、能够深深坐进去的皮沙发，都是 Frank 心仪的。

咖啡馆的老板是个年轻人，澳洲留学回来的，好像还在做一家外贸公司，没事的话，常常来店里。个子不高，白白净净，小平头，很安静的一个年轻人。每次在柜台后面忙忙碌碌的，白衬衣束进裤子里，和伙计毫无二致。

Frank 和他相熟，是因为大家对咖啡的知识和爱好。Frank 过来的时候，他总会抬头笑笑，算是招呼过了，甚至从来没有问过Frank的名字，甚至也从来不过来和Frank扯扯职业人生等闲话，一副花自飘零水自流的闲散感。和80后相处果然很是舒服，没人要压迫你的空间，Frank听小妹叫他Tom。

Frank跟Tom说过一次，咖啡是男人的朋友和武器，用于抵抗无法承受的生命的轻浮和无常。Tom当时眸子里就闪过一道光，笑笑，不说话，就此拿Frank当朋友了。

好的咖啡师可以控制一杯咖啡风味的20%，而咖啡豆子是否新鲜可以决定咖啡味道的60%。按这个标准要求，基本可以保证Frank每次来都能喝上满意的好咖啡，主要是因为老板精心进货的好豆子。

Frank过来的时候，老板在的话，都会和Frank点点头，和Frank聊聊店里新到的精品豆，然后选上一种，用手磨咖啡机，慢慢地一圈圈地研磨均匀，然后再用控制好的软水，温度太高则糊，温度太低则酸，慢慢地用滤纸滤出来的咖啡，无糖无奶，原原本本生长咖啡豆的水土气息，顺滑流畅，蚀骨销魂。

Frank就在角落的皮沙发里慢慢地等，不急不躁不阅读，看着店里来往的人群，有学生，有文人，有长发的妹妹在电脑上赶课题报告，想想他们的生活和他们在各自生活里的样子，让生命在这几分钟里安静下来，荒废掉。

今天Frank在慢时光等Sindy。

昨天小雪的聚会上，是和Sindy在一起的，不知道为什么Sindy

又急吼吼要见面。

Sindy 进来的时候似乎带进一股风的力道，Frank 能够感觉到这丫头的气场，在平静的咖啡店里，像是划开了一道水痕，掀起了一堆的浪花，连文静的老板都感觉到什么，抬起头朝 Frank 这里看看，笑笑，然后低下头去。

这个地方不好找呢，Frank 看着 Sindy 有点汗津津的脸庞，一时没有回过神来。

Sindy 穿了一件粉红色掐腰中式对襟短袖小衬衫，胸前黑丝绒金线掐边的盘口，露出一点水滴状白白的胸口，绷得紧紧的胸；一条水洗白的贴身直筒 LEE 牛仔，软软的棉的感觉，圆润饱满的臀，长长的腿，把个杨柳细腰衬托得淋漓尽致。满身上下散发着不经意的女人味。真实的青春，既不在那里，又无处不在那里。爱谁谁的霸道。

如果 Frank 没有记错的话，好像叶子从来不穿牛仔裤。叶子的腿长，但大腿部分珠圆玉润的，会把牛仔裤撑满。

小雪好像也是不穿牛仔裤的，牛仔裤显然不是刘老师现在知性风格路线。刘老师现在大部分时间是裙袂飘飘的，以飘逸灵动路线为主，美国回来的高知美女嘛，每个人都有自己梦想的罗马假日和自己版本的奥黛丽·赫本，可以理解。

Sindy 要了焦糖玛奇朵，一股甜甜的味道飘出来，美女深深地吸了一口香气，闭眼享受，打理得整整齐齐的头发没有因为走得急变乱，柔顺美丽地画着弧线，围绕着白皙的脖子。好精致的女孩子。

“找我干嘛？”

“拯救你呀！”

“什么拯救我？我很需要被拯救吗？”

“昨天小雪老师说的呀，说我现在的使命不光是帮你干活，还肩负拯救你的重任，比她的药，重要多了。”

Frank 哑然失笑，这小雪昨天和 Sindy 都说了些什么？怎么感觉像是刘备托孤呀，自己就是那个阿斗吗？

“昨天聚会开心吗？”Frank 不想自己的忧郁或者是小雪，成为谈话的焦点，转移话题躲闪。

Sindy 撇撇嘴。

“怎么？不喜欢？”

“能喜欢吗？几个大姐，无病呻吟地谈论着永远遥不可及的爱情，非我族类。”

昨天参加聚会的一圈文艺女青年，除了小雪，Frank 也都是第一次见面，除了一个嫁给美国人的姐姐，其余的好像都是优质的剩女。

一位是国内人物杂志的主编，笔名瘦瘦。瘦瘦不瘦，面如满月，以传播台湾的佛教教义为己任，颇有佛相，这个倒是很合 Frank 的口味，Frank 自诩和佛法很近很合；一位是颇有名气的女性雕塑家，嘉茜，作品在国内火了几年了，有固定的几个大藏家捧着，一直以线条为表现主题，唯美但不直白，刚刚和同为艺术家但名气远不如她的丈夫离了婚，原因是嘉茜发现他偷腥，在一家日式小居酒屋撞个正着；还有一位是开网站电台的创始人柳柳，三十大几从周刊辞职，着了魔似地开了一家叫橙子的网络电台，最近又刚刚上线APP，从制作人到主持，全能全包，拒绝商业广告，小雪也每次都被柳柳抓差上他们的橙子TALK SHOW，不给钱，算是纯公益了。

夹在这么一群有文化、有艺术品位、没爱情的优质剩女中，连Frank都自惭形秽，连连低调，口称兄弟。“在下一个医生行业逃兵，不学无术，枉在医学界混了几年，下海从事医疗技术的研发，除了知道研发就是新技术申报，文化艺术的大大欠缺，读书少，有辱协和门风，希望各位美女包涵包涵。”

小雪立刻圆场，“他是我的朋友，也是我的客户，人家是研究科学的，科学家对吧。前段时间有点不开心，最近好多了，这位小美女起了不少作用，是吧？”

“呦，听咱们小雪说过的，美国大海龟呀，大科学家呀！”

几位美女姐姐原本对着高高瘦瘦的、有点忧郁的熟男，就倍感兴趣，摆开架势，准备我见犹怜地消遣一番。北京混的资深美女，多大的庙、多大的和尚没见过，不吝。

可是，人家身边环绕的这位，青春靓丽社会新鲜人，于是乎，大家心底都有点不爽，懂不懂规矩，不讲个先来后到。更别说自己闺蜜小雪怎么能守着这一个宝贝不下手，真是搞不懂，这不，被抢了吧，一干人难免愤愤不平起来。

奈何初次见面，大家也没熟到能说什么的地步，只能附和小雪的话，真是漂亮的姑娘，怪不得的，有杀伤力，估计没少杀生吧，貌似热烈貌似阴阳怪气地乱说一通，敷衍过去。

小雪显然要真诚了很多，问这问那，很张罗的，中间还把Sindy拉到一边，悄悄地，好像很体己地说了不少。

“果然大妻风范。”瘦瘦看着对Sindy热乎的小雪，尖刻地毒舌，剩女姐姐们一阵狂笑。三十的女人，果然犀利。小雪用嗔怪的眼神制止自己的闺蜜话痨，泄露了自己心底的天机。

Frank倒像是局外人，听不出来这中间的起伏高低，不得不向几位资深文化女青年作了半天基因决定论和未来基因研究发展方向的科普。Frank不是很能白活的人，但看着眼前表现出求知欲很强、环肥燕瘦美女，崇拜的眼波流离，也不禁飘飘然，深入浅出地把基因讲得也着实生动。

柳柳中间就hold不住了，直接上手，抚抚Frank的后背，亚麻的休闲西服，手感很是对付。“Frank，能否赏光到我们电台做一期嘉宾主持，就讲你今天讲的即可。你千万要来，支持我们的电台嘛。我们是公益的哟。”

“小雪，你一定负责把Frank给我们拉过来哟，否则，提头来见。”柳柳对小雪做了一个抹脖子的恐吓动作，小雪只眯眯笑，并不说话，任凭一班剩女大惊小怪，大呼小叫地听Frank科普。究竟是陷入Frank的人生，还是陷入他的故事里去了，不知道。

Sindy听得心不在焉，奈何不是自己主场，自己也不是中心，有点架不住群狼的意思，也不便发作，敌众我寡，装聋作哑是最好的方式。

Sindy 凑到小雪面前：

“哎，小雪老师，你是 Frank 的心理咨询师吧？他都要咨询什么？他怎么了？心理有什么扭曲吗？严重吗？”

“没有什么，就是一般的聊天呀。他前妻不是车祸去世了吗？有些心理上的困惑。”小雪一派云淡风轻。

“是呀，我也听说了，哎，他前妻车祸对他打击大吗？他对前妻留恋吗？”

“嗯，有那么半年调整不过来，走不出来啦，也算是忧郁症吧。”

“啊，这么严重呀，现在好点吗？”

“你看不出来吗？我给他开了一副药，看来效果不错。”

“是吗，什么药？”

“找个女朋友呀。”

“是吗，Frank 有女朋友吗？”

“你说呢？”小雪逗 Sindy。

“我哪知道，人家这么神秘。”Sindy 抵抗得有点狼狈。

“小雪老师，你有男朋友吗？”Sindy 突然想到一个重要问题，及时出招。

“没有呀。”

“啊，您这大美女，大主持，大牌心理咨询师，怎么可能没有男朋友，男人排队从天安门排到燕郊了吧！”

“没有。”小雪坚定地笑，对于这个女孩子，她像是看到了叶子的一点点气息。这次小聚会，自己有些明白 Frank 为什么会和 Sindy 在一起了。和这个女孩子在一起，应该没有任何精神上的负担，嗯，对 Frank 倒也是不错的选择。小雪一时间心情复杂得不得了，不知道到底是站在谁的角度上考虑问题，自己？Frank？叶子？有点乱了。

“喔……”Sindy 像是突然意识到什么似的，吸了一口冷气，回味悠长，魂不守舍的样子写了一脸。

小雪是自己老板的心理医生，人又漂亮，她到底掌握了 Frank 多少秘密？她和 Frank 的前妻叶子不是闺蜜吗，叶子去世有什么隐情，为什么她轻描淡写地就遮掩过去了，她在回避这个话题。小雪和 Frank，难道……

一堆的纠缠不清，搞得 Sindy 周六一晚上没睡好。

周日一大早，Sindy 一堆的微信堵住了 Frank 的门，强烈要求 Frank 周日下午请她喝咖啡，说是有很重要的事情要谈。

这个年纪的剩女，就像没喝完放在冰箱里的隔夜啤酒，颜色还在，味道、气泡和新鲜感尽失。

Sindy 对昨天的遭遇，历历在目，难以释怀，毒舌点评昨天的聚会。

“有吗，我怎么看不出来？”

“你知道人家怎么说你的？”Frank 问。

“说我什么？”

“小雪说你年轻漂亮有活力，尽是溢美之词。和你交往，有助于我转移注意力，加快心理调整，是正能量。”

“是吗？”

Sindy 立马意识到自己的境界处在了下风，姜还是老的辣，在这些江湖大姐大面前，实力不够，道行不深，被人把住了道德的制高点。马上顺坡下驴，调转了枪口，亡羊补牢，为时未晚。

“小雪老师真好，人也漂亮，不像那几位过气的大姐，不定肚子里怎么骂我呢！”

“怎么骂？”

“肯定是骂我，自持青春，胸大无脑，特别碧池吧。”

“可惜呀，妹妹我是天生丽质难自弃，更别说，妹妹我胸大有脑，秀外慧中，别人爱怎么着怎么着吧。”

一副青春无敌，包打天下的自信。

光滑的皮肤，美丽的脸，无敌肆意的青春，看得 Frank 自顾自地微笑，禁不住地轻轻摇头。

泡在 Frank 的温暖笑意中，Sindy 越发地生动起来。

“哎，问你，Frank，小雪老师这么漂亮，怎么会没有男朋友？不会吧？”

“我也不知道，太阳春白雪吧。”

“哎，Frank，你不也挺阳春白雪吗，你不会是小雪的暗恋对象吧？”

“现在的小孩子说话都这么直接吗？”Frank 哭笑不得。

“我？我是她的病人好不好。我哪有她的阳春白雪。暗恋也应该是我暗恋她好不好。”

“那，有没有心理咨询师爱上病人的？”

“你这丫头，好莱坞电影看多了吧，臆想狂，很少心理咨询师会对病人用感情的。心理咨询是一门很精深的专业，理论性和实践性都很强，好的心理咨询师有着超出常人的理性和洞察力。”

“这话你也信？按你的逻辑，好的心理咨询师都找不到老公喽！”

Sindy一下子放松很多，扭扭软细的腰肢，Frank的否认，虽然还是让人心中隐隐不安，但是雷至少暂时排除了，目的到达了，可以放手段卖乖胡搅蛮缠了。能有个人可以胡搅蛮缠，太幸福了，好长时间没有这种自然想撒娇，想放肆的感觉了。甜蜜蜜的焦糖玛奇朵，帅帅的大男人，甜腻的自己，Sindy甚至感到自己脸上吹弹可破的肌肤微微发热，不禁用手去捂上，胡乱掩饰一下，看上去，双手捧脸，更是一副小女儿姿态。

Sindy意识到自己好像有点失控了，嘴上马上不依不饶起来。

“你看你看，我说我是来拯救你的吧，我就是那副适合治疗你的药，女神牌的大力丸。”

“什么情况？”

“我给你机会请我吃饭呀！香港回来，理都不理人家的嘛！”

“吃什么？”

“我要吃和牛、法国生蚝！要吃大餐！要大吃大餐！”

“哟，我明白了，你是我的补药，我是你的大餐，咱俩还真挺搭哈。”Frank 被 Sindy 的混乱逻辑搞乐了，不禁要逗她开心。

“那当然……食补，药也补，药食同源，咱俩互补呗。”

Sindy 话一出口，小脸更红了，火烧云般灿烂放光。

坏人，让人家这样了，方寸尽失，Sindy 暗暗地心思荡漾。

“Frank 晚上有时间吗？”第一道热菜刚刚上桌，咕咚，小雪的微信进来。

“晚上约了人。”不知道是有意识还是无意识的，Frank 在微信里忽略没说晚上是要和 Sindy 在一起。

“等你有时间就找我吧，我找你有事。”

好像我人在香港的时候小雪就说有事，但上次聚会见面为什么又没说？人多嘴杂，不方便，还是有些事情没想清楚？什么事需要这么费思量？Frank 一时没想明白，脑子开了小差。

Sindy 发现，Frank 看着手机，有点心不在焉，马上大动静地夹了筷子鱼肉到 Frank 碟子里，把他的视线拉回到自己身上来。

Frank 对 Sindy 笑笑，埋头吃鱼。

十

公司总部在北京CBD，一个香港地产商管的五星级写字楼，占一整层。香港人的物业管理很细致，就连搞卫生阿姨穿的也是港式白色对襟大褂。当时选这个地方是二股东厚石基金牵的线。厚石基金的MD和香港地产商家族的某某认识，给了比较长的免租期，也就定在这边了。

办公室大厦的早晨，每个人都行色匆匆，是Frank永远看不厌倦的风景。端着星巴克的那位美女，您一大早就要应付美国总部的电话会吗，还是已经惯性地离不开手中的咖啡因了？那位面无表情、西装笔挺的大叔，身后带着两个年轻面孔，来北京出差见客户吗，四大的吧？那位上了点岁数大姐，修饰得一丝不苟的头发，大串的白珍珠项链，黑底白条的套装，听口音是香港来的吧，大概是楼底汇丰银行的高管，看起来有点像史美伦，不会是她老人家本人吧？

大厦的人影如织，像是一个个不规则运行的电子，每天都在演绎着自己不同的人生故事。Frank常常被这些生生不息的人们所感动。每个人都在每个人面前，站得笔直，走得飞快，像是不知疲倦的追逐，像是很有方向，像是打了鸡血停不下来。看到他们，才明白为什么说生命在于运动。

Frank 像是能够看到他们每个人背后的冷暖人生，感同身受。不管你是刚刚坐私人飞机从纽约和默多克晚餐回来的高大上，还是通州地铁挤出来的纸片人，走在大堂里，离开了物质和地位的支撑，每个人都看起来似乎都很平等，都只剩下高矮胖瘦的身体符号了。

物质、名利，身体的高矮胖瘦，哪个才是现实，哪个是虚幻的，谁更依赖谁，谁更代表谁？ Frank 常常被自己的这些观察所迷倒。

按说像 Frank 这种在美国闲着没事就以通读哲学史为乐的人，不应该为这些问题发呆入神。所以，像是生活大爆炸中的科学狂人加屌丝，对什么都喜欢问为什么，哪怕是公序良俗。

Frank 在美国整整十年，这十年都在一个地方待着——实验室。当然这个实验室是随着 Frank 申请的课题和导师不断升级，从刚开始起步落脚的加拿大多伦多大学，一路搬到了康奈尔，最后完成他的基因排列组合研究课题是在加州理工大学。

这十年对 Frank 的影响巨大，就像是一层层边缘分明的页岩，是 Frank 人生起承转合的一个断层。十年前他是纯粹的医生，从医科大学出来，在协和外科一干就是五年，混了个副主任医师，副教授职称，什么都带个副字。看看周围皓首穷经的白发老教授，穿行在乌泱泱的患者人潮中，和他的区别也就去掉了一个副字，Frank 打心底绝望了个透心凉，这里也不像是能够涅槃的净土，死在这里，也超生不了。Frank 只能很俗很没有新意地选择几乎每个协和医科大学生都会选择的一条路，去美国，而且比同窗还晚了四五年。

一只笨鸟，还比别人晚飞，听听就没戏，Frank 对自己几乎就不敢抱太大的希望，出去先是有个立身之地，混个三五年，能够比上不足、比下有余地当个实验室的小实验员，估计也就这尿性了。

与众不同的选择是 Frank 没有在自己原本擅长的外科领域继续深入下去。机会主义抬头，狗屎运从天而降，第一个也是最后一个给他奖学金的、曾经在协和交流过一年的多伦多大学的教授，正在找实验室助手，给了 Frank 一个 fellowship，Frank 也就歪打正着，去了多伦多。

这个机会谈不上是 Frank 争取的机会，不过是瞌睡碰到枕头的自然选择，其他浩如烟海的学校和专业，Frank 也懒得研究，手边的机会就他了。有了物质保证，再谈专业吧。不安身，哪来的立命。屌丝不都这样吗？有几个人是可以真正按照规划掌控自己人生的呢？

多伦多大学虽然位处加拿大，却是美国大学协会的成员。在医学领域不能算是很显著，可也是出过诺贝尔奖校友的，而且 Frank 的实验室博士生导师 Nelson 是个少壮派，刚刚 40 出头，研究领域却十分的前端，是搞基因检测应用的。也就是说，Frank 稀里糊涂地一下就站在了一个综合排名不高，但细分领域却十分领先的平台。这样的一个定位，让 Frank 和美国的前几位如麻省理工、宾大和加州理工的日常交流成了家常便饭。几年下来频繁的出差和交流，Frank 成了这个领域的圈内人。这几个实验室，他们几个年纪差不多的哥们，天天挂在 msn 上，哪里缺人，哪里的优势是什么，哪里要上什么项目，甚至哪家的设备要更新了，哪家实验室新来了欧洲美女，他都了如指掌，也让 Frank 在几个平台间沟通交流没有障碍。

十年前的基因应用检测领域，学界的看法和预期，当时的美国商业周刊有句话概括很精准，“那一天终究会到来，可你我算是看不到了”。

可是突破人类认知极限的是，没人会准确判断，大牛如 Nelson 者也未必可以预测到，近五年这个学科的研究突然出现了指数级的增长，让基因检测临床廉价应用突然有了可能，让 Frank 研究的乳腺癌检测方向，有了很大的经济价值和现实意义。

Frank 把自己在美国的这十年客观地总结成“一连串的没想到”。当然结果还有个没想到，人家十年磨一剑，功成名就，自己也是十年下来，没想到，除了换了个行业，一脑门子的基因官司，其他什么什么都没有变。

回来北京，见到协和同科室的老同事和同学，大部分都是主任副主任了，十有八九的都是教授了，而且博导居多，硕士生导师都属于拿不出手的。

当年曾经和自己打过情骂过俏暧昧过的科里几个护士软妹子，也都是老大嫁作商人妇。答应出来见面的，孩子都已经 1 米 8 的大个子了。罢啦罢啦，物是人非，面对现实吧！

想想那些为了工作签证一直在美加奋斗的屌丝软件工程师和在实验室喂小白鼠的大批同胞，Frank 没觉得自己有什么不同，什么都没有，也无所谓，大家都一样为美帝国主义贡献了青春，被美国盘剥得两手空空，也不是什么丢人的事。

不同的是，Frank 比别人更少一根筋，别人还恋恋不舍美国饿不死也发不了财的那点鼠粮，他却不甘坐失国内基因研究起飞的大好时机，不愿意就此作为美国小白鼠，默默无闻地为实验室贡献一生。自己在美国的第十个圣诞节即将到来的某一天早晨，Frank 洗完澡，蹬上散发着洗衣粉化学香味的牛仔裤，准备一如既往地去上班时，脑子灵光一闪，发了神经一般，突然想到自己还在等啥，立刻就用黑莓给导师和实验室同事发了一封邮件，辞掉了工作。

回国创业做了这个轻资产重研发的新药开发公司，说起来又是神经病的决定，做公司不是自己的长项，尤其是前几年，千辛万苦才闹明白，在国内一个工商登记也可以卡你两个月，至于什么中外合资，什么注册资本制，什么境外架构，更是闻所未闻。

自己的专长不在公司这一套上，听起来脑子就大，好歹这几年下来，公司的轮廓搭起来了，运作得还可以，慢慢就上了轨道，主要是专业才是自己的长项。出牌还是挑长项打。基因加研究才是自己的主战场，Frank 把精力都投放到主战场上，这么多年积累的同学老师主持这个圈子和资源，加上国内大把的优秀人才，后来在美国实验室的活都接得手软，团队和资金都不够了。

2010年的时候融了一次资，引进了现在的二股东厚石基金，拿了5000万美金，把实验室搬到亦庄开发区，用募集的资金搞了一整栋的楼，整个实验室的标准和设备都不比自己国外待过的实验室差，Nelson还到北京专门待了一周，给Frank团队讲课，帮Frank的团队修订几个项目的流程和方向。再几年下来，Frank的企业已经是基因治疗和基因临床应用行业的龙头了，不算医疗器械代理业务板块，单单基因研究这块，2013年的利润就有2000万美金了。

Frank公司亦庄的实验楼里和公司总部的时间是三七，这也是美国十年留下的习惯。静静在实验室里按照小白板的路线图，往下做步骤，对Frank是一种灵修，是对出世入世之间的一种转换。

国内同行的企业老总，一会儿没有电话，就会怀疑手机没电了。一个晚上没约人，就坐立不安抓狂。一周不上论坛当导师，就要憋出前列腺炎和脑炎，非要每时每刻活在人堆里。Frank不同，只要条件允许，Frank还是愿意和人群保持一定的距离。Frank可以喝酒，可以张罗饭局，可以在年会发言，可以接受采访，但并不热衷和执着。就像公司能把股东包裹起来一样，被企业组织包裹成董事长的Frank，认为自己的内核还是个屌丝。

老而不死是为贼。今天见的就是老家伙Derek。这小子是公司二股东厚石基金的MD（管理合伙人），岁数大Frank差不多十岁。每次见他Frank都怕了，因为他没别的话题，从北京绕道北极，说一个小时下来，问题永远是什么时候上市。这件事自从他们进来当股东到现在，不论董事会、股东会上，和Frank电话里，还是吃饭，都是永恒的主题。

Frank 没有那么急功近利，他希望的是做得更好一点，尤其是手头培养的两个项目再要两三年就要开花结果，那时候可以再给企业的未来一个很好的定位。

Derek 是个话痨，在美国加州的巴克莱呆过多年，后来在软金亚洲干过，现在做厚石基金的 MD。他能从一个牛排几成熟一直聊到欧洲他们家私宅和私家林子里的黑松露，就是从来没有关心过 Frank 实验室里的小白鼠对比结果如何。

“嘿，Frank 不要太辛苦，差不多就可以了，你上市，我们都套现，我请客，我们到巴厘岛、大溪地、pebble beach 阳光沙滩、游艇美女红酒高尔夫冲浪，享受生活。”

美籍华人外黄里白，纯粹美国思维，就是这么直白，而且阳光和沙滩永远是他们的终极天堂，晒成龙虾才是大家炫耀的资本。这家伙是个典型的资本家，对项目抓得很紧，属于活跃股东一类的，他们基金的主要资本是新加坡主权基金和一些中东的钱。他们对生物公司的投资倒是很多，这几年退出的项目不多，Derek 的基金上上下下都对 Frank 公司的上市十分看重。所以，每月 Derek 都会喋喋不休地给 Frank 上课，中心思想是及时上市，及时行乐，一切都要及时，过期不候。上市如此，人生亦是如此。

“You are such an old jerk，you know that？（你真是一个老王八蛋，老兄，你明白吗？）”有时候威士忌下肚，Frank 会借酒劲骂 Derek，Derek 开怀大笑，比人表扬他还满意。“I am a jerk，you are a nerd，we make a perfect match.（我是坏蛋，你是傻蛋，我们两个太合适了。）”

然后两人都哈哈大笑，似乎是属于老男人之间的，心照不宣的，赤裸裸的表白。

所以，Frank 有时候觉得老 Derek 就是一个老贼，精明算计，但是在商言商，人家就是代表资本，要求回报是资本的本能，倒也无可厚非。但能不能不要这么着急，给公司多点时间把项目养强养大，不是可以赚到更多的钱吗？这话 Frank 一直没说过，只是一直抵抗，直到去年，他心里有数，这个项目突破是百分之八十的大概率事件，他把大量资源都投到基因治疗方面了，当然上市也可以顺理成章了。没人想到，太太叶子出事了，上市这事又停了大概半年。

Derek 显然对 Frank 准备确定投行的进展比较开心，又嘟嘟噜噜地说了一大堆，每个投行的行业经验，谁最近后台给力超卖多少倍，等等。Frank 都让 Sindy 记下来。大家基本定了下一步的工作计划，Frank 问总经理老路，有没有补充，老路说没有。

“老路没意见，我再说个事。”Frank 说。

“我们准备设计核心管理团队的股权激励，而且范围要比我们原来设想的要宽泛。我的想法是激励对象扩大到中层以上的技术人员，拿出的股权比例要扩大到上市前的 20%。”

“What，不会吧，20%，这个比例大得太离谱了。”Derek 差点从椅子上秃噜下来。

Sindy 看看 Derek 的样子，忍俊不禁，但又不敢笑出声，用力地抿了嘴，硬压了下去。

“Derek 也先别激动。”Frank 说。

“我们公司人力就是利润，我们的研发就是直接的生产力，我们的核心科研人员就是我们的核心资产，这两年我们的研发人员队伍在扩大，原有的股权激励的池子太小了，我们多拿出一些股权来是合理的。我不能让我们的核心团队有任何流失的风险，这个代价我们付不起。”

Derek 原本就知道 Frank 准备搞股权激励，心理预期大概也就是个 2% 到 5% 的样子，投资协议约定的是不能超过 5%，哪里会想到 Frank 的数字是 20%，自己基金的股权比例立刻就被摊薄打了八折，这简直是不可思议。

“Frank 你知道我们基金协议有小股东保护条款的，我们不会同意这个计划的，其他小股东，老吴他们也不会同意的。”

“Derek，没关系你先考虑一下，其他股东你不必担心，老吴是我发小，他会支持我的，今天我只是第一次提出这个思路，我相信这个计划对公司非常重要，希望能得到你们基金的支持，其他股东我来搞定。同时，估值上来看，你们基金回报这几年来已经六七倍了。公司好，才能股东大家好。对公司的支持，也会是你们顺利退出的前提。”Frank 的回答有软有硬，但也透露着坚持。

果然，如 Frank 预期的，最后一个问题成为了一个障碍。但略微出乎意料的是，没想到 Derek 直接就威胁要用小股东权利否决，还拉上胖子，甚至不加思考，不留一点余地。

Damn it！这不是逼我翻脸吗，真要是走到刀光剑影的那一步，自己又有多少的胜算呢？胖子肯定没问题，他股份比例不大，但坚定支持自己，前几天吃饭的时候，胖子是上天入地拍了胸脯的，问题就在Derek身上。一边是跟自己出生入死的兄弟们，一边是贪婪成性，一股不让的基金，Frank闷闷地想，乌云在心中越积越重，心慢慢沉下去，耳边似乎已经可以听到火山岩浆翻滚沸腾的声音，只是不知道何时才会一触即发，喷涌而出。

资本到底多贪婪？！这是要吮干我们的最后一滴血呀！整个企业的每个管理层每天起早贪黑的，都在眼巴巴地看着自己的心血是否能转成股份。还有那些泡在实验室里、两耳不闻窗外事的科学家们，说到自己的利益，双手一摊，两眼茫然，把所有的信任都放在自己身上，可自己的承诺居然不能实现。他都不知道应该如何在大家面前出现，在大家眼中，自己一举手一投足，是不是都像个骗子，像个江湖算命的，靠着一张嘴，骗东骗西的。

Frank摇头，辜负自己团队的信任是颠覆自己做人的道德底线，还不如自杀；自己一个做科研的，永远也不能理解资本的嗜血本性，可怕的道德黑洞。

问题是，这帮子秃鹫却是自己请过来的，进退维谷，悔之晚矣。

十 一

Frank和小雪约在了电台楼下的COSTA咖啡。Frank匆匆赶过来的时候，小雪已经坐在里面了，一个人独坐，面对两杯黑咖啡，发呆中。

“我决定了。”Frank刚刚落座，小雪劈头盖脸的一句话扔过来，小脸白白的，颇有点决绝的味道。Frank怔了一下，看到小雪的表情，显然是没有任何心理准备的出乎意料，不知道小雪想说什么，显得很突兀。

“关于叶子的事，我想，我不应该再瞒着你了。”小雪说。

“关于叶子什么事？”Frank一时间脑子里一片空白。

过来路上，Frank就有点惴惴不安，各种猜测，没有头绪，小雪会突然提到叶子的秘密，一下子，车祸，微信截图，陌生男人，一堆事情纷繁复杂地涌向心头，涌到眼前，他的心被揪紧了，他甚至有点不知所措，怎么最近叶子的事情密集浮现出来了。难道微信截图小雪知道些什么吗？这和她有关系吗？

叶子出事的那天，是一个再正常不过的夜晚。

凌晨一点的机场高速上，还有不少的车流动在昏沉沉睡去的城市和等待红眼航班的机场之间，路面很好开，车速很快。也许是被反方向的车灯恍了眼睛，也许是不小心睡着了，没人知道，高速奔驰的保时捷911小车，猛地偏离了路线，强大的惯性让车像呼啸的子弹，撞上了高速的护栏，以一个夸张的角度凌空飞了起来，翻滚着越过栏杆，冲向树林，解体的碎片散落一地。

Frank后来去现场看过，一片狼藉的现场已经被清理过了，护栏瘪瘪的凹痕还在，附近几棵树的树皮上有新鲜撞击的创伤和着火后烟熏的痕迹。看得出来事故发生之时，速度之快，失控时，力量之猛。警方说，当时车子时速高达220公里。

尸检报告出来，没有什么价值。原因是酒驾超速失控。事故中有两个人，叶子和另外一个Frank不认识的人，标注为无名男尸。由于是第一次碰到这种事，Frank十分惊诧警方手段的有限，居然连这个男人的身份都查不出来。这个年轻男性死者的尸体支离破碎，肢体大部分被烧焦碳化，随身衣物中钱包找到了，里面没有太多有用的线索，也没有找到男人的手机。警方确认这是一起普通的酒驾肇事事故，定性后就走交管这根线了。把这个无名男尸材料归档后，后续何时能查出来，没有人知道。暂时在出尸检报告这个时间内，对陌生男人的身份尚未确认。公权力对个人，无论如何，都是冷漠和无情的。

“叶子去世了，否则这个秘密应该是由她决定是否告诉你的。或者告诉你，或者永远就随着她走进坟墓；但现在她去世了，作为她的先生、爱人，我相信，你有权完整地知道关于叶子的一切；当然，既然是你的心理医师，我反复地、也是尽量客观地评估了你知道后的种种可能和对你心理造成的可能冲击，客观地说，是有加重你忧郁的风险的。我愿意和你一起承担和面对这个风险，而且，我也有信心，我们最终应该能够克服这个风险。”

语速很快，小雪说到这里的时候，眼睛直视 Frank，话头顿了一下，声音里有那么一点的不自信，像是水泡，不自然地冒出来。

“除非你现在就提出来，选择不听，现在还来得及，我也可以就此打住。”

一段话，小雪周到细致地把每个人的角度，叶子的，Frank，和她自己的，都亮给了 Frank，条理分明，貌似很客观和公正的样子，看来，这应该也是小雪经过深思熟虑，决定把整个思维过程完完整整地呈现给 Frank。

说实话，这种风格就是 Frank 最喜欢的，学医的出身，喜欢的是有条不紊，逻辑清晰。小雪这种说话的方式，甚至让 Frank 倾心了很久。这让 Frank 更加相信小雪，相信除了小雪，没有任何其他人比小雪更有资格拯救自己的内心。小雪说的话，能够很快进入他的心中去。

Frank 停顿了一下，眼睑抬起垂下，重重地点点头，慢慢小口啜着咖啡。

小雪缓缓思路，脸色也缓了缓说：“我一直很关注叶子的微博，是有原因的。”边说边打开叶子的微博。

“爱情可以打败生活吗？”叶子的微博更新到她出事的前一天，转的是这句话。这句话下面是一幅美国写实主义画家安德鲁·怀斯的油画《克里斯蒂娜的世界》。白衣女子的背影，远方孤独的木屋和离离原上草。残疾少女的爱人在遥远的天际线边吗？她的期盼，透过背影，清晰可见。

一般这种微博会被大部分人迅速过掉，微博上的心灵鸡汤比这个深刻一点的，禅意一点的、原创一点的海了去了，更有无数姑娘派发过自己的或者别人的大头照、伸腿照、睡衣照、自黑照，这个云淡风轻的油画美国女子，远远挑不动大家的视觉神经。就像是吃惯水煮鱼的国人，难以下咽美国的火鸡胸脯三明治一样，每个人在社交平台上，都在刷着神奇和刺激，期待着看到比现实中更低的底线。

“生活完败爱情！爱她就放开她。放开那些心灵的包袱，轻松前行。那些年，我们说好的爱情呢？”

只有小雪很认真地回复叶子。

这话像是小雪的风格吗，这样说是正话反说，发泄，暗示，无奈，还干脆就是女孩子生理周期，神经紊乱，抑或是，隐隐中有什么预言。没人了解，其中的逻辑。知叶子者，莫如小雪。小雪的话中暗含了多少的秘密？

叶子注意到了吗？不得而知。因为在这之后的十几个小时，叶子的车在机场高速路上冲出了栏杆，连车带人都像碎片一样散落一地，就像是层层递进的烟火，终于在激情中彻底喷薄而出绽放，然后又迅速地消失无踪，无声无息地，剩下一些小小的碎片和火苗，在空中变成了一团团迅速散去的烟雾。

魂魄归来兮，叶子。我们说好的爱情呢，爱人。

打开叶子的微博关注和朋友圈，除了一两个成都美食圈的号，你绝对不会再看到叶子和曾经养育了她多年、陪伴了她青葱岁月的四川小城，还有任何蛛丝马迹的联系，甚至没人看得出，叶子是四川姑娘。

那四周环绕的山脉蜿蜒，隔绝了小城世世代代和外边世界的联系。小城的一切进化似乎都是静止的，亘古悠长，缓慢但坚持着自己的节奏。你看到街口有不知年代的石牌坊顶着红色斑驳的“天褒节孝”，有黄狗在石阶上抬腿撒尿。你看到县电影院门口的海报栏上用黄漆还刷着“人民公社好”的口号，风吹雨淋的，甚至都没有人想到换掉它。

小县城雾气蒸腾的碎石小径旁，带着发白套袖，扬汤加水，矮矮小老头的馄饨摊子，扎着小辫的同学阿玉牵着她妹妹阿翠，这一切，会不会被叶子永远锁在她记忆的某处，就像是压在地下室经年不动的盒子，在黑暗中霉变，渐渐腐朽，渐渐消失于无形中，无声无息地。

至少这是叶子的希望，或者是，一厢情愿的。

叶子无数次地在自己精心设计和亲自指挥装修的空荡荡的大别墅中醒来，再看见小时候，上学路上，水田里的三三两两的水牛和那条云雾中的崎岖山路。那种山水浸到脚脖子的冰凉的感觉，又一次弥漫到全身，让叶子缩成一团。

Frank 把叶子不分季节的手脚冰冷，简单的归结为毛细血管循环不良，或者中医说的气血不足。呵呵，男人多么好骗呀！

其实只有叶子自己知道，这种冰彻骨髓，冰彻心扉的感觉，应该是上帝植入自己生命里的，是她与生俱来的，注定一辈子都要和自己纠缠在一起的。只有自己最了解自己。和每月都要经历一次的地狱般的痛经一起，会陪着她的逝水年华，追到她的生命终点，是她一辈子都要背负的两个灵魂吸血鬼。她想到这个的时候，甚至微微笑了，惨白的微笑，应该是，叶子照着镜子里的自己，苍白无力，皮肤透明，血管影影绰绰，照见自己的灵魂和她的吸血鬼兄弟们。

命中注定。无能为力。

这么多年，叶子早就接受了这是她生命的一部分，不可躲避，躲避不了就要面对的一部分。

叶子甚至幻想自己的前辈子或者来世是一棵生活在山涧旁，瀑布口下的小野草，孤零零一棵，伴黑黢黢的石头和青苔自生自灭。清凌凌的雪融水，冰冰的，滋润了她，也每天撞击她柔弱的草本身体。让她透明，让她魂飞魄散，让她从哪里来，又回到哪里去。

叶子小时候三年级就看过《红楼梦》，囫囵吞枣，只挑着宝玉、黛玉、宝钗还有袭人、晴雯的花红柳绿看，什么秦可卿、什么焦大，甚至妙趣横生的刘姥姥都是一掠而过，入不了法眼，绛珠仙草的传说和诗词，也不甚了解。

那个山涧的小草是叶子身边的事情，是她老家青城山余脉中司空见惯了的。

山中的种田农人赶路奔生活，没人关心这习以为常的野草，十几岁的叶子会蹲在瀑布下石头旁，满腹心事地、仔仔细细地盯着小溪和小草发呆，一盯就是几个小时。

十几岁的叶子，那么的绝望，有人知道吗？即使自己后来大学的闺蜜小雪，她也从来没有透露过只言片语。拥有大都市优越的生活的小雪，怎么可能理解叶子贫瘠而苍白的中学生活是如何的寒冷坚硬。说出来，反而被笑为少年维特之烦恼，被笑话，不说也罢，反正叶子也跻身大都市之中了，在你们中间了，不是吗？

那种没有前途，没有明天的绝望，刻骨铭心。

小县城，省里的贫困县，去趟市里也要一整天，还要换两次尘土飞扬的大客，把人都要颠簸成纸片，下车就像踩在棉花上，脚下轻飘飘的。

那个几百人的中学，大多同学的出路是市里的职高技校，学厨师的，学汽修的，学模具制造的，还有的干脆初中毕业就退学了，回家务农和嫁人似乎更务实，鲜有人考大学的。前两届的有个师姐考上了省里的第一师范学院，成了学校里的知名人士，红色的喜讯在学校公告栏的玻璃窗里挂了两年，直到挂不住了掉下来，缩成一堆褪色发白的纸，也没有人清走。每次去学校浴室路过，叶子都要瞄一眼宣传栏里的那堆纸。

叶子住校。

妈妈早晨四点就要起床采购进货收拾，赶在六点前要开门卖早餐，晚上十点打了烊，还要擦桌子扫地，里外一个人忙活。每天睡不到五六个小时，天天如此，从来没有时间，也没有精力管叶子。叶子不得不住校。楼下客人喝起酒来，猜拳行令，喧哗如闹市，烟味酒味交织在一起升腾到楼上，根本没办法学习看书。

叶子每两个星期回家一趟，拿一些换洗的衣物和生活费，帮妈妈擦擦桌子，扫扫地，招呼一下客人，周日就回校了。

主要是叶子实在受不了满屋子里的烟油子味道，钻到头发衣服里，洗也洗不掉，能跟你一个星期，每次回学校，就像是逃离，逃离楼下的小吃店，逃离那个没有自己立锥之地的家。

叶子不能理解，妈妈为什么忍受这样每天拼死拼活地忙，每月才挣一千多块钱，还能从无怨言，像是被蒙上眼罩的骡子，围着小吃店，把自己的青春一天天磨掉，消耗掉，守着她，守着那个浪迹天涯，不知何处躲债的爹。换了自己，叶子宁可选择自杀，也不要活得这样绝望和卑微。可是，自己的明天又会能怎样，是不是也要像妈妈一样，耗死在这个小城里，嫁人生子，永不得宁日？

不能想，一想就要哭。

妈妈很少和自己聊天，只有几年前老爹躲债逃出去那天，有人打上门来，把店里的盘子碗砸碎一地，妈妈才关了门，搂着叶子哭了一天。

叶子才第一次知道，妈妈初中没上完就跟着叶子爹出来混生活。叶子外公是老实巴交的农民，外婆死得早，家徒四壁，三个女娃子，多一个少一个叶子妈都没有区别，根本就不管她死活。

夫妻俩在南方漂泊多年，打工攒了点钱，也有了叶子，叶子妈肚子里还怀了弟弟，眼看着这个家有了希望，结果叶子爹不争气，出去胡混，和当地的一个开发廊的女子好上了，还把人的肚子搞大了。

“那个女人本来就是个乱搞的货，不知道肚子里是不是你爹的。但你爹傻呀，一下就被人黏上了，非说是你爹的种，赖不掉，亲戚舅舅地叫了一大堆，路上拦住，把你爹打的鼻子出血，门牙打掉了一颗。”

“你爹怂了，回家跪着求我。救命要紧，我心一软，就把存了七八年的钱提出来给你爹填了窟窿。南方也待不下去了，就只能回家。一路揪着心，一路没黑没白地赶路。怕人家再追来。”

“到家也啥都没有，被子都是借的，将就住下，受了惊吓，又受寒，很快你弟弟就没了，我流产了。作孽呀，你弟弟都五个月大了呀。流了之后，你爹才知道是个弟弟呀，你爹当着我的面，一头撞到墙上，把墙皮撞掉一大片。满脑袋血肉呼呼的。”

叶子妈妈说到这时候，泪水哗哗的，粗糙干枯的手还不停为叶子擦泪，叶子也哽咽得几乎无法呼吸，如果不是为了支撑可怜的妈妈，自己可能真的要昏死过去，冰冷冷的感觉，从上到下，直接把叶子全身都冻住了，动弹不得。

“后来你都记事了，你爹发愤图强了几年，靠这个小吃店积攒了点钱，开了饲料厂，谁知道饲料厂也没好几年，就还不起债了。你可怜的爹，不知道要躲到什么时候呀。”

叶子才惊讶地发现妈妈还有这么多的眼泪，她原以为妈妈早就被生活榨干了眼泪。

叶子不知道自己怎么才离开的家，从此变得更加沉默了，每天就像孤魂野鬼一样，静静地独来独往，从来不扎堆女孩子的吵闹和悄悄话，也从来不和谁一起吃饭打热水。叶子在中学的时候就没有朋友，这也是她坚持认为自己是一棵孑然独立于石头上的草。那时候的书就是她的救命稻草，无论什么书，教科书、课外辅导材料、杂志、文学小报，都能是她的避风港，钻进去不用出来，不用面对这残酷坚硬而又毫无希望的人生。

叶子英文学得一般，但她对 hopeless 这个词一眼就记住了，这是我的关键词，我的人生就可以缩写在这一个单词里。Hopeless。

叶子喜欢现代诗，她不喜欢少女情怀的欲赋新词强说愁，她喜欢天鹅折断了翅膀，望着空中远去的伙伴，无奈悲鸣，浑厚又遥远。她笔记本里抄着现代诗人陈先发的诗，大段大段地抄下来。

《古老的信封》

——陈先发

星光在干灰中呈锯齿状

而台灯被拧得接近消失

我对深夜写在废纸上又旋即烧去的那几句话入迷

有些声音终是难以入耳

夜间石榴悄悄爆裂

从未被树下屏息相拥的两个人听见
堤坝上熬过了一个夏季的芦苇枯去之声如白光衰减
接近干竭的河水磨着卵石
而我喜欢沿滩涂走得更远在较为陡峭之处
听听最后一缕河水跌下时那微微撕裂的声音
我深夜写下几句总源于不知寄给谁的古老冲动
在余烬的唇上翕动的词语
正是让我陷于永默的帮凶
有泪珠滴下来，印子留在纸上

说不出为什么，可能是绝望的力量也是惊人的吧，叶子的成绩每次在全县模考中都是无比强大的第一。

这也成了怪圈，学霸的身份，让本来就安静的叶子更加疏离人群，疏离快乐繁华。叶子，你不应该快乐，快乐根本不属于你，与你无关，叶子告诫自己。

叶子有时候一个人在午后自习课上溜出来上山一待就是一下午，看看书，发发呆，然后又在天黑之前，默默地溜回教室上夜自习，没有任何人察觉。这个习惯一直陪伴了叶子高一一年多的时光。

直到高二的一天，叶子在人迹罕至的上山小径上的瀑布旁坐着发呆，有个男孩子突然出现，打破了叶子一个人的世界。

如果是一般男孩子截住叶子，叶子不会有太大的吃惊。被男孩子截住，虽不是家常便饭习以为常，但对叶子倒是也不陌生。

叶子初中的时候，就有男孩子在学校门口，歪歪地跨辆自行车，叼着半截子香烟装成熟截住过叶子。小地方的男生，港片看多了，张口叫美女，要求认识认识。那时候的叶子，扎着马尾辫，素面朝天的，目不斜视，绕过男孩子的自行车，照走自己的路不误，只当对方是空气，不存在。男孩子气势被挫了一节，也不再纠缠，灰溜溜收场。

也有比较文气的男孩子，折了纸条或者是纸鹤，写满了字，叫住叶子，连着水晶球音乐盒或是香港四大天王的磁带小礼物，塞给她，也都是石沉大海。

有一次两三个外校的男生流窜过来打篮球，在校园里对叶子指指点点的，大声地笑着，并聚拢过来，说要试试学霸妹妹到底和他们学校的有什么不同。结果，在二楼栏杆上趴着观察的本校的带头大哥阿祥看不过去了，立刻带着几个小兄弟冲下楼来，一顿砖头皮带书包带子乱抡乱抽，把外校的打得抱头鼠窜，外带丢下了一辆轻便山地车，押在学校里，没人敢过来取。

阿祥扬言，不能让外校的在咱们一中撒野，说这话的时候，豪气冲天，小兄弟们满眼的敬意。

没人会误会说阿祥是为了女朋友出头。阿祥有女朋友，是个校外的女孩子，染着焦黄的长发，饼脸，丰满，大阿祥几岁，在县里唯一的超市当收银员，歇班的时候就到校园里面乱混，跟阿祥和他的哥们混在一起。

另外，阿祥这样的学校混混，明天就是社会上的混混，跟叶子这样的学霸，不是一路人，也不会想歪了。大家不在一个星球的体系里。

叶子从来都没向阿祥说过任何一个谢谢，碰到了，还要急急地快走几步，红着脸躲开。

阿祥的混子兄弟们，在身后放肆地大笑，阿祥也不制止，会歪脖子流里流气地盯着叶子看，把叶子盯得背上发毛。像是单薄的的确良衣服，会在大庭广众之下，被人撕扯了一样。

直到有一天，叶子听同学说，阿祥好像因为上次校园冲突，在街上被人报复给扎了，一刀在背上，一刀砍在头上，幸亏跑得快，否则还真不好说。还有人说阿祥住院了，背上断了几根筋。叶子忐忑得几天没有看进书去，恍惚间，总感觉自己欠了阿祥什么，自己长这么大，从来也没有感觉欠别人什么，这种感觉也很奇怪，甚至一天中午叶子趴书桌上睡着了，梦见阿祥啥事没有，在校园里闲逛，可是身边没有了他的小兄弟们和他的女友，是叶子在陪着他，叶子还抱着阿祥的胳膊。

怎么会是自己和阿祥在一起了，我们不是一路人呀，我怎么爱上他了呢？

叶子一急就醒了，这个白日梦真切得不可思议，叶子甚至还能感到自己臂弯挎着阿祥的感觉和温度。低头一看，午睡的时候，还有口水滴了出来，校服胸口上一滩印子，十分狼狈。好像被全校同学老师都看到了似的。

心绪不宁地考虑两天，叶子最终做了一个错误的决定，去看看阿祥。

懒洋洋的阿祥，头上缠着白色绷带，胳膊被石膏固定着，还不耽误他一只手夹着香烟，在阳光里，坐在县电影院的台阶上，挑衅似的向这个世界吐出一个个无聊的烟圈。

阿祥的女朋友，换了个大波浪的披肩发型，还染成焦黄色，脖子上挂着山寨的金色链子，坐在阿祥身边，嗑了一地的瓜子皮。

阿祥看到叶子过来的时候，有一点点意外和一秒钟的不知所措。看到这个从没说过话的学霸师妹站在他面前，磕磕巴巴，不知所云不知所措，阿祥又得意起来。

“你个女娃儿，不好好学习，到社会上来，搞撒子？”

“啥子，你对不起我，哈哈，你个小女娃，拉里有对不起我？”

“老子混社会，这是社会教育老子，教的比一中老师强多了嘍，老子这是直接考上社会大学嘍。”

“有人砍老子，砍不到，算老子命大；砍得到，给政府添点堵，老子把一群王八蛋送到牢里，吃几天牢饭；来回都合适，你有啥不好意思嘞。”

“你要真过意不去，你这样，你过来给我当两天女朋友，跟我睡两天，咋样，哥就不跟你客气了。”

阿祥一阵得意的大笑，因为要缠绷带，脑袋剃成了青皮，笑起来脸皮涨得红红的，满满的江湖气。兄弟们调侃，你个豁子脑壳，还要耍女朋友，你还要不要小命嘍？一阵大笑。阿祥的女朋友，也得意翻翻眼皮看看叶子，撇撇嘴，用几十块钱的高跟鞋踢踢地上的瓜子壳，踢成一小堆。叶子在阿祥的大笑中，小脸一阵红一阵白，顾不得再掩饰什么，狼狈逃开了，又引来更嚣张的笑声。叶子为此懊丧了几个星期，心情才慢慢平复，像是一个悄悄探出壳的蜗牛，被一阵的疾风骤雨打得窝在壳子里，再也不敢动弹。外边的世界不是她的，她最好还是待在自己的小壳子里才好。

可是这次截叶子的这个男孩子是叶子班上一个学习很好的女孩子阿琴的男朋友，是隔壁文科二班的，叫杨阳。

阿琴比较聚人气的，长着小圆娃娃脸。阿琴的爸妈是县委大院里的干部，每次来学校接阿琴的时候都有县委的小轿车，有时候校长和教务处主任都点头哈腰地殷勤陪着递烟。

阿琴是校学生会的宣传委员，主持学校里的广播台。负责在午饭和下午下学前的一两个小时里，为大家广播学校通知、学生会新闻和流行的歌曲。那时候，阿琴就在学校电台里播放过久石让的《天空之城》，叶子虽然不知道曲子的名字，但也被深深吸引，在堆满书本的自己的城堡里，愣愣地听了好久，灵魂出窍般地回不了神。

阿琴是学校的知名人物。学习成绩虽然排在叶子后面隔着十几名，但是人气满满的，几乎是班里所有男生目光的焦点，常常让叶子自惭形秽。

阿琴见到叶子也没太多话，从来都是很善意地笑笑，大大方方的，叶子也匆匆笑回去，每次叶子都感到自己笑得很急促，一丝的慌乱，好像没有准备好，应付人家的样子。叶子甚至觉得自己笑得有点猥琐，下一次一定大大方方地抬起头，直视对方，好好笑一笑，可就是做不到。

到底是自尊还是自卑，还是两者搅拌在一起轮番作祟，叶子也不知道。

自己的家庭背景和人家显然不是一个档次的。阿琴身上的T恤、铅笔裤还有波鞋，是家人欧洲出差带回来的，小城里面见不到。人家朋友前呼后拥的，班级里的女生都以能和阿琴做朋友为荣。

能够维持自己可怜自尊的，也就剩下自己的好成绩了。好成绩又能如何，能给我带来什么，我能考出这个可悲的小县城吗？能够带给我阳光雨露般的爱情吗？

或许一切都是幻象，还没有轮到我上断头台而已，那就麻痹吧，叶子，不要醒来，鲁迅说，做着好梦的青年，你最终还不是和周围的他们一样，成长于斯，消亡于斯，注定一辈子和这个冰冷灰暗的小城纠缠到底的命。

越没有答案，就越绝望，越沉默寡言，只有学习才能安静下来，才能救赎叶子，书外的世界让叶子突然发疯，就像绷紧的弹弓，随时扯断，不需要征兆。那时的叶子不可能知道，马上就有一道阳光，要照进她的生活，彻底改变了她人生。

牢牢地吸引了杨阳目光的叶子，就像是一个美丽的谜团。

学习成绩这么优秀，长着一张清秀白皙脸庞的女孩子，单薄到楚楚可怜，每天默默地在校园里独来独往，孤独得像一片秋风中的叶子，背影让人心酸，让人心疼。

杨阳绝对是这个学校的另类奇葩，风云人物。他与众不同，因为他是从北京转校过来的高一生。

杨阳父亲工作调动，从北京调到小县城挂职当县委副书记。杨阳从小不受母亲的约束，只怕他爸，有时候老杨急了，对不服管教的儿子抬脚就踹，大耳光招呼。奈何这男孩子天性顽皮，就是有老爹的高压，也断不了他经常在学校惹是生非。这次挂职时间长，归期不能确定，杨爸爸干脆把杨阳带到身边来。为了照顾儿子和丈夫，杨阳妈妈也干脆辞了工作，到四川这边来当家庭主妇。

也许是营养好，杨阳的个子有 1 米 82 的样子，长得像爸爸，国字脸，浓眉，阳刚帅气，棱角分明，如果不是嘴唇的细毛泄露了年龄，只看粗粗的喉结，已经至少领先县一中其他男生发育两三年，应该是大学生才有的样子。

北京的孩子，自然是能够回北京考试的，不会和当地孩子竞争高考，学习压力自然不大，杨阳也不喜欢憋在寝室打游戏，更喜欢在阳光下的运动，所以天天能在篮球场上见到他奋斗的身影，挥汗如雨地消耗着汹涌澎湃的青春期荷尔蒙。

只要有篮球比赛的时候，全场或者半场，从来都有女孩子粉丝聚在场外，大部分都是冲着杨阳来的，其中就有阿琴。

阿琴自从杨阳来到学校的第一天就丢了魂似的，老是笑，笑得每天阳光灿烂。见到杨阳笑，自己自习的时候，不知道想到什么了也笑，和女孩扎堆的时候更是笑，那种开心，通透得像春天鲜花盛开。跟着阿琴混的女孩子，觉察到了变化，立刻把阿琴和杨阳联系到了一起起哄，阿琴也不制止，也不反对，很享受的样子。

谣言像病毒扩散开来，像是石头丢到学校操场旁的池塘里，激起一中女孩子们心中的涟漪。无论情愿与否，有高兴的有嫉妒的，学校女孩子清醒点的，也都承认，阿琴和杨阳比较般配。人家家里都是县委大院的，干部子弟嘛。更何况阿琴人长得可爱，性格也好，家境好，但从不张扬，大家都很喜欢。当然琴阳恋也是有福利的，自从北京生转学过来，学校电台大喇叭里周杰伦和蔡依林轻快的情歌多了不少，不重样，超级好听。

杨阳同学有点摸不清楚情况。除了自己个子在学校同学里鹤立鸡群的，他总感觉这里的说话口音怪怪的，他特别爱学当地的土话，拉长强调说，你累个瓜娃子——惹得自己和哥们哈哈大笑。普通话相比四川土话还是有那么一点优越感的，杨阳也不掩饰，换成幽默感表达，很好玩。

这边学校的女孩子和北京的有点不一样，普遍个子矮了一些，白净、清秀了不少，大多比较害羞，不太和男生搭腔。北京那边初中部，已经是一对对张口闭口老公老婆的，如胶似漆，很社会的感觉。这里没有这么公开的嚣张，校园恋爱好像也不少，不过公开勾肩搭背的不多，低调含蓄。

杨阳在北京也没有女朋友，这一点，他还挺骄傲的。我杨阳好男儿志不在此，在乎于篮球和兄弟之间。篮球场盖帽和三分的成就感，远远大于接到情书的喜悦。他北京带来的一堆衣服，除了湖人的队服，就是湖人的队服。

咣荡的篮球衫，穿在杨阳身上，帅气就出来了。球衣的关键是穿衣服人的骨架要够大够壮硕。他个高，撑得起。再加上他阳光少年的脸和松松垮垮的走路方式，有点像专业队的感觉。

一中的篮球校队主管体育老师第一时间就找到了杨阳，和他一聊，才发现自己的 NBA 的知识相比这个转校生杨阳，也就沧海一粟，应该管杨阳叫 NBA 老师。

北京人嘴贫，话多成串。科比职业生涯第一次获得 NBA 全明星赛最有价值球员奖的那场比赛，拿到多少分，几次助攻、几次抢断，杨阳可以张嘴就来。而且杨阳的场上位置，后仰投球和脚步移动，都在惟妙惟肖地模仿科比，他还有一件科比签过字的 24 号球衣。这凭这几点，基本奠定了杨阳在球队中一哥的地位。

杨阳善于团结队友，常常呼朋唤友，带领大家下馆子，豪气外露，大啖麻辣烫和好吃到死的烤串，大杯灌扎啤和可乐。多金是成为领袖的物质基础，国际政治如此，小到一个球队也是如此。

高一那年，杨阳虽然初来乍到，人生地不熟的，但很快在篮球队找到了归属感。有球、有狐朋狗友、有酒，空气新鲜，老爹当着县官，北京也不过了了。杨阳在这里突然找到了空前的自由感。

至于在女生心目中的地位和排名，杨阳自己心里有数得很。

篮球校队的帅哥一直就是系统默认的焦点，帅哥堆里的一哥，更是舞台中心聚光灯下的角色。单听听场投篮命中时的外尖叫指数，就知道人气排行，这个没有异议。当然，一中女生有两个人很特别，一个是校花阿琴，一个是学霸叶子。

阿琴会时时出现在篮球场边，尤其是下半场，后边还跟着几个女同学，脑残级的粉丝团。

阿琴超级迷恋这段有大个子帅哥、有汗水、有尖叫、有杨阳的黄昏时光。

四川的夏天，过午后，天儿闷闷的，像是水浇透了薄衬衫贴在身上，黏黏的，不得清爽。不像北京的大太阳，晒死人不偿命的猛烈透彻，直直照下来的直爽，把一切敢于出现的生物直接扑灭或融化。

何以解暑，唯有篮球。慢慢地暮色降临，穷乡僻壤里的一中，没有装备灯光球场，大家努力挣扎到最后一抹夕阳消失，直到确实看不见篮筐了，才渐渐散去。一帮大个子浑身水洗般的，一场鏖战下来，神清气爽，腿脚发软地坐在球场边铁椅子上，每个人都抓着可乐、雪碧、农夫山泉狂灌，荷尔蒙被汗液勃发，升腾到操场的夜色里去了。这肆意的、没有出口的青春，杨阳用手绞着被汗水坠下来沉甸甸的背心，迷茫地望着远远的青城山，无语。

大瓶子的可乐、雪碧、矿泉水都是阿琴她们女粉团运来劳军的。学校篮球队标配的两瓶矿泉水不够场上十分钟的消耗量，为了学校球队的建设贡献点功能饮料是必须的。

晚上请客聚餐的时候，杨阳也少不了邀请够铁的女粉团们过来一起来麻辣烫。杨阳敏锐地发现，女粉和队友明里暗里其实有好几对。乱哄哄中，各有各的路数。

比如，一群少男少女吵吵闹闹的，都很识趣地把杨阳旁边的位子留个给阿琴。杨阳耳聪目明，早就听到朋友打趣校花阿琴是自己女朋友，阿琴在电台播出的曲子也随时被兄弟们不分青红皂白地一律栽赃到杨阳头上。

“哎，阳哥，琴琴献给你的‘布拉格之春’。”

“阳哥，给你们家琴琴捎句话行吗，放点插电摇滚行吗，天天情歌，缠绵悱恻，牙都酸倒了。”

杨阳一笑，去你大爷的，接或者不接，装傻的时候居多。

后来阿琴在篮球队里混多了，自己也好像对阿琴多了不少的暧昧，却从来也没有捅破那张薄薄的窗户纸。

杨阳家教严，爸妈更是不允许自己儿子谈恋爱，一来杨爸爸在当地挂职还是要回北京的，杨阳要回北京参加高考，远大前程不在这个小县城里。二来作为当地县委副书记的儿子，在学校早恋，性质就更恶劣不少。这是杨爸爸绝对不能允许的。杨阳深知这是条高压线，所以对阿琴也是平常在大伙儿堆里混，从来也没有单独约过阿琴。

即使这样，已经足以让阿琴头晕目眩了，坐在杨阳旁边的特权，接受其他女孩子艳羡嫉妒的眼光，如此这般北京阳光帅哥的举手投足、一颦一笑，是阿琴在最狂野的梦里也不曾幻想过的，阿琴做梦都笑醒了。

吵归吵，闹归闹，没人能看得出来，其实杨阳更好奇那个像谜团的一样的女生叶子。让杨阳懊丧的是，这个落单孤僻的女生和篮球绝缘，从来不到球场来，远离喧嚣人群，也看不到自己如何的叱咤风云和技冠群雄。

杨阳只好远远关注叶子，好长时间了。叶子是远近闻名的学霸，这个尽人皆知，但是每次在学校中碰到叶子，都被她安静到近乎胆怯的感觉所吸引，她身上有着与众不同的气质，说不清楚是什么样的感觉。

叶子迷迷离离的，好像对他这个北京来的男孩子视而不见。有次杨阳无聊地在楼下运球，撞到叶子碎步走过，故意不让路，叶子像逆来顺受的丫头侍女，头也不抬地快步躲开，让杨阳感觉自己反而像是小流氓堵人家小姑娘未遂的样子，被当众盖了冒的丢人，大窝脖般的不爽。

这反而对杨阳产生了更致命的吸引，叶子世界的一切，杨阳都想了解。

好感、好奇、混合着欲罢不能的期待和不安，在这个从未品尝过恋爱滋味的 1.82 米大个子的心中，像野生的爬山虎，肆无忌惮滋生蔓延，与日俱增。青春年少如此，如何能抵抗得了疯狂。

杨阳甚至想到过写个纸条传给叶子，或者，让人传话，翻来覆去地想，感觉又有点不妥。堂堂七尺男儿，还他妈的传纸条，也太娘了吧，是我阳哥的风格吗？

这事还真有点难为住了杨阳，卡住了，杨阳长这么大，这还是第一次这么反复踌躇，有点不知所措。

老天爷还真是不负有心人，叶子无心，杨阳有的是意，叶子上山去瀑布的秘密被杨阳一次偶然的慢跑发现了。

毫无征兆，那次其实是心血来潮，烦了在学校里挥汗如雨的跑圈体能训练，杨阳直接在胳膊上绑了块 mini 计步器，自己从学校后的小径跑到山里面去了。

第一次探索山路，有石子路，有台阶，有急有缓，加上山中的气温明显低外边几度，这段路简直是体能训练和心肺训练的绝佳选择，怎么之前没有发现。人往山上跑，水往山下流，鸟鸣山涧中的感觉，清爽和脱俗。

杨阳为自己的意外发现得意洋洋，低头看着大腿上的肌腱绷紧舒展间，汗水弯弯曲曲地流下来，像蚯蚓，心里暗自盘算，不如以后早晨起床后就奔山里跑算了。

耳边传来隆隆的水声，一个大大的水潭，上山的路就此峰回路转了。一股几十米的水流飞流直下，义无反顾，高台跳水般地扎进幽幽的深潭里，有万钧的气势，碎玉飞花，激情四射，巨大的凉风裹挟着水汽迎面而来，让杨阳有点猝不及防，几乎闪了一下。

更让杨阳意想不到的是，远方 Z 型山路上，靠近瀑布的一边，背对着杨阳，居然有一位影影绰绰的少女。一头秀发不加约束地披散下来，素色碎碎花泡泡袖的上衣，层层叠叠的掐腰黑纱长裙，坐在竖石上，脚踝边的裙袂被水汽吹起来，鼓起来，少女的背影，单薄消瘦得像是剪影，冰冷没有温度。

居然是叶子，应该是叶子，杨阳脑子一热，已经分不清是耳边的水声隆隆，还是脑子里嗡嗡作响，也没有来得及减速，整个人就已经冲到了少女的身后。

事后在脑子再过电影，重复当时的场景，像水汽一样迷离不清，杨阳也不知道是老天爷为什么就安排这样的偶遇。安排他那天如何的心血来潮，如何甩开一干兄弟，跑进山里来；如何安排自己心仪好长时间的女孩子，一个人坐在瀑布边，背对着他；如何安排让他毫不迟疑地伸出汗涔涔的胳膊，轻轻地，点点叶子的肩，柔柔的那一秒钟的温暖，杨阳足以记住一辈子了。

一切都没有符合逻辑的解释，命运如此。

叶子显然被惊吓了，整个人从石头上弹起来，像一只受惊的兔子，双臂立刻抱着自己，防卫的姿态，表情先是害怕，害怕散去后是惊奇和挥之不去的疑惑，呆呆看着这个满头大汗的大男孩，神奇地，时空错乱般地出现在自己的面前。

似曾相识。

“嗨，同学，你，你叫叶子吧？”

……

“我叫杨阳，隔壁二班的。”

……

“你不认识我？我认识你，我们在校园里碰到过。”

“我来跑步的，见到你在这里。”

“你一个人，在干吗？”

……

“同学？”

叶子永远也忘不掉杨阳第一次和她说话的样子，帅气的无袖深蓝篮球衫，绷得紧紧的，胸大肌被汗水浸湿，明显的两大团汗渍，平整厚实。随性的短发被汗水分成几绺，汗珠从额头上流下来，他高高的眉骨，眼窝有点深，很立体的脸。

今后无论多努力地回忆，叶子都不能确认，当时杨阳的背后是不是有阳光作为背景，杨阳的脸，和他伸出的手，像是有道阳光伴着明晃晃地直射过来，明亮眩晕得让叶子不能直视。这道光像是激光，把杨阳的脸，永永远远雕刻了在叶子的灵魂深处，多年之后，又慢慢变成了一道不肯愈合的伤痕，那种痛彻心扉的灼伤，时时泛起，经年之后，还渗出新鲜的血来，常常让叶子灵魂出窍的时候，想象上帝那天其实是派杨阳过来带着火种，使命是把可怜叶子的人生一把火烧掉的。可是，善良的杨阳，把火种藏了起来，最后烧到了自己。

“亲爱的你，可是，你为什么把火种藏了起来，当你遇到我。

善良如你，亲爱的，你为什么不如上帝之约，让我消失了。

你找到我，却又让我，一个人，流浪在这绝望的世界。”

多年后的一天大醉中，叶子眼泪一把，鼻涕一把，稀里糊涂地在微博上，写过这么一段话，没人注意，除了小雪好像朦朦胧胧地知道些什么，浅浅地回了一句，哪里抄来的现代诗，很 touching，帮叶子掩饰什么似的，毕竟结了婚的人了，叶子。

所以，当杨阳和叶子第一次说话的时候，叶子的状态是完全失语和空白的状态。在杨阳看来，叶子当时是害羞的，还是谜一样的，静静地看着自己，不说话，也不笑。这样安静的少女，像是从淡淡水雾中聚起来的，似乎也随时可以在这水雾中散去，虚无缥渺的不真实。

短暂的寂静，山谷里有风，有瀑布，有鸟鸣，有的是这电闪雷鸣的见面，少年少女，宿命般的见面。

直到杨阳掉头跑开好久，叶子都一动不动地站在那里，把自己站成一棵树，一棵没有温度的，直直的树。

阿琴最先感觉到有什么不对劲的，首先，杨阳出现在篮球队训练的时间远不像之前的频繁了，其次是有训练时候，杨阳也会在训练后，迅速抓起来鼓鼓囊囊的大训练包开溜了，不再呼朋引伴的，招呼大家吃饭了。

这种变化何时开始的，倒是没人注意。敏感毕竟是女孩子与生俱来的本能，阿琴万分沮丧，她有点感觉不到杨阳的目光了。

阿琴郁郁寡欢了好一阵子，有苦说不出的感觉。无论谣言传的如何有鼻子有眼，阿琴心里明白，杨阳和自己也就仅仅止步于暧昧，手都没拉过，冷暖自知，甚至暧昧还没有坐实呐，怎么就渐行渐远了呢？

阿琴郁闷到连着几个星期请假，让人代为主持自己十分在意的校园电台，自己则消失了似的，基本上在校园见不到身影。有消息灵通的，说阿琴去成都参加川美播音主持专业的考前培训班了，引得一众小姑娘感慨万千，人家命好呀，未来的大主持。

直到有一天，有好事者撞到杨阳和叶子在山里走在一起，手挽手的，一切才有了看似合理的解释。健忘的大多数，好像突然发现这种组合比起之前的阳琴组合好像更合理。一个学霸妹妹，一个学校篮球队的一哥领袖，都是小城一中的风云人物，两个人走在一起，刚柔并济，个头也般配，气场上好像也很和谐。

叶子和杨阳一开始还是藏着掖着的，主要是叶子在自己的壳子里待久了，小心翼翼。慢慢，慢慢地，久久躲在蚕茧里的蝴蝶，也慢慢地探出头来，飞舞在阳光里了，开心。

杨阳爱得很用力。男孩子的初恋笨拙又不得要领。

像男人初次尝试烈酒和雪茄，浓烈的滋味终生难忘，但又不知自己到底是半斤八两的底线。

男孩子到男人，中间要隔着多少层磨难，天知道。

杨阳每天兴奋得像打了鸡血，满满的都是劲。他的方向感、他的使命感，都是叶子，他希望用尽自己无比强大的力量，去温暖叶子，希望把叶子从她阴冷的小世界、小洞穴里拉出来，沐浴在阳光下，开朗地大笑。

叶子美丽的脸，她笑起来总是浅浅的，短短的，稍纵即逝，头低下去。我要让你大声笑，笑得通透，笑得无所顾忌，把过去一切的阴霾都笑过去，因为，你有了我，有我在一起。

叶子在用全身心地去感知，去追逐，甚至有一点点地迎合杨阳，那是叶子一生中最美好也最纠结的一年半，从高一下半学期到高二整整的一年。后来回忆起来，叶子想起自己，简直是奋不顾身地，努力把自己一生的灿烂，都毫无保留地开放或者燃烧掉，给那么美好的时光。阳光下的一切，多么的美好。

年少不知爱滋味，就像宿醉的人都有难以忍受的早晨。叶子有时候还是会在睡梦中惊醒，很恐惧看着自己把灵魂放到空中，360度地围着那个叫作叶子的自己久久盘旋，挥之不去。

看着她欢笑，看着她发呆，看着她妩媚地抬起下巴凝视杨阳浓浓的眉毛，轻轻拂去他眉毛上停留的柳絮；看着她背着包和这个高高大大的男孩子走在一起，娇小的身影，如何的坚定和柔情蜜意；像慢动作一样，一遍一遍地，回放杨阳如何轻轻把闭上眼睛的叶子吸进自己的唇；看着杨阳满头大汗地从球场下来的意气风发的样子，把湿漉漉的黑发扎入她的怀中，顶她，闹她，往她耳朵里吹气；看着那个叫做叶子的女孩子如何一心一意，守着一碗绿豆汤，着急地吹了又吹，怕太烫了，怕杨阳渴了，等不及要喝……

这些所有初恋中的妙人儿都会经历的浓情蜜意，都被叶子像放幻灯片一样地，放大成背景。

可怜的叶子，把自己的灵魂摁在被告席上，冷酷地审判那个在被告席上缩成一团的自己。

有个恶狠狠的声音像是发自叶子的灵魂在审问：

“你叶子何德何能，你配得上杨阳吗？”

“你比阿琴能好到哪里去吗？你看看你的家庭出身，看看你忧郁不堪的过去……杨阳凭什么能爱上你？”

“你们会永远这样吗？杨阳难道不会丢下你，回北京去？”

“杨阳的爸爸妈妈，知道你躲债的父亲和烟熏火燎开小吃店的母亲，会不会，是灾难？”

十　二

沈叶，你不配，你真的不配拥有杨阳，拥有这一切。

有时候，叶子简直要把自己逼到角落里去，逼急了，无处可退了，就嘤嘤地哭，一直哭到第二天天亮，早自习的铃声响起，爬起来洗洗脸，肿着眼睛去上课。

落英缤纷的梧桐树下，空气里散发着甜腻腻的香气，满地凌乱的喇叭花被行人踩成了发黄的花泥，惨不忍睹。花开，就会有花落。

“花落水流红，闲愁万种，无语怨东风。”此时的叶子，心情堪比西厢记中的崔莺莺，看到落花无情，顿时垂泪，心如死灰，点点碎片。

杨阳看着叶子通红的双眼，心痛得不得了，把叶子冰冷的手捧着在自己的手里，偎在自己的脸上。急急地，多么希望为自己的爱人撑起来一片安全温暖的天。空有一身的肌肉，有劲不知道怎么使，焦虑不安得如同困兽。

“怎么了，叶子？”

摇头。

“病了？”

摇头。

“到底怎么了你？”

杨阳快要急疯了。

“能不能说出来，什么原因，急死人呀！”

情急之下，叶子于心不忍，索性把积压已久的，对自己的拷问，也一股脑地倾诉给了杨阳，毫无保留的，和盘托出。

阴翳慢慢爬上了他阳光的脸庞，凝重和忧虑，侵蚀了无忧无虑、少不更事的青春少年，生活第一次在他面前打开了一地鸡毛的真实一面，像是开始变脸了。让杨阳一时不知所措，有些莫名的慌乱，甚至怒气。

以叶子的冰雪聪明，突然意识到，自己可能犯了一个巨大的错误，大凡涉世未深的女孩子还是比同龄的男孩子要成熟不少。叶子意识到自己和杨阳的爱情是天上的流云，只有美丽的游弋，没有任何现实主义的土壤，空荡荡的没根基。自己这么多的问题，一下堆在杨阳面前，让毫无准备的杨阳，突然从美好的空中跌落下来，碰到了坚硬的现实土壤，无比沉重。

什么家庭，什么未来计划，什么爸妈的态度，甚至还有家庭背景，要多庸俗有多庸俗的现实，一下子挫伤了杨阳尚未沾染过生活烟火气的、骄傲的、年轻的一颗心。本能的反应就先逃避。希望带着自己的爱人和这烈酒般浓烈的爱情，躲进深山，躲进桃花源该多好呀，能够逃避开这些想想都沉重的责任。世俗，会毁掉我们的爱情。

“没关系的，叶子，没人能够阻拦我们两个在一起，大不了以死相拼。”

“我们两个注定是要在一起，同生同死的天涯同命鸟。”

“我发誓会保护你，保护我们洁白无瑕的爱情。”

“你相信我！！你相信我吗？”

杨阳狠狠地说，像是在向自己指明方向，像是在向叶子宣誓，更像是在向周围那些看不见的一只只挥舞的手宣战。

女孩对这种宣誓，是没有任何抵抗能力的，她们分不清宣誓还是表白。叶子所有的坚硬立刻被冰融了，情不自禁地把自己深深地埋进杨阳宽厚的胸膛。

柔若无骨。

那颗年轻跳动的心，只为了叶子而跳动。叶子脑子突然清醒得吓人，是的，这个男人就是自己的命运，无论命运是什么，就让他来吧，我们只能拴在一起了，我们其实没有选择。

大颗的泪珠落下来。

当时，属于你们的当时，不仅仅有甜蜜的梧桐花香气，有青春年少的脸，有信手拈来的山盟海誓，有冲动但又至纯至性的生死相许，还有着更多的“无知者无畏”的少不更事。叶子多年后和小雪絮絮叨叨地说起这一幕时，小雪叹一口气，旁观者清般地，自说自话地评注道。可是，谁有资格评判青春年少呢！

但是，又有多少人有幸运如你们，一生中，有过这样的“当时”。

小雪在自己的日记里写到，这句话她不是要说给叶子的，写下来，好像是在说给自己。

小雪看过杨阳的照片，不是和叶子的合影，叶子说，他们当时单纯到，或者说愚蠢到，就没有一个人想到去照一张合影。他们的小城，手机也没有如现在普及。

少年心性的他们，哪里有任何的人生经验去理解，日后的天太长，日太久，谁又能抵抗得了日子的销蚀。花红柳绿的美丽青春和初恋，不就是用来举杯畅饮的吗？

叶子保存的唯一一张杨阳的照片，是他和一帮哥们儿，显然是在一场激烈球赛后照的，杨阳居中，应该又是大比分胜利后巨嗨的状态，照相的技术一般，人物不大，看不出来个子有多高，小平头，仰着下巴，人白白的，眉眼间的不羁和飞扬，在一群男孩子中立刻就跳了出来。宽松的球衣水浇过般地贴在身上。鲜活的青春，没有被污染过的眉眼。

“这是高二照的。”叶子小心翼翼地把照片拿回来，像是把过去捧在手里。

“是他自杀的前一年。”叶子灵魂出窍一般呢呢喃喃。

小雪永远不能相信，这样戏剧化，这样残酷的人生，能发生在这样一个眉目清新的男生身上。

面对杨阳的照片，面对小雪，叶子那天整个人都是乱的，描述是乱糟糟的，天上一句，地下一句的，拼凑在一起。

叶子像是飘浮在天上，俯视着人间，描述着一段自己从未曾参与过的，杨阳和叶子的人生。

至于这残酷的青春岁月，哪一部分是真的，哪一部分是虚幻的，没有人能够判断，倒不是叶子的表达能力有问题，是这段出乎意料的人生起伏，如果不是选择性的失忆，叶子能够活下来吗？没人能够知道。

“高二下半年，杨阳的父母就知道他谈恋爱的事情了。我们一开始还小心翼翼地，后来就无所顾忌了，应该说是忘乎所以了。学校同学老师很多人知道我们的事了。那时候谈恋爱的人也不少，我们好像特别扎眼，应该主要是杨阳和他父亲的身份地位，比较扎眼吧。”

杨阳被他爸爸打了。

小时候被打的时候，杨阳很会察言观色服软，他爸爸是军人出身，一旦怒上心头，随手抓住什么是什么，劈头盖脸地打起来，一气呵成，谁也劝不住。杨阳对付他爹有一套，先是是用篮球步伐灵活躲开，然后嬉皮笑脸地向他爸求饶，一连串的认错，您说我哪错了，我就哪错了，绝不反抗。连转几圈，老爹累得气喘如牛，也就卸下力气来。

但那一次，杨阳变了个人似的，直愣愣地杵在那里，像篮球架子一般稳当，摆明了不躲的样子，非要用自己的血肉之躯去担当什么的感觉。

杨阳说，爸妈，我和叶子铁定是要在一起了，我们不但在一起了，我还准备和她结婚了。回不回北京，要看叶子的，她要能考上北京，我就回北京上学，她要考不上，我就在这里找个工作陪她。

这就是我的态度，哪怕你们今天就是打死我，对不起，我也不改啦。

这句话像硬邦邦的石头，把杨阳爸妈一下就砸蒙了。杨阳爸爸几乎不认识眼前这个嘴上没毛的半大小子，还是不是自己老杨的儿子。怎么上来就是最后通牒呀，反了你小子。

杨阳爸爸怒火中烧，暴风骤雨般的拳打脚踢，把平生的力气都使上，再加上自己的身体重量，把躲也不躲的杨阳掀翻在地。杨爸爸几乎也要失去了理智。

杨阳再爬起来，他爸爸再打，再起来，再打，杨阳就是不躲，直面盛怒中的老爹。老爹的心脏都要爆炸了，气喘吁吁，仿佛只有暴力才能把属于自己的儿子再夺回来。

杨阳妈妈才反应过来，把儿子了拼了命的用身体护住，把他用力往外推，让他跑。杨阳脖子一转、一拧，更倔了，混小子一个，他准备用承受这种方式向父母表示自己的坚定和决不妥协。

杨阳妈妈没辙了，干脆撒手不管，自顾自地到一边找到凳子踩上去，拧下来灯泡，准备捅电灯的灯头，眼看要出人命。这一下把爷俩吓到了，两个人七手八脚地把杨妈妈一前一后抱住，从竹凳子上拽下来。

杨阳也没了话说，蔫了下来，干脆直接跪在老妈面前，任凭老妈数落。老妈几乎背过气去了，抚着胸口困难地找回呼吸来。这儿大了不由娘啦，说着说着，泪如雨下。妈妈的命，你也拿去吧。

那天晚上，屋里昏黄灯光下，爸妈唉声叹气。屋外如漆的黑夜，狂风大作，暴雨如注，让人心惊肉跳地下了整个晚上。后山上的洪水开了锅似的往外涌，平常清澈的山涧水，都变成了浑浊的黄绿色。

县委大院的宿舍楼，寂寞无声，连野猫也噤声了，整个院子的人都在屏住呼吸，在炸雷的间隙中听到杨书记教子的怒吼。

后来叶子听杨阳说，妈妈对终于服了软的儿子，提了两点要求：杨阳立刻转学回北京，妈妈陪杨阳回北京；杨阳立刻永远地断绝和叶子的关系，否则妈妈就死给杨阳看。杨阳铁青着脸，不说行，也不说不行，直愣愣地沉默着，不知道在想什么。直愣愣大个子，跪在地上都比他妈妈坐着高出一头来。

后来发生的一切，才让杨阳爸妈意识到，他们太低估了杨阳的逆反精神了。当一切都无可挽回的时候，才意识到，他们恼羞成怒的时候，根本没有听到，也没听懂杨阳说的话。亲如母子父子，就必然听得懂儿子的心声吗，未必。

后来发生的事情，加速度地冲向失控，像是暴风骤雨抽打树叶，打得杨阳和叶子找不到北，甚至找不到了彼此。

一夜无眠后，杨阳爸妈一合计，决定不能由着儿子天马行空，信马由缰地给杨家定这个儿媳妇。他们一个是领导干部，一个是大银行的前高管，也不是什么封建顽固家长或者没见过世面把自己孩子当作私产的愚昧家庭。他们坚信，儿子长大了成熟了一定会对现在的执迷不悟感到好笑，甚至后悔。现在由着他就是害了他。至于他心智成熟或者走上社会自立后，他要找什么样的老婆，他们做父母的也不会像现在死命拦着，充其量也就是个建议权。但像现在这样，高中还没毕业，嘴上毛还没长全，就准备把一辈子耗费在这个西南边远山区的小城镇里，和一个莫名其妙的女子，怎么能让生他养他的老爹老妈甘心。不容伤害的拳拳护子之心呀。

杨阳爸是雷厉风行的人，主意已定，第二天就让秘书给一中的校党委打了个电话，自己接过电话来，很委婉地和校党委书记高老师沟通了半天。

老高，我们平常太忙没有常到你办公室坐坐，真是不应该，你呀，也为小杨的成长付出了不少的心血。我们要多谢谢你才对呀！

高书记突然间接到杨书记电话有点蒙，他虽然知道杨书记公子在他学校，但这位杨书记从没过问过孩子的事情，更没有亲自打来过电话，今天是破例。

高书记竖起耳朵仔细捕捉，听到杨书记突然说到早恋的事情，才猜到了几分。

老高，现在的孩子成熟早，不比我们当年，我们那时候只知道背毛主席语录，上山下乡的，哪有可能搞早恋。现在物质条件好，社会风气开放，孩子信息量大，信息量大也不能成为早恋的理由嘛。

学校在这方面还是要注意抓精神文明建设，抓紧点，要贴近同学的生活，让大家把学习搞上去，像省城一中、二中等重点中学看齐，不能放任自流嘛！

杨阳在一中各方面发展得不错，我们准备把他调回北京参加高考了，收收心，我会让我办公室王秘书和你们具体办理一下手续，争取在下周对接好。

这件事，我要亲自抓。

我和杨阳他妈争取找个时间和高书记坐坐，谢谢你们一中这么长的时间对杨阳的培养和宽容呀。

高书记对杨阳谈恋爱的事情一直有耳闻，小道消息是办公室的女老师传的，没往心里走，但怎么也没有想到杨书记竟然电话打过来，亲自过问，还要把杨阳转走。

这话里话外的可是不小的压力。高书记放下电话，立刻就找了教务处长和杨阳的班主任了解情况，并当即安排下去杨阳转学手续，高书记特别给教务处长安排，查查这个早恋的女同学什么情况，怎么能在校谈恋爱？丢人丢到了县委书记那里去了！

成何体统，我们一中的良好风气都被带坏了。

学校三令五申的要求大家认真学习，这个孩子思想教育工作做得不到位，杨书记都专门指示了，你们要认真了解一下，检讨一下。

教务主任周老师听得发蒙，一头雾水，立刻就想到了阿琴。学校干部里面几个骨干阿琴是女生，信息渠道广，又是和叶子一个班级的，应该对叶子和整件事比较了解。

阿琴突然听到这个事情的时候，也比较震惊，张大嘴，哼哼唧唧了半天。学校那么多谈恋爱的没人管，校领导怎么就关心起来杨阳他们了啦？

没多大会儿功夫，阿琴大概也听明白周老师话里话外问的都是针对叶子的态度，阿琴也就不再收着，欲言又止，先是起劲表扬叶子的学习成绩很好，综合科全校第一，数学单科也是全校第一。

这个我们做老师的都了解。周老师不耐烦地打断说，我们需要了解的是她怎么和杨阳开始谈恋爱这件事。讲讲你听到的他们谈恋爱这件事情。

阿琴索性敞开了。

我也只是感觉，叶子吧，也不太爱和女生合群，她还是挺爱在男孩子中间混的，当然也比较混得开，有校外的、社会上的小流氓还曾经为她，到我们学校里来打架，她应该是很早就有校外的男朋友了，应该还不止一个吧。

杨阳来了之后吧，叶子也就把她原来的校外男朋友甩了，听说是她主动接触杨阳吧，杨阳招架不住，两人就好了。大家都看得见，甚至经常不上晚自习，听说经常晚上和杨阳在山上约会的。

周老师脸越听越黑。这条条都是大忌。山上太危险，小路深沟的，尤其是晚上，学校三令五申的严禁学生上后山，怕出来问题没办法向学生家长交代。这个叶子也真是拿学校的规矩不当回事。

周老师是个风风火火的女老师，做什么事情都是今日事今日毕的作风，学生有送外号“周黑脸”。周老师放走阿琴，直接就让人把叶子从教学叫到了她办公室。

阿琴临出门，还扭扭捏捏地说，还有点事，周老师，本来真是不好意思说的，老师调查，我有必要给您完整汇报吧。

说呀，周老师心情不好，没工夫看阿琴吞吞吐吐地。

我听大家传的，叶子为杨阳，去医院打过胎了……我也是道听途说哈，传什么的都有。

周老师也不说话，不耐烦写在脸上，眉头拧在一起。挥手让阿琴不要再说了。现在的学生，真是没有底线，简直，简直，无耻，小小年纪，堕胎。

叶子在路上碰到阿琴，阿琴还是一如往常安安静静，云淡风轻地向叶子笑笑，没事人似的，轻飘飘地擦肩而过。

周老师皱着眉头滔滔不绝地数落了叶子两个小时，说的什么，叶子早就不记得。当时她就听到晴天霹雳般的一句，“杨阳马上要转学，立即走，他父亲亲自打电话了。”她的整个人就惊呆了，天呐，厄运降临了，这一天真的要来得这么快吗？

什么校规校风建设，什么女孩子要自重，大小帽子一起带，思想道德有问题，人不大，思想挺复杂，自己不要脸，还要考虑考虑学校吧。不拉不拉，一大堆的废话像机关枪子弹密集打过来，越来越恶毒，可是叶子像灵魂出了窍，基本上失去了对外界的反应了。她茫然地看见周老师愤怒的脸，墨色一般，拧成疙瘩的眉头，侧着头看人的眼神，透着对给她惹了大事的叶子的万般不痛快。一会儿，叶子又默然地看见到妈妈，深一脚浅一脚地被人叫到学校来，身上的围裙还没有摘去，一身的油烟子味道冲进来。

可怜的妈妈，焦急地左手揉搓着右手，不安地看着低头啜泣的叶子，好像是世界末日似的，无助地看着窗外。再看看老师，又很是无地自容，但又不知能说什么。

被领回家后，叶子在家里昏昏地哭了一天。

第二天醒来，接着一个人在二楼发呆。然后突然明白了什么，飞也似的去打开QQ，满屏都是大大红红的字体，杨阳的留言。

“叶子，他们逼我走呢，你在哪里？？？？？”

“叶子你怎么啦？？？？？？？？？？？？人到处找不到。”

“叶子，你再不出来，我就要疯了。”

“你知道吗，我爸妈逼着我转回北京，立刻要走，学校都通知我了。他们都是一伙的，商量好了。”

“我们怎么办？？”

“你看到留言到老地方找我，我们不见不散。”

“等不到你，我就去死！！！”

叶子后来能够清晰记得，那几天，也不知道为什么，老天爷急了眼，天天不是倾盆大雨，就是阴雨绵绵，是不是暗暗应验了那句话，此恨绵绵无绝期，天人感应？

当时的叶子顾不上这一切，疯魔般地，一路跑上山去，一边跑，一边泣不成声，心里面只有一个哭泣的声音，是自己在嘶喊，杨阳，你在哪里，你在哪里？心被揪的生疼。老天，你为什么对我们这样？

黄昏的小山路湿滑得几乎站不住人，冰冷刺骨，穿着长裙凉鞋的叶子趺趺撞撞地跑到承载了自己和杨阳多少柔情蜜意的地方，瀑布一角。果然，自己发疯爱着的人在那里，一个人呆呆地坐在曾经坐着他们两个的石头上，看着飞流直下的瀑布发呆。眼中熄灭了昔日的朝气，空洞地，让人不寒而栗。水花飞溅开，打湿他的上衣和头发，他丝毫没有感觉，双手抱着膝盖，僵僵地不自然。

两个走投无路的爱人，立刻紧紧拥抱在一起，死命地抱着，像是溺水的人找到了彼此生命的希望。已经似乎已经看不到明天了，两个人的世界，天塌地陷，那么突然，那么地冷酷无情，让他们没有任何可以思考的余地和空间。杨阳的脸消瘦冰冷，铁青得吓人，他突然捧着叶子的脸，目光透着坚定，但说出来的话，冰冷冷的，都没有了温度。

叶子，你别哭了，你看看我，你要仔仔细细地看看我，永远永远不要忘记我。我是杨阳。

叶子，我那么那么地爱你，永永远远地爱你，可是他们不让我们在一起。

你要永远坚强地活下去，他们冲我来的，我不怕他们，有种的来呀，来呀。

杨阳挥舞着长臂，抹掉眉毛上的细细雨水，猛地从叶子身边抽身，纵身一跃，飞快地跳下了瀑布，合着怒吼的水流飞滚而下，湍急的瀑布立刻吞没了他，杨阳的头在深水潭里只冒了一下，人就彻底不见了。

叶子像是被冻住了，冰冷的感觉从上到下，罩住了，张不开嘴，四肢也动弹不得，僵硬得像是一块石头，一块长期被瀑布冲刷、黑黢黢的冰冷的石头，一动不动，杨阳突然不存在了，世界也突然不存在了，自己也不存在了。

叶子没有跳下去。

十　三

“这是一个我完全不认识的叶子，好像是另外一个人。”

Frank 眼睛空洞，整个人不知道漂浮到哪里去了。与其说是和小雪说话，不如说是自言自语。

“小雪，这一切，现在和我还有什么关系吗？叶子，又在哪里？还有她身边的那个陌生的男人又是谁，深夜坐在叶子的车里。”

Frank 第一次见到叶子，眼光就被这个女人黏住了。看到叶子满场起舞的身影，Frank 暗想，今天大使馆的这个活动算是没有白来。

刚刚回国的 Frank 和美国高校的合作研究，转化成了国内落地的技术成果，这使得他不仅是在医疗圈子里有了名气，还在成了美国大使馆名单上的新宠。有美国市长、议员来招商的，来访问演讲的，还有高校来华交流的，动不动就给 Frank 发邀请。不搭界的，Frank 统统是谢绝。他的信条是，有限的时间是用来浇筑自己生命的，不是用来捧场的。

今天的场合也是有点犹豫，看在有几个美国大药商赞助的份上，还是勉为其难地，从亦庄实验室赶到城里来。剥夺他几个小时的时间，不知道有没有任何的收获，会让 Frank 有算不过来账的感觉。

他没看出来叶子是活动的主办方，不是嘉宾。刚从小白鼠和试管的世界出来，突然出现在冠盖云集的名利场，满眼都是人，几乎都不认识，Frank 有点晕场，不适应。

Frank 的眼光不由地跟着叶子转，这个女孩子，翩然于各色人等之间，谈笑自如。叶子轻轻碰碰那个蓝色西服的高个老外的胳膊，算是打过招呼了，转身间，又和大腹便便，坚持在美国人的场合穿中装的王总，夸张地打招呼。

呦—王总，好久不见了，您的气色越来越好了。

王总矮挫胖，叶子顺势把修长白嫩的脖子凑过去，呼出的热气在王总耳朵边游走，撩拨而生动。

王总，您带来的女朋友，不是上次那一个啦，这是第几个啦，几位数？哈哈哈哈。

王总很是受用。叶子知道土肥圆们最喜欢的语言 G 点在哪里。

叶子把自己笑得花枝乱颤，似乎很忘我，很享受，一副人群中很自在的样子。

Frank 对这种看似毫不刻意，可以游刃有余的周旋各色人等中的人，一向佩服得很，尤其是女人。她们在人多的地方，总是那么自然和享受，什么人都没落下，都能照顾到，还要得体，不易，不易，实在是让在美国实验室里呆过十多年的 NERD 老兄 Frank 很是看得上眼，或者，心下有些自惭。

Frank抱着胳膊，端着一杯长脚杯子的香槟，一副无聊姿态，其实也没闲着，视野中有了这么一位灵动新鲜的美女，顿时就像摄影有了焦点，故事有了主线，情不自禁地多瞄几眼。

几个行业内的熟脸，油腻腻的，秃头的，带着一个满头白发的知识分子模样的人，涌过来，遮断了Frank的视线。老朱，国内做中成药的，研发搞得不错。

“Frank，介绍一个香港东方港湾医疗的曾先生给你。”

“久仰，久仰。”Frank马上换上笑脸，露出兴趣，和这位从未耳闻过的曾先生，有一句没一句地寒暄起来。

曾先生讲得一口香港普通话，口齿不清，嘴张不开似的，让Frank不得不竖起耳朵集中精力去听，才明白他也曾经在加州读过博士，算得上圈里人，马上感觉起劲了许多，约了曾师兄改天茶叙。

聊罢，老朱老曾散去，再抬头，迅速地搜索一圈，刚刚的那位女孩子已经不在视野中了。Frank一阵懊丧，有点怅然。

“您是郭总吧？”突然身后有很好听的声音，绕梁三日，让Frank有点掩饰不住的惊喜，带点好像要有什么好事情发生的预期。

果然，就是刚才目光追逐的那位女孩子，突然从身后冒出来，就在眼前，真实坦诚，大方灵动，让Frank顿时身体轻了三分，有点发热发蒙。

国内有位叫陈丹青的艺术家写过，最美的女人永远是在街上的惊鸿一瞥。Frank在一个欧美同学会的小圈子场合与他有过一面之缘，他的话Frank深以为然，于是对陈丹青这个中年老愤青，推崇有加。

可近在咫尺，这女孩也耐看得很。

面前的这张天然去雕饰的脸，略丰腴，但有顺溜的弧线和尖下巴，有灵性的小鼻头微翘，鼻梁挺括。

四川女子天生的好皮肤，白得夺目，细致得毛孔都无处可寻。丁点的丰腴加上天生的白嫩，让叶子看上去很可爱。

精致自信的脸，甚至有点挑衅似的主动，让叶子在 Frank 眼里如同一道让人无法抗拒的浓郁的甜点，散发出诱惑味道。Frank 顿时心生爱怜，情不自禁起来，突然间，甚至有要为她做点什么的冲动。

Frank 在美国的生活如同修道士般清心寡欲的，主要是他们实验室里没有太多中国女孩子，周末华人的聚会，他也基本不出现。不像他在协和当医生的时候，挑肥拣瘦地搭过一些女孩子，后来人在国外，也就不了了之。等到回国之后，各个都老大嫁作商人妇了，孩子都踢足球了。刚回国的两年里，见女孩子的机会倍增，可是公司初建，治理和研究都要呕心沥血，亲力亲为，还没顾得上，今天的商业活动，倒是有意外惊喜，让 Frank 精神为之一振。

叶子也记得和 Frank 认识的第一次，自己穿得简洁，并不刻意出众，毕竟是会议主办方工作人员，工作场合，不能喧宾夺主吧。大概是蓝色半截袖小西服外套，突出了两段圆润的小臂，低胸的黑色紧身短袖 T 恤，深色的九分铅笔裤，裸色细高跟。脖子上一串 CHANEL 的碎细链子。商务场合，干练但又透着点舒适。长长的头发梳起来，底部烫过了，打着卷，堆在一侧，浑身上下散发着女人的味道。商务场合，干练但又透着点舒适。

叶子的公司是这次活动的主办方之一。业务需要，叶子在场子里面飘来飘去，见缝插针，招呼嘉宾，让大家气氛更加热烈些。本来就是个让每个人认识更多人的场合，让机会更多，气氛更轻松，是主办方的本分，这样才会有更多的回头客。叶子毕业后就在这个外资公司，一干就是三年，从没想过跳槽，因为这工作虽然琐碎，还要仰人鼻息，但能轻而易举地切入很多行业的精英圈子，是多少怀春恨嫁少女梦寐以求的，也是叶子假公济私、寻求乘龙快婿的不二法门，岂能轻易放弃。

这种场合是叶子的主场，轻车熟路，自然是不在话下。看叶子身段玲珑，忙而不乱，从容应对，也不会放掉一个细节。

今天她始终感觉到自己背后黏上了一双眼睛，女人与生俱来的天性，几乎从不落空，不用解释。今天这双眼睛的执着，让叶子感觉有那么点与众不同，冥冥中，好像有点什么事情要发生的样子。叶子张罗得更欢快了，甚至有点花式表演的架势了，似乎要表演给那双眼睛看。

眼睛余光扫过，这目光的男主人挺拔俊朗，目测一米八几的瘦高个，一身深色的CANALI的西装，裤脚卷边，裤腿笔直修身，浅色系衬衣泛点蓝色，一条含蓄幽雅的暗酒红的领带，是窄窄的长条，欧美五六十年代的复古风，妥帖张扬。环顾满场子的老美，肥大的西装，裤裆可以装只兔子的在多数，这位先生的确出类拔萃，比较扎眼。

叶子这个年纪的轻熟女，大学四年，职场三年，早就波澜不惊了。但叶子对瘦高个的成熟男人基本上没有免疫力，如果男人碰巧再有点浑厚的嗓音，叶子铁定了会在男人的嗓音中颤抖，满身鸡皮疙瘩，“泛起灵魂的小气泡”，这是小雪笑话叶子的话。

主办方的优势就是手边有联系人的名单，可以顺藤摸瓜，哇，还是个大西瓜嘛，董事长郭东平，他们这个企业，在筹备会议的时候拿到过这哥们公司的资料，是个大海归。

今天这个场合，台上有大使，台下有大使馆文化处和商务处的参赞，灰头发的几位是美国医疗界的大牌教授，国人大都是中国的大代理商和药厂中董事长级别的，还有国内高校的院长，大医院的院长。美国几个大牌子药商混在其间，好像什么人都认识，满场子串，其实这个活动付了大把银子给叶子他们公司的是他们，他们才是真正的金主。

他们聚集的这圈子人，决定了国人能够用上什么档次的最新医疗设备、最新的检测和治疗方法，谈笑间，未来几年的方向就定了。这是个重资本的行业，暗流涌动的是亿万财富，动辄上千亿美金市值美国大药厂是这个领域的航空母舰，中国又是他们不可忽视的重要市场版图。

这些背后冷冰冰的金钱帝国和架构，叶子似懂非懂，也不是很关心，她目前关心的是这个高个子的男人和他有温度的目光。

“嗨，郭董事长，你好，我是奥美广告的沈叶，谢谢你能过来。

这是我的名片。”

Frank 上下一摸兜，“哎呦，我的包被留在使馆安保处了，名片没有带进来。”

这个男人的声音偏中低音区，很好听。叶子脑子有点分神了。

“哦，没关系的。郭总有微信吗，我们这个月还有几个欧洲大厂的学术交流活动，都是基因和分子治疗的，我微信发你吧。”

Frank 一摸，手机也被蛮横的美国使馆安检处给留在门口了。

“是呀，这美国大使馆太讨厌了，没办法，我们倒是建议我们客户在国贸中国大办酒会来着，但他们美国大使馆商务处又死活拦着，说是大使要讲话，非要安排在这大使馆开，大家都觉得很不方便。美国人也是很讲政治的。”叶子似嗔非嗔的，话很多很顺的样子。

Frank 挑挑眉毛，表示严重同意的样子，随便开了句玩笑。

“政治像是盲肠，看着没有用的东西，但得罪不起，发炎的话，后果很严重。”

叶子笑得很莞尔，略带风情，工作场合，同事遍布全场，要拿捏得好，才不至于夸张和招人耳目。

眼看主席台那边，一堆人排排站好，大使清清嗓子，已经展开稿子，开始准备讲话了。

“这样吧。”叶子压低声音，“你一会把手机号发我手机上吧。”叶子指指名片上自己的电话号码。

在确定看到 Frank 点头后，叶子蜻蜓点水般轻轻碰了一下 Frank

的手臂，若有若无地，悄悄退到一边，貌似很认真地看着活动开始。

站在 Frank 背后，再定神仔细观察这个男人的背影，叶子发现 Frank 的深棕色皮鞋的后跟一尘不染，齐齐的鞋跟，居然一点磨损也没有。心中万马奔腾，好细致的男人，对生活的要求和品位，也一定差不了啊。叶子心猿意马起来，眼睛再也不能从 Frank 的背影上挪开。

这时的叶子，早就不是当年青城山下的叶子了。

恍若隔世。

“那个，那个男人，出事那天，坐在叶子车里的，你认识吗？”Frank 突然抬起头来，吃力地问。

“小雪，你这么了解叶子，你感觉她是不是希望当时坐在车上的是我？应该是我，和她一起死去？”

小雪茫然摇头，吃惊。Frank 的问题突然让她不由自主地混乱，让她突然意识到，自己有多么不了解叶子，自己守着的这些秘密，到底有没有自己想的那么重要。

十　四

那天小雪为了陪叶子逛街，专门换上舒适的平底鞋出门，软底的 FERRAGAMO，艳艳的蓝色缎面，金边，前面有点束口，走在国贸商城米色地面上，很是跟脚舒服。

北京顺着长安街往通州方向一字排开，有几个买东西的好去处是小雪比较心仪的。李嘉诚家族的东长安街 1 号的东方广场、建国门外国贸桥的嘉里集团运营的国贸商城连着最新的国贸三期，比较新的还有华贸中心、台湾人开的新光天地购物广场。这几个港澳台集团运营的购物中心，在商业行业的积淀深厚，大牌商家扎堆长期跟着他们，加之周期长投资大，不像国内地产商那样急功近利。由于舍得投资，布局中还处处考虑到采用自然光，宽阔不局促，环境大气而舒适。

其中，国贸商城一期时间应该是最长的，小雪在中学生的时候，妈妈经常带她过来买东西和溜冰。由于是地标，经过几次翻修，反而历久弥新，越来越舒适，处处人性化，洗手间超级干净。

这次叶子约小雪逛街，小雪在附近的北京电台录完节目，就把叶子拉到国贸了。

半天工夫，叶子手里已经满满当当了，一堆的化妆品，还有法国欧舒丹的全天然洗发水。

小雪在一个叫气味图书馆的小铺子意外找到了一款自己很喜欢的柠檬精油，意大利的产品，小小一瓶，精致地布置在一盒风干的薰衣草中间，很天然的感觉，透着亚平宁半岛的风情。小雪第一眼就喜欢上了，与其说是买精油，还不如说是买包装透出的这份宁静的感觉。

“哎，这个大叔怎么样。”叶子胳膊捅捅目光流离不聚焦的小雪。从大学起，只要和叶子走在一起，发现帅哥的永远是叶子，即使有时候叶子忘了戴隐形，也是如此。有些本事是与生俱来的，叶子的这个本能，小雪见怪不怪了。

迎面走过来的一个欧洲范的胡子大叔，个子够高够壮，疙疙瘩瘩的胸大肌，夸张的红色运动短裤，波鞋，毛毛的腿，显然不是小雪的菜。

小雪的菜应该是什么样的，还真不好说，好像这么多年，叶子也没见小雪对谁百分百疯狂过，除了她的美国初恋 Joe。叶子曾近听到过 Joe 的只言片语，都很琐碎，从来没有听到小雪系统地说过。每次提起，都被小雪喊卡，好奇归好奇，叶子也只得作罢。叶子和小雪有共同的文艺范的男性朋友，应该说比较接近小雪的标准。总之，才女的心，似海深就对了。

“哎呦，这么多硬毛，扎死人不偿命呀。”小雪龇牙咧嘴夸张道。

“你懂什么呀，多毛的男人，能力强，带劲。”叶子得意的样子。

“你试过呀？”小雪看不过去，讽刺叶子。

“哪天找个试试呗。”

“哎，姐姐，你们家 Frank 刚出差几天啦，守不住了。”

“意淫一下不行吗，大姐！”叶子挽着小雪的胳膊，使劲地摇晃，撒娇。

“谁大姐，你比我大好吗。”小雪受不了叶子的胡搅蛮缠，消极抵抗。

叶子点开手机里面应用，给小雪念开屏的诗：

很多年以后
我看着流逝的时光
想起今天旧事
生活中有两拨人，朝着两个方向
而我，选择了年轻的那一拨
于是，我见到了一番完全不同的景象

好吧，小鲜肉万岁，花样美男万岁，小雪笑得花枝乱颤，这什么应用呀，这么文青，小雪问道。

“陌陌。”叶子毫不犹豫地说。

“好吧，大姐！”

转弯处，一个按照工业革命时期雾都伦敦的旧火车站台装饰的太平洋咖啡，两人都喜欢，坐下来歇歇脚。原始味道实木桌，NEW

YORKER 风格的布鲁斯慢悠悠的，一圈圈的人围坐，很是轻松的环境。咖啡屋外边就是川流不息的行人，人生百态，流动如风景。

“下午我在过来的车上，听你放张靓颖的歌，张靓颖歌唱得很特别，很走心，也很好听。”

“张靓颖，这姑娘的歌有灵性，不能放多了，有毒。这姑娘是用生命支撑自己的歌唱，声音中都是抑郁的因子，随风飘散。总有一天，不是她治愈了，就是你们被她同化了，唱进去了，像是有魔力的歌姬，古希腊神话里的海妖。”

“有这么邪乎吗？你又是心理专业的职业病泛滥吧。我就是感觉她在舞台上，在人前的那份冷静，装是装不出来了，一般人也学不来。”

叶子把眼前摩卡上浮着的奶油打开，吹散了，漫不经心地，一圈一圈地搅散到咖啡中去。

“Frank 这次飞去美国前，我们俩吵了一架，他黑着脸出的门。”叶子突然说出这事，看起来举重若轻，话是轻飘飘的，脸色却有点暗淡。

“怪不得感觉你今天有点怪怪的，怎么了又？不是好好的吗？”

“又是因为要不要孩子。Frank 坚持想要个孩子，我就是不想。”

“吵得厉害吗？”

“Frank 你又不是不知道，他就那样，发再大的脾气，也不说什么重话，他自己闷闷的。”

“为什么呀？你们两个结婚快三年了，全世界该玩的地方也玩够了。那么大房子，为啥不要个孩子。你也都三十多了，再不要，就有点来不及了。有什么好纠结的？”

“我不是纠结，是根本就不想要。小雪，你想想我们的学校，再想想现在的生活。毕业这么多年，我怎么感觉，越来越没意思，越来越失望，还不如再回到学校里。人生其实真的空虚，漫无目的随波逐流，还不如学校里的学生有人管着。现在没有了老师校规，也没有了方向。看着身边的人，有人奔着出国，希望远离目前的自己和一切和自己有关的事情；有人奔着下一袋子的钱，好像下一袋子的钱就比这一袋子的更值钱；有人奔着一堆的摄像头和麦克风，让更多的人知道自己有多NB；有人奔着下个自己有冠名权的后代，天南海北地香港、美国、欧洲的飞来飞去地生。

像我这样的人，最好不要有选择，选择就意味着迷失。你看着周围的每个人都在奔跑，在拼命，其实是为了躲避，因为每个人都畏惧自己心中的魔鬼跑得更快，追上来，一旦停下来，哪怕只有一个小时的静止，魔鬼就会扑上来，打垮了你，生生吃掉了你。

“其实，都、很、傻逼。一群傻逼，我也不例外，很傻逼。”叶子说这些的时候，用力地用手指绞着自己的长发的，说得一字一句的，从容有条理。脸上有无奈的笑，浅浅的。

“人生为什么这么漫长，有时候，真不知道该如何过下去。”

小雪一时无语。一般情况下，叶子很少长篇大论的。这番话让小雪也不是很有方向。生不生孩子这事，有这么宏观吗？

和Frank结婚后叶子就不工作了，Frank的企业很能挣钱，Frank也很辛苦，隔三差五地飞美国，协同国内国际团队作战，不出差的时候也在公司里。叶子顺理成章地，打着照顾家的旗号，辞了人前人后张罗的工作，回归家庭，做起了全职太太。其实 Frank 不在家，叶子还真没有谁可以照顾的。

他们住的别墅小区微信群里最活跃的是一群全职太太，以相夫教子为己任，还有新加坡、马来西亚的华侨，几乎没人不是儿女成群。早晨国际学校的校车扎堆来他们小区接学生，附近几个国际学校的家长里短、教育理念、中文课和英文课的比例是微信群里永恒的话题。这群贵妇里面，坚持不要孩子的叶子也算是一个另类了。

小雪云淡风轻地看着叶子，除了小雪，恐怕也没有几个人真正能明白其中的是非缘由。小雪有时候是把叶子当作自己病人看的，非正式的，叶子也从来不承认自己有问题，小雪不好因为自己是学心理学的，就自作多情。但自从五六年前，叶子和她谈到杨阳自杀，而她没有自杀的那次，小雪就老是不自觉地把叶子当作自己的潜在病人来看了，现在这个情况也没改变。

那次五年前的谈话有点怪异，没有人主动提起，是叶子自己开的头，口吻像是向小雪的发问，更像是在自问自答似的。小雪第一次体会到了，鲁迅笔下祥林嫂为什么是那种状态了。

“我知道你想问什么，你想问，我当时为什么没有跟着跳下去。”

“我也希望我当时跟着跳下去了。我也不知道我当时为什么没有跳下去。”

“我为什么那么傻，我还跑到学校去叫人，我为什么不直接跳下去？”

“我好后悔，这么多年一直后悔。”叶子嘤嘤地哭，很小声，压抑着。

小雪不敢打断叶子，自己闺蜜好友巨大的人生悲剧把小雪震撼得手脚冰凉，让她也屏住呼吸，小心翼翼。至于在小雪面前袒露这个不能向任何人袒露的秘密，小雪知道，这里面有多大的扭曲和冲动，才能说出来。

小雪知道这与其说叶子是在跟小雪诉说，不如说是小雪被叶子物化成了另一个自己。

“多少年了。我就不能想这个问题。但这个问题又成了我心上的巨石，这么多年后，经历了很多事，谈了很多恋爱，结婚，都无法逃避，无法搬开。想到他，我心中就一阵痉挛抽搐，胸中有一大团的乌云，像墨水在清水中散开，弥漫着，占据了整个空间，直到溢出来。”

“那感觉就像，漫天迷雾看不到尽头，想要前行，但四周了无声息。心里堵到不行，时间停滞了，思维停止了，不能发声，甚至连呼救都忘了，一味沉浸在自己的悲哀中。”

“你能想象吗？”

“再以后，再也没有了以后，我退学了。你想想，杨书记的儿子自杀了，在那个小小的县城里是多大的新闻。”

叶子直接被她妈妈接走，关在家里，两年。直到两年后，才让她到邻县复读参加高考，考到了北京，才算是解脱。关在家里，是开小吃店的妈妈能够做到的对女儿最好、最本能、最正确的保护了。

天知道，叶子这两年躲在那个烟熏火燎的小店二楼，又是如何撑过来的，这两年里叶子怎么从木木呆呆的状态走出来的，叶子自己也决计不提。

有一点小雪可以想象的是，以叶子的父母的情况，是不可能给她什么心理帮助的，叶子怎么一针一针亲手缝上自己心灵上这个深深的伤疤，靠着什么支撑过来，这一点，没人能够想象出来。

杨阳这个名字就被深深地窖藏在某个地方，尘封起来，再也没有人提起过。

叶子甚至连自己的家乡名字都很少再向人提起过，谁提了，好像是冒犯了她似的，脸色很不好，或者刻意躲开。她有意彻底变成了另外一个人，考到北京，叶子把它当作了第二次人生机会。

叶子活脱脱变成了一个北京版的欲望都市里的女孩子，正常得不能更加正常了，普通话标准得一塌糊涂，叶子不允许自己身上再有半点过去的气息，家乡的口音也不可以。她甚至考虑过给自己改名字，去学校的公安处和教务处都问过了，还要回原户籍所在地开证明，一堆的手续，没有个半年跑不下来，实在是不胜其烦，才算是作罢。

大学毕业进奥美广告的第一年，叶子有了经济基础后的第一件事情，居然是请假飞到韩国，按照自己同事的指点，按图索骥找到一家美容店一掷千金，把自己的大腿抽脂，抽得细了一圈，把原本就不胖的脸，两侧削骨，让自己的脸又小了一号。

说实话，一方面是叶子的基础底子本来就好，一方面这家同事介绍的医院确实有良心品质，刀子动得不大，效果很好，腿瘦了不少，直接视觉效果让叶子看起来更加高挑，脸更加主流，或者说是韩流，应该说是从校园女神直接晋级为了社会职场女神。这是一个新的叶子。

这种巨大的转变，任何人看起来都是很正面的，积极的，人生之漫长，总可以容得下一个小女子的二次转身吧。

小雪有点老夫子，有点迂，卖弄知识，掉书袋子，称之为PTSD现象，创伤后心理压力紧张综合征，太理论了，也不人性化，一般两个字母的缩写已经是人的忍耐极限了，更别说是四个字母的，其实也就是巨大压力下，一个人完全摒弃了自己的过去，重新来过的意思。

重新来过，其实是个很怪异的假命题。近二十年的习惯和心性，突然转向，不怪异，如何做得到？人可以像手机电脑一样说重启就重启吗？沈叶还是曾经的那个沈叶吗？那个瀑布旁瑟瑟发抖的沈叶，会在叶子的生命里慢慢随风淡去吗？

多年后，叶子甚至在质疑那个瀑布边的下午，到底发生了什么？小雪其实有点植入治疗的方法，她貌似一点点顺着叶子的思路提问，慢慢帮叶子整理思路。

杨阳跳了下去，是为了你叶子，为了你们两个的爱情，还是他自己？还是什么都不是，只是为了他的年轻而不屈的心？

甚至他太早慧了，早早地就看透了这个虚伪的世界，根本就配不上他的生命和时光，不值得他去追求，苟活下去？

或许世界只是他自己的，只有他自己理解和知道，与任何人无关。

小雪完全可以理解，叶子现在为什么这么地“入世”，至少是在表面上，她好像不顾一切地要抓住身边可以抓住的一切男孩子、男人，一切可能通向幸福的可能。失去过，才更疯狂地押上每一个要赌的机会。小雪知道的叶子算得上前男友的不下五六个，有的知道得多一点，有的只是知道有那么一个人曾经存在，有的叶子也没告诉过小雪。其中小雪比较有印象的是两个。

一个是在北大社团活动中，叶子的学生会领导兼系里的大师兄，系学生会的那个瘦瘦黑黑的学生会主席。大一迎新的时候，就盯上了叶子，挺沉得住气，也不着急下手。等到差不多大二的时候，积极发展叶子到系学生会宣传口，让叶子负责对接一些系内外校际活动的联络，并向自己汇报。大师兄的计划严丝合缝，一方面事关代表北大中文系的形象，叶子有先天优势，另一方面有美女帮助自己的工作，效率奇高，公私兼营。

在人才济济的北大，这位大师兄，出身平平，身材中等，才情中等，也没有深邃的思想可以聊天，每天脑子里也都是些钻营的小事，最多有个留校的潜质，让小雪也着实看不上，经常在叶子耳边冷嘲热讽的。

叶子倒是不客气和不在意，顺水推舟，初入北大舞台，叶子需要的只是个 GPS 导航。果然，两年不到，大师兄被叶子甩到脑后了。倒是大师兄，发现这小女子迅速出落成了校花，应该是自己栽培的功劳，怎么自己反而混了个出师未捷身先死的节奏，气愤难平，于是乎像是王八咬手指头，越咬越紧，锲而不舍地对叶子围追堵截，发誓采取诸葛亮七擒孟获的手段，准备打持久战，把叶子失而复得。

直到有一天，大师兄跨着一辆自行车在门口苦等校外打工的叶子，恰巧看到叶子被一中年西服男开了一辆路虎送到学校门口，一边熙熙攘攘的晚自习结束人流、自行车流，一边豪车横七竖八地在门口接人送人，反差十分明显。大师兄自尊严重受挫，热血上涌，心中呐喊，大丈夫何患无妻，踩上自行车，落荒而去，从此不再出现。其实那天叶子为家教客户补课，错过最后一班的地铁，孩子家长把叶子送回学校了，并没有什么特别的事。看来大师兄的胸襟和算计比起诸葛亮来，差距还是有点大。

大师兄毕业后留在一个门户网做新闻频道，特别喜欢做痛批郭美美和干爹、绿茶婊和海天盛筵的专题，应该就是当时在大学里和叶子这段无疾而终的恋情，坐下的病根。倒是应该感谢这个病根，大师兄后来出了几本情感类的书，从此以情感专家的身份行走江湖，顺风顺水的。看来每个情感专家自己的背后都有一段血泪的感情史呀。

还有一个是叶子在网上认识的。这个网名叫“如歌的行板”的男孩子特别优秀，在豆瓣网上人气很旺，他是中央音乐学院的学生，拉小提琴的。头像是酷酷韩式的小平头，侧面看打着耳钉，带着阿汤哥招牌式的雷朋墨镜。叶子的文笔居然把这个帅哥吸引过来，给叶子发私信联系上了，还约在北大门外的风入松书店见了面。

叶子一见之下惊为天人，当晚恨不得就要和“如歌”牵手。“如歌”有着明星气质的小瘦脸，1.75米的个子不能算高也不矮，多年拉小提琴形成了忧郁的气质。

不光叶子，被拉过去当灯泡的小雪，都花痴泛滥了，这不就是传说中的花美男吗？从此，叶子的心思就一股脑地扑到花美男身上了，整天塞着耳机恶补古典音乐，天天去“如歌”的网页上捧场，还追着买国家大剧院的演出票，上千块的票子都不眨眼，请“如歌”去看交响乐。

叶子有一点特别好，重色从不轻友，柏林爱乐乐团的演出是演出季的重磅，叶子叫上了小雪一起。当然因为“如歌”，小雪丝毫不排斥当大灯泡，三人行。

“如歌”心细，不会显得和叶子很亲密让小雪难堪，他会时刻照顾到两个女孩子，会坚持让家里的司机去学校接了她们两个，会坚持把叶子和小雪的票钱出了，还会在演出中间休息的时段贴心地把下半场的曲目给两个古典音乐白丁逐一讲解一遍。

这等男神级的人物，别说叶子啦，小雪也迷迷瞪瞪的，两眼发直。可是几个月下来，叶子开始慢慢发现问题了。“如歌”几乎从来不会主动牵叶子的手，更别说是kiss了，而且“如歌”手机里存的全是帅哥的照片，他疯狂喜欢吴彦祖和彭于晏，微信上也和几个帅哥缠绵得很。

叶子追问之下，“如歌”毫不隐瞒告诉叶子，从小被爸妈严格管教，不敢告诉家里，其实自己一直更喜欢的是男孩子，对女孩子一般般。他也挺喜欢叶子的文笔和叶子这个人，他很直白地问叶子能不能接受如果未来和他成立家庭，能允许他继续和他的男性爱人继续交往，他会很好地照顾叶子，也不会干涉叶子的生活，也就是说各得其所，互不影响。

叶子怕伤了“如歌”的面子，默默地倾听，然后温柔地表示这种状态听着很不错，我回去想想，挥泪而别。其实，想也不用想，这段似是而非的恋情，就此戛然而止了。

小雪听了之后第一反应是嘴巴张到极限，差点掉下巴颏。后来才慢慢觉得，这个男孩子真是温室里成长起来的花朵，被管得太严了，那么真实善良，教养出众，居然希望用这种《喜宴》般的剧情为自己设计人生，尤其是在中国这个传统思想强大到到处都是铜墙铁壁的地方，如果不是有堂吉诃德的可笑，就是有看待世事用温情主义的赤子之心。

叶子和“如歌”没戏后，小雪还和“如歌”长期保持着联系。多年后，“如歌”移民加拿大多伦多了，和他的男友很开心地在一起，准备正式结婚。经常在微信上看到他们两个帅帅的家伙，有时在纽约喝咖啡，有时在意大利的圣基米亚诺古城，背后是公元前几百年的罗马式教堂，倒是神仙眷侣的样子。

小雪在自己的随笔杂文集《春深》中还收录了一篇专门关于

“如歌”的文章，隐去了名字，写到和他多年的友谊和这段奇缘。其中，有句话是这样的：“造物主颠倒红尘，既然生了这样的花样男子，又不把他交与世间的痴情女子，岂不是造化弄人。”

小雪在叶子面前挥挥手，希望把叶子的思绪拉回来。

“我的书里提到过孩子，你肯定没有仔细看过，或者看了，忘了。”

“孩子，是给自己一个活下去的出口和未来的希望，当你白发苍苍，儿女又有了很多的儿女，各有各自的人生，在草坪上聚一聚，有阳光有狗有食物，还有谈话，宜长宜短，宜深宜浅，你就不会后悔当时生孩子的决定，或者有一瞬间，你甚至庆幸，幸亏当时坚持下来，有了孩子，让自己漫长人生有了温度。”

“也许，我不需要等到白发苍苍的那一天呐……”叶子头也不抬，继续搅动眼前的咖啡，蚊子一样的声音，细细的。

“即便如此，有孩子的过程，也是对这无解生命的消炎药。”

“也许他们不能救赎这无药可医的绝症人生，但他们可以消除你很多的疼痛和悲伤呀。”

小雪说出这段话的时候，叶子仔仔细细地听，手中搅咖啡的勺子都慢下来。这已经是坐下来的第二杯了。

“我的客户中有很多是父母子女问题的，大部分是生离死别的问题，你的问题，是开不开始的问题。”

“爱得太深，爱到彼此伤害的，彼此仇恨的，我会说放开，龙应台说的，所谓父女母子一场，你和他的缘分就是今生今世不断地目送他的背影渐行渐远。”

“对于你和 Frank，你真的需要抓住更多能够抓住的东西，包括孩子。”

叶子突然浅浅地一笑，有点像五年前关于杨阳那场谈话时的表情，那种熟悉的感觉再现。

“应该抓住的，我为什么永远都抓不住？亲爱的，人生为什么要这么难？”

叶子突然伸出手捉住小雪细细的手腕，下意识里，像是要抓住悄悄溜走的人生。

“亲爱的，你是一个大玻璃罐子吗？”

“你怎么可能装下人生那么多的问题，自己的，别人的，还丝毫不被这些东西所侵蚀，干干净净的。”

猝不及防的一句话，突然扔给小雪，小雪几乎说不出话来，泪珠儿在眼眶里来回转悠了几圈。

叶子突然噗嗤一笑，松开手。“逗你的。”

“不说了，说点开心的，亲爱的，我们家一楼后院的阳光房盖好了，你帮我挑点舒服的家具吧。”

除了逛街，小雪和叶子还有一个共同爱好，就是收拾房子。小雪在长城脚下的工作室，其中的布置和家具，叶子也花了不少心血，东北四环和十里河，跑了不少趟。和 Frank 去东南亚玩，叶子还在泰国曼谷的一个中国人开的店里给小雪定了一个手工的小方柜子，千里迢迢地运回北京，放在阳光走廊的一个俄式高背沙发旁混搭冒充茶几，感觉很奇妙。方柜子台板有粗糙的人工痕迹，门是镂空的，边上镶上了亮亮的镜片和绿色的叶子，十分雅致精巧。

关于房子，小雪说过一个理论，人在这个世界上的旅行，其实是从一个房子到另一个房子里去。只有房子才是人类灵魂最后的寄托之处，是给自己的孤独灵魂一个可以安放的地方。

世间的人不懂，只知道女人追求房子车子，是对物质的追求，是世俗的。

岂不知，这世间的女子有几个不是在追求一个可以让灵魂休憩的地方？可以大屋广厦，可以茅屋片瓦，总要有容身之处。

某种意义上说，房子比你的爱人更可以依靠。爱人可以离开你，房子却可以给你庇护风雨。

小雪立刻回过神来，来了兴致，着急约着到叶子家先实地考察一下，“要依我呀，应该是白色为主的，加点藤编的家具，椅垫是白底碎花的风格，最好再加点东南亚感觉的大吊椅，阳光满屋时，晃来晃去的，窝在里面看书，舒服死了。”小雪脑子里面立刻被阳光的画面充满，跃跃欲试。

“哦，还有，还有。阳光房上面要加上自动刷洗的雨刷，下大雨的时候，自动刷去厚玻璃顶上的灰尘，又环保，又干净。”

叶子也显然被小雪的设计感动了：

“亲爱的，依你，都听你的。”

小雪发现叶子的微笑，透出丝丝苍白，甚至有点僵硬，马上伸手过去捉住叶子的手，劝叶子：

“你咖啡喝得太多了。”

“别喝太多，对心脏不好，毕竟，我们是东方人，不能和西方人比。Joe 每天能喝三四杯，晚上喝咖啡也照样睡得香甜。”

叶子笑笑，不语。没有捡起来 Joe 的话头。

“阳光房的设计归你了，亲爱的，只要你能喜欢。”叶子话里透着古怪。

小雪说得对，她前段时间已经检查出来有点心律不齐了，医生要她戒了咖啡和酒，可是医生不知道，咖啡和酒是叶子最不可能离开的东西，是她对付黑暗的良药。

没人知道，包括 Frank，叶子在一个专门讨论自杀和劝慰自杀的论坛上很有人气。她在论坛上注册的名字叫水妖菇凉。水妖菇凉把自己的秘密 po 上网，赢得了巨多的人气。水妖也经常混在各种留贴和回答中，为网友的各种自杀的理由，心情起伏，或者劝阻，或者同情，倒也是很有归属感，回应者云集。

这是只属于叶子的秘密和装着秘密的树洞，任何人，就连闺蜜小雪也不知道。Frank 从来也不知道杨阳的存在，更别说这个论坛。

论坛上，叶子看到过一句话，深深嵌进自己的脑子里：“Pain is the payment for each precious thing.”

叶子觉得就是在说自己。自己生命就和那股隐藏在身体深处的阴冷共舞，就像是孪生兄弟，像是血脉和肉筋，互相纠缠，生死与共。它可以在任何时候冒出来，让叶子浑身冰冷，僵直，血液或者骨髓都要冻住一样，瞬间回到了瀑布旁，像那些经年被冲刷的石头，坚硬冰冷。

叶子可以听到很多笑声，随时随地可能出现。这些笑声浮在空中，趴在自己的耳边，就那样轻浮的笑，各种各样的笑，清脆的，咕咕噜噜的，这么多笑，都会有个奇怪的拖长的尾音，像是老式磁带绞了带子，或是CD划了口子，如果仔细听，反反复复地就一句话，你怎么不跳呀，哈哈，你怎么不跳呀。

这种幻境，像是外星来客，可长可短，飘忽不定。可以在另外一杯酒喝下，就消失得无踪。也可以一整天一整天地跟着她，在耳边跳来跳去。叶子怕极了这些诡异的笑声，她觉得这些笑声有一天可以拿走她的一切，易如反掌地，甚至是一瞬间地，但她没和小雪说过，怕小雪多想。

叶子也曾经考虑过孩子，可是她真的不敢要。哈维尔说过：病人比健康人更懂得什么是健康，承认人生有许多虚假意义的人，更能寻找人生的信念。

叶子在内心深处，已经把自己定义成了一个似病非病的病人。所以，如果要了孩子，甚至可能是对那个无辜生命的背叛。叶子对此已经坦然接受了，就像看着衬衣上的红酒或者咖啡，无动于衷。她可以欺骗任何一个人，但她不能坦然欺骗自己的孩子。

“人性是如此的污秽不堪和病态，但凡沾染人性的地方就是一个大染缸。”叶子在自己的微博上写道。没人知道她在说什么。

叶子更加不能离开咖啡和酒了。咖啡能够让叶子对付白天，酒则是留给夜晚的。

或者说，之前的叶子一秒钟都没有离开过现在叶子的身体，她就住在她的灵魂深处，时时刻刻可以跳出来，指着叶子的鼻子恶狠狠地说：

“沈叶，你不配！”

“雪呀，答应我，我要是走了之后，能不能替我照顾好 Frank，还有我的阳光房。”

叶子突然没头没脑的一句话，把小雪惊着了，小雪一时没有反应过来，条件反射般地问：“去哪儿？”

话一出口，小雪立刻意识到了自己的愚蠢。

十 五

对叶子来说，如果说那场车祸是个预设剧情的话，车祸中的那个男人，就是个可有可无的点缀，是个意外，或者说是她潜意识里要留给Frank的一句话，忘掉我吧，或者，恨我吧，爱人，我不值得。放弃我吧，我选择放弃了自己。我是一个如此不堪的女人。

这个自称OY的年轻男人是在Sensation酒吧中认识的。

“OY，什么意思？”

叶子当时喝的人有点晃了，对于这个身上喷了莫名其妙古龙水的男人，好像很明白他的靠近是想要什么，好像又很不在乎，叶子对自己的状态很高兴，身体很轻。

美女看见我就会说，“Oh，yeah，就是他了！”的意思。OY很无耻地笑着，死死盯着叶子的脸，看着这张无瑕的脸，笑靥如花。

“哈哈，就你，你知道我看见你，心里面想的是什么吗，Oh，shit！你应该叫OS，你知道吗，哈哈？”

叶子在几十个巨大音箱轰炸的高分贝迪斯科舞曲中，放肆地大笑，一手端着盛满香槟的长脚杯，一手指着这个叫OY的男人，笑得前仰后合。

十几杯的香槟后，一点点的小事情，在叶子眼里变得极其可笑。

OY 毫不在乎，他征战夜店这么多年，靠的就是胆大脸皮厚。至于自己的身材和看得过去的小白脸，瘦瘦的就是优势，比起满大街只顾挣钱，不顾肚皮有碍观瞻，身材走样的其他中国男人，虽然也帅不到那里去，但怎么说也在 80 分以上。白天在大街上也许泯然众人矣，但在夜店的舞台上，放大了外形，模糊了社会地位、身份，这样的场合，这样的条件，足以让他在北京夜店不失手。

自己在兄弟圈里自封为江湖小刀哥，小刀哥出手，快进快出，刀刀见血。兄弟们羡慕嫉妒恨，骂声一片。他经常将偷拍的昨夜猎物艳照，按照编号发出来，配点麻辣点评，引来叫好叫骂一片，像是在大街上摆摊卖艺的，听到了铜板落到搪瓷缸子里的声音，愉悦而满足。

小刀哥大名王鹏浩，多年前北京大学本科毕业，进了四大之一的普华永道，在里面苦哈哈地干了四年。这四年干下来，让王鹏浩要死的心都有。不通路，坐越野车颠簸六个小时，下矿去看煤，用铁笼子的升降机放下去，出来后，眼睛半天看不清楚人；污水满地流着的化工厂，OY 也住过半年，老板打死也不给住到厂子外面酒店的费用，OY 被三废给熏得感觉要得肺癌了，头发至少掉了一半；还有过分的，有个农牧项目，为了防止蓝耳病，OY 要穿得像核实验区防辐射服，在一个上千头生猪的养猪场里，数生猪，同组的女同事都拒绝进去，让他生生连数了三天，搞得很多母猪都喜欢上他了，老是挤过来，蹭他的鞋，撒娇。

苦逼生活没有打败王鹏浩同学，只要没有出差，小王同学一定是夜夜笙歌，常驻各大北京夜场。这是他的精神世界。小王同学为了获得目前江湖中小刀哥的地位，苦心孤诣地钻研了世界各地的各路泡学。所谓泡学，也就是泡女把妹之理论。话说兴趣才是最好的导师，以小王同学在四大修炼出来的坚忍不拔和被数字磨炼出来的犀利头脑，不出几年，小王同学脱胎换骨变成了所谓江湖小刀哥，战袍上挂满了俘虏的头骨，都存他手机里了。小刀哥吹过，如果真有一天，他的手机不小心丢了或被偷了，艳照流出，恐怕大批美女花容失色，大半个京城的男人顿足捶胸。

吃人不吐骨头的四大，四年也就是混成了一个所谓高级经理，说起来辛酸泪一把一把的，小刀哥不再甘心做美国资本主义体系的炮灰，改换门庭，去了一个国内的二流基金公司，在二环边上的一个新办公楼里。这个基金是一个民营上市公司主导设立的，以二级市场的操作为主，有时候还违规操作自己上市公司的股票，老板就是胖子吴忠。基金公司虽然是二线，但工作生活舒适度突然有大幅度的改观，最主要的是，小刀哥有了大把的时间出没夜店，那里才是让小刀哥乐不思蜀，自信满满的人生主战场。

新工作还有个额外的福利，原来在夜店碰到四大同事的频率相当高，都是这个圈里的人，低头不见抬头见的，晚上变了个人出来找乐，谁都不想碰上熟人，以免尴尬。跳出四大，不在他们圈里了，自然不再有这个心理负担了。说起来很狗血的是，有次小刀哥在朋友圈炫的昨天的艳照对象，居然被还在四大奋斗的哥们认出来，是他们那里的一个女合伙人，孩子都两个了。小刀哥当即删图，所以说，社交软件阅后即焚的功能是非常重要滴，这要流出去，还不要出人命，毕竟是四大，又不是娱乐圈。

和一般人正相反，对小刀哥来说，白天的工作是为夜晚生活做的准备。小刀哥自己曾经一厢情愿地想过这个问题，夜店就是为自己这样的人开的。现代都市生活，大家把大把的时间都耗费在或者安身立命，或者飞黄腾达上面了，谁还有时间去谈一场春花秋月、旷日持久的恋爱呀？

最近好事连连，一般不经常在基金公司露面的吴老板的手下大秘韩刚，突然找他喝酒，说吴老板认可他最近工作表现，准备给他特批一个资深副总的位子。小刀哥当时有点发蒙，什么工作业绩，哪儿跟哪儿呀，自己怎么不知道啊？后来三瓶红酒加五份麻小之后，一切才都明了，韩刚给他看手机里的一个女人的照片，说这个已婚女人的名字叫沈叶，背景就不要问了，她经常在北京酒吧夜场出入，老板有指示，最好能够拿到这个女人偷腥的第一手资料，有上床的最好，没有上床的也要有和男人混在一起的证据，照片、短信、微信、QQ 记录都行，至于目的就不要问了，反正是男男女女扯不清的事情。

韩刚说自己得了指令就找了长期合作的私家侦探，跟了这个女人一段时间，外遇倒是没有发现，只是发现她在老公出差期间，经常和朋友出入夜店，有一家叫 Sensation 的夜店是据点，经常去。这点资料太有限，韩刚有点交不了差，就琢磨到小王身上了，他知道小王素有夜店小刀哥的名头，混夜店泡妞有一套，就请小刀哥帮一个忙，韩刚也会做人，事先请示过老板，如果事成就给个资深副总的位子，小刀哥也就少奋斗十年，这样岂不是既能让他老板那里交了差，又能发挥小刀哥的特长，封官加爵，两全其美。

小刀哥的脑子是四大训练出来的，瞬间就得出结论，这件事就是零风险的一件事，成了，升职加薪，不成，就说人家看不上我，韩刚、吴老板也说不了什么，绝对是件好事呀，当场就满口答应下来。韩刚的私家侦探技术支持，小刀哥粉墨登场，试试这个女人是不是有缝的蛋。

小刀哥第一眼看到叶子，就感觉有戏。

这个轻熟女应该属于典型的寻求刺激型，或者欲望不满，或者内心空虚，或者寻求逃避，看她将进酒、杯莫停的气势，明摆着是找醉来的；虽然旁边有女伴，但她站的很远，眼光游离，说明她更期待的是个男人走过来，填补空间；只要让他小刀哥得以近身，再以护花使者送回家的名义，十拿九稳，没有不成的可能。问题是不能让别人抢了头彩，便宜了别人，耽误了自己的大事，否则，小刀哥的颜面在哪里？美人江山，两者兼得，天下还有这等的好事。

小刀哥出手几乎不需要太多的遮掩，直截了当，化繁为简。

“美女你跳得真好，我远远地就看你好长时间了。我敬你一杯酒，如何？”

叶子眼波流转，看着这个头发用了不少发胶，费了不少心思竖起来的男人，手中端着一杯酒，痞痞地笑。年方二十三四的样子，碎花衬衣白裤子，倒是挺干净的。

“你呀，条太瘦了，不是本姑娘的菜，小毛孩。”叶子哈哈大笑，成心戏弄小刀哥。

小刀哥何许人也，能够被你小妞一把就灭了的话，还对得起这个江湖称号。小刀哥沉得住气。

“我瘦呀？我有的地方瘦，有的地方不瘦呀，你要不要检查一下呀，给你个机会呗，姐姐。”

小刀哥压低了声音，像叶子碎步靠近。夸张地迅速上下扭胯，像是 Michael Jackson 标准标牌动作似的，把头侧向一边，把手护在肚子下面。客观说，就这几招，还是很让叶子赏心悦目的，有点神似吧，还是挺利索的。

所以，当小刀哥毫不犹豫地把手轻轻放在叶子超短牛仔小热裤包裹鼓鼓的、圆圆的、肉肉的臀部上时，叶子并没有反对，一切顺理成章。

“请我喝酒吗，帅哥。”

来呀，小刀哥对自己突破性的一气呵成很满意，来劲了，打响指，叫人上酒来，豪气冲天。

真喝起来，小刀哥才暗暗叫苦，这个叫叶子的女人酒量十分了得，本来按照自己的判断再有一瓶香槟，估计就能放倒这姑娘。谁知道，两大瓶 Moet Chandon 下肚，叶子还是进退自如，面不改色，只不过脚步移动起来有点不清楚了，有点往小刀哥身上靠的意思。小刀哥醉翁之意不在酒，顺势把叶子的软腰托住，圈到自己怀里。叶子的收腰小衬衣很方便小刀哥撩起衣襟，触到雪白肌肤，温滑细腻的感觉从指尖传到大脑，软糯得像是刚要揭开苇叶的热粽子，让人把持不住。

两人对手机，扫二维码，加上微信。夜场音乐太大，微信往来暧昧，更直接方便。

“大美女今宵酒醒何处。”小刀哥的头像是海盗船长杰克，功力果然了得，上来就单刀直入。

叶子装傻，“没计划。”

紧接着挑逗小刀哥，“OY，你平常这么色，你爸妈知道吗？”

小刀哥发了个两颗大红心，“我这不是色，是满足天下女性的欲望为己任，不怕牺牲，只为你，哥哥愿意委屈自己，牺牲一把，死而无憾。”

叶子发了个撇嘴的表情，发了两字，“就你。”

小刀哥继续密集跟进，“我的爱情成筐成筐的，要不先发给你两个集装箱。”叶子乐了，发了几个玫瑰过去说。“来呀，小屁孩，给我来两吨爱情。”

小刀哥渐入佳境，没想到这个妞这么正还这么上道，这个任务太刺激了，他妈的美女权力都全了，想想还有那么大的利益在后头，小刀哥立刻把微信截了几个屏，发给韩刚。韩刚手快，立刻转给了胖子，胖子吴忠立刻对韩刚发了个大拇指，回短信，很好！继续操作！韩刚收到老板褒奖，更加来劲了，发微信给小刀哥，再接再厉啊兄弟，直捣黄龙，直接拿下，要床照。

久经沙场的小刀哥其实犯了大错。

当叶子要求再来一瓶的时候，他没有坚持住，把叶子拖走，就像平常一样，一切就会不一样了。那天晚上不过也就是一个旷男一个怨女的露水情缘，在第二天北京的晨雾里，各自得到自己想要的，各自蒸发，各自消失，无影无踪，普通得不能再普通了。

其实，类似 Sensation 的后剧情，无数次出现在过去叶子的生活中，无论是认识 Frank 前，还是认识 Frank 后，从没断过，也不知道有多少次了，出了酒吧大门后，叶子都会东倒西歪地搭上各色男人的车，嘴里大呼小叫着，消失在被酒精浸泡的北京夜色中。今天好像也没有什么不同。

小刀哥明知道泡学的大忌是喝多了不省人事，岂不是所有功课前功尽弃。看着叶子似乎并没到位，舞动中，只不过是两个人的脸越来越靠近，叶子的呼吸越来越热，小刀哥一冲动，又打响指让 waiter 加一瓶。

“不，我不喝香槟，我要喝威士忌。”叶子坏笑着，用尖尖中指挑开小刀哥中间的一粒扣子，手指像蛇一样，弯弯曲曲地钻进小刀哥的衬衣里，在里面滑动，拿挑战的眼神，追着小刀哥。叶子分明感到，这是另外一个叫叶子的跳了出来，鲜活生动地绽放在夜色中，激情而无界限，叶子更喜欢这个叶子，无拘无束，没有奇怪的笑声，没有冰冷，只有热烈奔放和燃烧。这都激发了把妹高手小刀哥的战斗欲望和更加高涨的激情。小刀哥举着手机对着他们两个的放肆的笑脸来了很多张连拍，发出去，胖子看到叶子的脸贴在小刀哥胸膛上的照片，感觉这事十成基本成了八九了。

胖子知道 Frank 小时候就因为忧郁症休学过半年的样子，当时少不更事，不懂得，忧郁症是一种病，只觉得 Frank 和他爹妈矫情，谁他妈的没有情绪不好的时候，还需要休学吗。后来年长有人生经验了，身边碰到过几个因为忧郁症跳楼自杀朋友，才知道这个病的顽固性，基本上很难根治，而且极其容易复发。胖子当时还动过脑筋希望在境外引进一些治疗忧郁症的西药，后来因为知识产权的事情，搞不定，代价太大，才作罢。胖子决定在 Frank 的婚姻上先找找切入口。不信你们就是无缝的蛋。一个深爱老婆的人一旦发现自己老婆的另外面目，岂不是更容易激发忧郁症吗？擒贼先擒王，乱了 Frank，华益医疗的资产，自己才有机会。

“OY，我请你，威士忌，敢不敢喝。”

叶子的轻浮中的一点若有若无的轻蔑，突然有点惹恼了小刀哥。

小刀哥波澜不惊，鼻子耸了耸，“这地儿的威士忌不好喝，咱们直接上 Goose 伏特加吧。”

夜店里人潮涌动，大家挤得连舞动空间都没有了。

听到 OY 说威士忌不好喝，很奇怪，在这个荷尔蒙和鲜肉碰撞喧嚣的夜场里，此时此地，叶子居然突然想起了和 Frank 第一次喝威士忌的情景。

那应该是，七年前了。在一个秋风秋雨愁煞人的下午，叶子记得很清楚，是叶子和 Frank 的第二次正式约会，还是叶子约的 Frank。上海的衡山路，八月的繁华已经接近尾声，法桐的叶子被那天突如其来的大风扯落了一地，中雨的午后，叶子坐在一个空荡荡的酒馆里，旁边就是衡山路的电影院，下午场没什么人，大街上也冷冷清清。叶子把手插到身上的风衣口袋里，使劲地裹紧风衣，还是有点冷。又点了一杯咖啡，暖暖地握在手里，店里放着一个老黑人慢慢诉说人生苦长故事的歌，歌声时而婉转，时而高亢，只是已经没有了朝气。Frank 还没来。

看着秋叶被大风肆意卷起抛下，掉进雨水中，片片金黄，落地成伤，叶子突然想哭，没由来地，想起一首词“金井梧桐秋叶黄，珠帘不卷夜来霜”。

叶子有点伤秋，意识流淌成河。天知道，为什么我的名字叫做叶子，叶子难道不是注定要在灿烂的夏天后飘落吗？我的名字是不是就注定了我的命运，抑或是我命运的注解？

可我的夏天在哪儿，我有过夏天吗？在瀑布旁边，站成了一棵树，那就是我的夏天吗，我的夏天和杨阳一样消失在山涧的水中了吗？如果从此我就没有了夏天，可上天为什么又让 Frank 出现了？

想着想着，恍惚间，叶子透过雨水蔓延的窗子，似乎看到了杨阳白衬衣的背影闪在街角不见了，他笑盈盈地扭过头来，年轻的脸，透过雨中的玻璃，为何看得那么清晰，洁白的牙齿和闪闪的眸子。一滴泪，两滴泪，清凉凉地滴答落在了桌上摊开的杂志上，泪迹在广告页一个精致女子的脸上，慢慢渗透，蔓延开。杂志上杂文的标题写着：我那么地爱你，没有目的。

自从使馆招待会上一别，叶子一门心思扑在Frank身上，但恼人的是，好像Frank不解风情。短信上倒是和叶子沟通得也不错，只是感觉远远的，很礼貌的，隔着橡皮手套，隔着玻璃似的，没有感觉。两个星期等下来，Frank还是没有任何实质性的表示，叶子有点着急了，找了个理由，直接跑到Frank的办公室去了，如果这算是第一次约会的话。

Frank见到叶子，一阵手忙脚乱，招呼秘书给叶子倒茶，有话没话地找话说，显然不是Frank的特长。叶子落落大方地交代此行的目的："Frank，我带来的这些申请材料，这几个标好的地方，你填一下，其他的地方我都帮你填好了，填完了，注意最下面要签名。"

"我的工作就这些，交代完了，怎么样，郭总，你不带我参观一下你们的高大上科技公司吗？"

"哎呀，好，应该的。"Frank立刻来了精神，他们公司说白了就是一个巨大的实验室，从二楼的玻璃墙看下去，一楼有一个巨大的无菌实验室，里面的工作台干干净净，上面标着各种英文的试管试剂和装满各种液体的塑料桶，玻璃器皿，林林总总地，简直就是《回到未来》里面疯狂未来博士的大本营，只是比他的实验室漂亮多了。

Frank很认真地给叶子讲解每个试验台上的程序，好像把叶子当作专业人员的样子，叶子满心喜欢，问这问那，像是闯入了哈利波特的魔法世界。一楼是实验室，二楼是办公区和一个咖啡吧，三楼是一些大型设备的隔离区，一样的干净明亮，纤尘不染，中间有些员工抬头看看叶子，又迅速埋头自己的项目中去，所有的人都聚精会神地忙着手中的事，很少有人闲聊。有趣的是，有些实验人员，手上拿着试剂试管，脚步只轻轻一点，屁股下的座椅就像车子一样载着人滑到另外一边。这样来回滑动，倒是节省了不少跑来跑去的体力。

叶子看得有趣，Frank 讲得卖力，不觉已经是华灯初上，夜色阑珊了。

Frank 很入情入理地请叶子晚餐，还很礼貌地加上一句，感谢你这么远跑过来送材料。这话叶子听了，觉得很傻，不入耳，但毫不犹豫地答应了 Frank。

晚餐有点让人失望，Frank 不讲工作的时候，有点闷，还是没进入状态，好像不是很能发散思维。叶子也不会张牙舞爪，第一次吃饭，叽叽喳喳的，人家要是不喜欢呢？自己精心挑选的翻领衬衫式样棉麻连衣裙，上面有很文艺范的碎花，雅致，出入办公室既不会很张扬，也不会泯然众人矣的感觉，好像 Frank 也没有太多留意哦。叶子有点沮丧。

叶子干脆再把话题回到工作，像小学生一样问了不少低级问题，为什么要把小白鼠注入肿瘤细胞呀？小白鼠的反应和人类的相似度呀？等等。果然，Frank 的兴趣很快就被激发了，变得滔滔不绝起来，叶子崇拜地看着这个对美国各个实验室掌故如数家珍的男人，暗暗思量，叶子，这真是老天爷赐给你的大奖，老天爷保佑，菩萨保佑，一定要拿下，一定要有结果！

Frank 的频道被打开了，讲了很多过去实验室同事的糗事。

原来 Frank 也是很幽默有趣的嘛，只是需要激发，激发的人应该就是我叶子喔。叶子举手投足之间，心中开始透满了甜蜜蜜的感觉。不会吧，叶子暗暗骂自己，提醒自己，八字没有一撇的，好吗。

饭后，Frank 把自己的司机叫过来送叶子。叶子正在犹豫之间，是不是应该有点什么小动作，为下一次的见面铺垫一下，Frank 突然轻轻地说，刚才在办公室没好意思说，你今天穿的真好看，这个裙子的颜色很适合你。

叶子一下飘了起来，整个人都不一样了，眼睛亮亮的。就在转身上车之前，叶子把手伸过去，像是握手又不是，只轻轻地捏了一下 Frank 的手，就一下，留下一丝丝的体温，就迅速低头钻进车里。

之后的两个星期，焦急和甜蜜轮番轰炸，还是像上次，除了有次叶子短信过去问材料发出来了吗，Frank 马上回了，除此之外，Frank 又没有主动约叶子了，这次总不能再去办公室送材料了吧。

Frank 公司的行政总监 Maggie 原本和叶子就有工作关系，现在叶子需要把 Maggie 发展成自己的内线。Frank 的秘书不行，一般老板的女秘书都会刻意把老板划为自己的自然保护区。套了半天的磁，叶子才知道原来 Frank 周三就飞去上海了，有个挺大的国际学术交流会，Frank 的美国前同事一下来了好几个，机会难得，Frank

要陪到底，据说要待几天。

叶子灵机一动，当天就请假，飞到上海了。装作在上海出差的样子，叶子果然顺理成章地就把Frank约出来了。上海衡山路上，一个叶子非常喜欢的地方，法桐荫翳蔽日，枝蔓成群，几百年的老洋房，不会被霓虹灯和人流淹没，在喧哗中，反而更加高贵和不为所动，亲切有格调，也正是因为这些酒馆咖啡的开业，让人有机会得以入内，一亲芳泽，感慨旧时王谢堂前燕的物是人非。

可惜天气不好，又是风又是雨的，让叶子的心情也低落下来，窗外的雨越下越大，绵延成雨帘，像极了遥远小城山上的瀑布。

Frank的到来，甚至都没能让叶子从不能自己中醒来。Frank兴冲冲地从出租车里冲出来，被雨水浇湿了全身，白衬衣贴在身上，变了颜色，肩膀上还背着一只粘在身上不肯下来的树叶狼狈不堪。

从自己尴尬的处境中回过神来，Frank才发现叶子已幽幽地看着他，空洞洞地像是在看着一个毫不相干的陌生人。好像这个女孩的魂已经不在这儿了。

Frank静静地坐了一会，伸手摸摸叶子的头。

“有点感冒吗？冷吗？”

Frank注意到叶子紧紧地裹着风衣，似乎要从风衣里取热量。

叶子木木地点点头：“嗯！”

环顾四周，除了身上的湿衣服，无计可施。

突然Frank灵光一闪，起身到吧台前，让酒保调一杯爱尔兰咖啡。

“威士忌有什么牌子？”酒保是个白上衣、黑围裙的年轻人，手里正在用力地擦着亮晶晶的刀叉，沉默、单调、有序、利落。

酒保推荐 Jameson。Frank 摇摇头，目光在架子上 Ballantine’s、Jack Daniel’s、Midleton 一堆英国和爱尔兰的牌子之间逡巡了一会，停在 Midletonh 上。“这个吧。”

酒保的眼神中透着会意的微笑，Frank 笑笑：“我自己试过几乎几十种牌子的英国的，爱尔兰的，这个 25 年陈，是最合适和咖啡混搭的，有点冲，和今天的天气也合适，解乏温暖。”

挪开叶子面前的卡布奇诺，Frank 示意叶子尝尝按照他的指挥调配的这杯爱尔兰咖啡，他让酒保比平常多加了四分之一的威士忌，减了糖、减了奶油，杯子多烤了半分钟，喝下去应该是比较犀利的，一定会印象深刻。自己则拿了一杯加冰的 Ballantine’s 在手上，金色的液体在冰块和玻璃杯之间穿梭流动，麦芽的诱惑都变得质感起来。

叶子瞬间被混合在咖啡香气中的威士忌的热烈口感冲击到，不禁掩口，睁大眼，似笑似颦，回过神来。

Frank 也不说话，舒服地斜靠在椅子和木板墙围之间，自顾自地慢慢嘬了一口杯中酒，舌头搅拌，喉头滚动，感受着混着英格兰农家炊烟烟熏的土味。低头之间，看身上的衬衣慢慢干了。抬头之间，看叶子的脸慢慢生动起来。有种拯救美人的成就感。

屋外有雨，杯中有酒，对面有美人，不语，内心多少的翻腾和滚动，耳边的音乐已经不紧不慢，Frank 很享受眼前的一切，似乎这就是他能够想象的女孩子带给他的一切美好。

许多年后，Frank 依然记得上海衡山路小酒馆里，他对面坐着的淡淡忧郁的叶子，第一次让他如此深刻地体会到，他要对一个女孩子的责任，来自内心深处那个连自己都不懂的自己。原来，男人需要通过女人来了解自己。

多少年前，Frank 的父亲，一位寡言的清华老教授，研究高能物理的书虫，曾经言简意赅地说，How I with your mother？我和你妈，我们为什么结婚，碰到你妈，我就想结婚了，这么简单。这大白话，好像说了什么，又好像什么都没说。

Frank 听这句话的时候，像看着老爹满书架子的高能物理学术书，书名认识，书却一本都不曾尝试去翻开，他对他父亲的整个世界都似懂非懂的，包括这句话。

Frank 他妈五短身材，中学毕业，是个清华附中教务科的政工干部，不需要评职称，退休前，混了个教务处副主任。老爹瘦高个子，深度近视，老清华的毕业生。无论 Frank 他妈在外边多么泼辣，却一辈子都没让 Frank 老爹洗过一次衣服，对他老爹从来轻声细语的，每天老郭老郭的。为了监督老爹戒烟，Frank 他妈会亲自把控，每天发给老爹两根大前门。打初中懂人事起，Frank 就没明白他妈为什么和他爹能结婚。

Frank 第一次意识到，父亲说的是什么的时候，是他面前坐着这位叫沈叶的姑娘。

这是叶子第一次喝威士忌，用这样温暖和甜蜜的方式，身体内的寒冷和脑子里乱糟糟的意识流，被威士忌的尖锐和咖啡的醇厚，被身边的这个男人迎头打垮击退了。脑子里、心里一片安静，叶子从此永远地记住了威士忌拯救灵魂的味道。

漫长的七年，和 Frank 好多的事情都忘了，为什么第一次喝威士忌的味道，倒是如此的蚀骨销魂，似乎仍在唇齿之间，叶子懒得想，对于自己和自己的人生，她有太多的不明白，早就放弃追究了。就这样吧，难道不是所有的人都是这样庸庸碌碌过下去的吗？做这个房间里唯一或者少数清醒的人，有意义吗？况且，清醒的人，难道是谁都可以做的吗？至少我叶子做不到了。

“你也配喝威士忌？！”叶子喃喃自语。

“什么？”小刀哥听不懂叶子说什么。

叶子张牙舞爪地挥舞着着胳膊，像是示威，兴奋过度的样子，

“Vodka 就 Vodka，谁怕谁呀！”

当叶子和小刀哥出来夜店的时候，好像还是叶子更清醒，小刀哥已经喝得不行了。换了小刀哥是旁观者看到这一幕，一定会冷笑，会唾弃这种人，还泡妞呢，自己已经喝得软得像面条了。碰到叶子，对于小刀哥来说，整个事都是颠倒的，混乱了，正常的都应该是小刀哥扶着东倒西歪的女孩从夜店出来。今天这幅景象有点滑稽，叶子连拉带扯，把小刀哥胡乱塞进自己保时捷的副驾驶，像是把刚刚狩猎归来打的一头野鹿装箱一样。叶子自己坐进车里，在包里掏呀掏，掏了半天，没找到车钥匙，把 Iphone 掏了出来，叶子拨

了个电话给 Frank。

电话里的回铃声是在国外的声音，Frank 人在美国，没接。没打通，也不耽误叶子嘟嘟囔囔地自言自语说，老公接我回家，我喝多了，咱们回家吧。然后扭钥匙点火，就上了路。可怜的小刀哥，王鹏浩同学，烂醉如泥，对于前方和命运，一无所知，他早就断篇了，手机也丢到夜场座位上，没有拿出来。小刀哥的手机被收拾桌子的服务生捡到交给酒保了，后来，酒吧里员工都传开了，机场高速上有个车祸，好像就是当天晚上在他们这里喝酒的一对男女，还有自称小刀哥朋友的人来找他的手机，还让酒保发了一笔横财，再后来片警王哥陪着顺义分局的来过一次，也就问问情况，然后不了了之。

三环，三元桥，机场高速，保时捷里的很高分贝的音乐不知道是电台，还是 CD，播放着愈来愈激昂的交响乐欢乐颂，完全压住了手袋里 IPHONE 的铃声，那是 Frank 从美国回过来的电话。

几分钟后，保时捷就像子弹一样高速冲了出去，翻滚着。叶子看到的是一片耀眼的光明，光像瀑布一样流下来，彼此交汇冲击，恣意流动，天空的星辰汇成星河，太阳在快速地飞行，天和地不再有界限，融化了，结合了，安静的温暖覆盖了全身，一点都不冷，耳边是欢乐颂的高潮，大地在高歌。

在这美丽大地上，

普世众生共欢乐；

一切人们不论善恶，
都蒙自然赐恩泽。
它给我们爱情美酒，
同生共死好朋友；
它让众生共享欢乐，
天使也高声同唱歌。

看到了，看到故乡的青城山，山上的瀑布，瀑布旁青春少年穿着白色的衬衣，仰起脸来，甜甜的笑。

十　六

Sindy在九龙新恒基的国际贸易中心ICC的110层的天际线贵宾酒廊，手边一杯果汁，等Frank。这里有香港最好风景的下午茶。胖子的电话，来过两次，都被Sindy摁掉了。

看到胖子的嘴脸，就一个词，蝇营狗苟，他见我的目的永远是需要更多公司核心的资本运作信息。我怎么那么不待见你这幅嘴脸，怎么说也是个上市公司董事长，做事能不能上点台面呀。难道你介绍我进来公司就是换取我对公司和Frank的背叛，想都不要想，利欲熏心。

Sindy似乎能感觉到胖子最近尤其不对劲，急吼吼地，话也说得越来越难听，他是不是在谋划什么。女人相信自己的直觉，Sindy曾经警告过Frank，胖子有些居心叵测，Frank也听，听完摇摇头说，不至于，这么多年的兄弟，不往心里去。Sindy也不好再多说，好像自己有多复杂多世故似的，一个女孩子，留给人家这印象，也不好。

落地玻璃窗，窗明几净，让人很容易安静下来。Sindy不看手机，不刷微博，托着半边脸，静静看窗外，也算是万丈红尘生活中难得的慢时刻。

暮气上来，远远地火烧云处就是维多利亚港，海水温柔如内湖，被落日染成了“半江瑟瑟半江红”。五点多，应该是中环打工蚁族潮水般从办公室涌出来，淹没各个地铁站口的时候。放眼望去，远处港岛太平山山脚，高楼大厦林立，密密麻麻，错落有致，沿着的狭长山坡，一览无余，背景里的太平山被淡化成了一抹墨色的背景和陪衬。香港的暮色让人看着看着，就看进去了。

据说这是全球地皮第三昂贵的城市，堆砌这栋栋摩天大厦的都是名副其实的“黄金”。中银大厦、长江中心、汇丰广场、太古广场、交易广场，国际金融中心一期二期沿岸一字排开，天际线勾出了一个“黄金之城”的轮廓。大厦钢筋骨架的背后演绎着中资、港资、英资、美资等各路大财团和大家族、大资本，在这个“黄金之城”砸下重金，龙争虎斗、纵横捭阖的故事。

时势造英雄，时势也造就了香港。

大富大贵之后的城市，沐浴了几代的恩怨情仇和悲欢离合，有雍容华贵后的从容，褪去了乍富的刁蛮、冲突、生涩和土气。

要看这个城市的文明，新富还是旧富，要紧处，首先要看城市的细节。香港公共设施，处处为人方便设计，比如机场，吃饭、购物、登机口，一目了然，都在步行距离之内。比如密密麻麻的港铁出口和大厦连接，四通八达，和人约个午饭，基本上不会因为路上堵车时间不可控而迟到。这就是旧富，是经过磨合和积淀后的社会系统，高效而有秩序。

Sindy 上两次出差，来去匆匆，这次刻意为 Frank 安排了一晚上休息的时间。美其名曰为了老板的健康，节奏缓一点，其实也是为了自己能和 Frank 多一点时间在一起，夹带私货的目的。

Sindy 想想都甜蜜，突然灵光一闪，也叫了杯咖啡，不放糖不放奶，刻意体会一下那位大叔喜欢的黑咖啡的味道。嗯，老男人是很深刻，这么苦的味道也能忍受。Sindy 一向看不上同龄的男孩子。年轻的男孩子，除了男神吴彦祖，几乎毫无例外的幼稚，不成熟，没有岁月积淀的沉稳和老练，老是透着傻气。

想想自己等着这位大叔，Sindy 居然还有点小紧张，拿勺子的手有点小抖。笑意却满满地渗出来了。

天色已经暗了，太平山如墨，灯火璀璨如天上的街市，天际线下的摩天大厦，宛如通体晶莹透亮的水晶，一丛丛一簇簇的，在夜色中绽放，比白天更性感迷人，多了风情万千。高楼迷人，高楼大厦背后的多少人生起伏，更让人沉迷。

华益医疗上市后，Frank 是不是也会在香港买个豪宅，省得每次来香港都住酒店啦，Frank 要买，也不会太小的吧。Sindy 被黑咖啡刺激得思绪飞扬，好像对面千万间灯光中有一盏是她和 Frank 的，而且，还是太平山上的豪宅。

Frank 出现的时候，左手抱着一摞沉甸甸的医疗公司的英文材料和主题发演讲稿，右手还拎着一袋子，身后背着一个双肩包，鼓鼓囊囊的，兴冲冲地。Frank 念旧，他身上的牛仔裤还是多年前在美国加州买的，裤腿都磨毛了，一件白衬衫，汗水浸出来，有点皱了。一眼看上去，像是毛手毛脚的大学生或者是初出茅庐的社会新鲜人，和他鬓角的几根灰白头发不搭，和他在办公室董事会上，眉头紧蹙和基金委派的董事 Derek 争执时的形象，也感觉迥异。

Sindy 看在眼里，心中一动，似乎又看到自己大学的时光，那个恍惚了的身影，高高大大的，像极了默默照顾她多年的一位师兄。在北方的那个校园里，法梧浓密的树荫下，有她背着包，穿着纯棉的长裙，波鞋，白袜子，长发飘飘的身影。她的旁边，那个高高大大的男生，有一幅弯弯的眉毛，跨着一辆山地自行车，一脚点地，侧过身子，低了头，拨一拨她飘起来的发丝，轻轻地用嘴吹吹，笑着。

已经是经年往事了，她和师兄连手没有拉过，师兄就漂洋过海地去了美国，从此杳如黄鹤，音信全无。而 Sindy 心碎一地，从此再也不买柏拉图式精神爱情的账，纵情青春，有了第二个，第三个，第 N 个男友。

如花美眷，似水流年，只道当时已惘然。

Sindy 头皮一阵发麻，为什么 Frank 能让自己想到曾经的大学时光，那个梦里都回不去了的大学时光。

Frank 刚刚从在展览中心的行业博览会回来，看样子应该收获不小。看到笑吟吟的 Sindy 的脸，说等急了吧，真不好意思，我先把资料放到房间里，我们马上出去。

Frank 换了一身短打扮“出街”，鲜艳的绿色 Polo 衫和卷边的西装短裤，让他神清气爽，很精神，常年站着做实验的缘故，长腿有筋骨有力道。和 Sindy 小女生的蓝粗布超短裙，粉色纯棉小 T 恤，复古风板鞋，很般配。

“你说，咱们俩叫什么？” Sindy 低头看看自己，仰头看看 Frank，

“无知少女和怪叔叔吗？” Frank 笑道。

“美少女和科学怪人，或者说，饿狼传说和小鲜肉圆舞曲。” Sindy 的版本。

“喔，我现在倒是真饿了，是不是狼了，顾不上了。”

“看看，承认了吧，大尾巴狼，尾巴露出来了。” Sindy 拉着 Frank 的胳膊晃，娇嗔，不容 Frank 质疑自己。

楼下人潮如织，香港人喜欢熙熙攘攘的感觉，似乎红尘和油烟就是香港的生机和欲望。再多的高楼大厦，都不缺烟火气和人气。

香港是资本之城，商品之城，也是人口密集的高速之城。这里的工作都是给年轻人提供的主战场，中环上环金钟，满眼的都是中年青年，脚下踩了风火轮，像周星驰在功夫里面被包租婆追似的，满血玩命向前跑。偶尔有佝偻腰的老婆婆在摆摊子卖华尔街日报，花白头发的大叔穿着汗衫满头大汗地在排档拉丝袜奶茶。节奏慢的都躲在这个城市的小巷子里，被忽略了，被屏蔽了，不在这个城市的大街上。

香港年轻人玩命半是选择如此，半是无奈。无奈的是他们的天空被高楼大厦挤压的没有了空间，天价的房子像高气压让他们喘不过气来。资本之城，投行、律师、会计师、医生等工作更抢手，更

容易进入中产生活，也有显而易见的职业天花板，年轻人趋之若鹜，但想象空间自然有限。在硅谷和北上广深最受瞩目也最刺激的创业在香港反而鲜见，香港年轻人更喜欢做锦上添花守成的事情，社会氛围上比薪水，比保险，比带薪假，大家不愿意拼，当打工皇帝都懒得想。眼看着上一代靠地产或买房或买股票发财奠定了物质基础，但轮到他们时，已经没有了机会，年轻人也会很绝望。所以，有现实的因素，也有自己的选择在里面。时势造英雄，也造庸才，造蚁族。

“这事吧，主客观相结合，要增加能动性，政府和市民都要努力，不要掐架，不要转移矛盾，香港才有未来”。Frank 置身香港年轻人之中，忍不住评价上几句。

Sindy 似听非听，挽着 Frank，不时地晃一晃，在地铁里钻来钻去，在人流中慢慢走，很有兴致地在脑子里猜测每个人脚步匆匆里的人生，看着身旁的男女飞快往前赶，赶着回家晚饭，赶着夜店聚会，赶着兼职加班，赶着饮食男女，赶着下一刻的生活。

香港多金少地，楼盖得高，慢慢地琢磨出人性化的设计，楼与楼之间，地铁和街道纵横交错，条条大道通罗马，快捷干净。商人的脑子好用，四通八达的通道引导人流移步换铺子，但凡迈得开腿的，都活生生地泡在商品和铺子的海洋中，这其实是商人的成功哲学，商机是做不完的，也垄断不得，不如分享和导流，大家分享更多的人，就是分享更多的机会。

就在半年前，自己也混迹在这个地方、这些人之中，怎么没几天，就感觉自己和 Frank 成了看风景的局外人，很奇妙的感觉，是不是因为身边多了这个人。

香港也有闲适的、有烟火气的地方，只要有美食，有早茶有粥有面有云吞炸两肠粉的地方，百年老字号也好，刚刚开张的精品夫妻店也好，一水儿的人头攒动，食客云集。看食客众生相煞是壮观有趣，或风扫残云，或优哉游哉，最是美妙的，无论江湖地位，无论钱多钱少，大家都是一张嘴一副碗筷，平等得很。耳边是旁边食客点菜时和服务员大婶不紧不慢的广东话，拉长了语调的“嗨呀——”，此起彼伏，也听出许多的平平仄仄的老百姓生活评弹出来。

香港的美食自然是首屈一指的，虽然在大陆沦陷为污染和造假的高发地带，香港也难独善其身，毕竟乡里乡亲的，百年老字号，断也不敢舍弃了这良心品质。说一千道一万，守得了良心人性，才能守得住商业化的冲击。这一点，香港老字号做得好。

为了让 Frank 有限的肚皮多尝尝香港美食，Sindy 刻意设计了美食地图，一晚上设计了三站。

第一站是尖沙咀的“正斗粥面”，只吃他们的艇仔粥。热乎乎的粥里面，满满的都是料，有肉片、墨鱼片、浮皮、鱼饼丝、海蜇丝、花生米、粉丝、葱、姜，就像是淘宝，越吃越有料，下一勺子舀出来的是什么丝还是要仔细分辨，连蒙带猜，开心得很。旁边忙中有序的服务员是个大姐，慈眉善目的挺富态，显然注意到了他们两个人只要一碗粥，一人一勺，慢慢地吹着吃，笑笑，还格外关照说，粥很烫的，慢慢吃哈，唠唠叨叨的，有如家人在侧，自在亲切。

只一碗粥，没有更多的选择，滋味最好。选择多了，滋味杂了，心乱了，人乱了，滋味也乱了。Frank 借题发挥，边吃边感叹。

看着 Frank 被一碗粥哄得有滋有味，Sindy 很有成就感，兴致很高。

当年在渔家小舢板煮饭的主妇，再清苦的生活，也能为自家的汉子和老小张罗一碗内容丰富、滋味可口的艇仔粥，可见要花多少的心思在里面。Frank 边评价边点头，兴致勃勃。

Sindy 有点后悔，干嘛把明天的飞机定得那么早，其实还可以定晚一点，这样可以再安排一顿早茶，早茶一定要去中环的莲香楼吃。那里的大风扇、大笼屉和甜腻的莲蓉包，也应该很让人有幸福感。没办法，尽享今夜吧，这么多的美食，如何消受的了呀？

粥品完去深水埗耀东街强记大排挡，他们的荔浦芋头腊味煲超赞，因为 Sindy 最爱吃他们的芋头，香浓软糯，焖得入味，腊味的强劲香气垫底，绵延悠长。

最后是九龙佐敦地铁的澳洲牛奶公司。Frank 好奇的是为什么糖水和点心店叫牛奶公司，排了一会的队才得以入内一探究竟，普通的炒蛋多士是招牌，一级棒，蛋嫩嫩的，焦黄养眼，多士很酥很脆，两者合体，对比鲜明，一个简单的炒蛋，入口感觉居然丰富无比。叫一客蛋白炖鲜牛奶，奶香四溢。

服务员一水的中年男性大叔，手脚麻利，迎客、引座、下单、上菜、算账一条龙。环顾店的四周，餐牌大大的字悬挂在墙上，有古早的味道，在内地这种点餐形式早就作古了。在这里仍旧顺理成章，历久弥新，让人感到亲切。保存历史这点上，香港做得好，台湾做得也好。要让年轻人知道自己的根源，敬畏历史。

Frank 眼大胃小，无论如何也装不下这么多的美食，只能在 Sindy 的大呼小叫下，继续逛下去。

再吃下去要爆了。Frank 抗议。

Sindy 小手伸过去，隔着 T 恤摸摸 Frank 的肚皮，小脸一正，恐吓道，不准叫，我都没叫，你这么瘦，需要补一补。可不能虐待了我们的首席大科学家。

Frank 无奈地被 80 后女生拽着走，不由觉得脖子上汗涔涔地，打道回府。还是一身的短打扮舒服。

其实，被人安排也挺好的，何况是美女安排的，淹没在生活的万丈红尘中，看看西洋景，聊聊天，不容易抑郁，尤其是在香港这样烟火气的地方。Frank 想。这样的生活也挺好的。

“世界太大了，不会因为你的存在更加喧嚣；不会因为你的离去，少一些喧嚣。我们只能努力活着，证明自己的存在，反过来，世界是不会证明你存在的……不要用自己的生命去证明。”Frank 在叶子微博最后更新的下边，加上了很多蜡烛，并写下上述文字，在这人声鼎沸的繁华之地，不知为何，此时此地，这些文字又浮现在眼前。

话与其说是纪念叶子的，不如说是写给自己的。叶子解脱了，死的悲伤是留给生的人的。

那个没有接到的叶子电话，叶子到底要告诉他什么？

这个念头围绕着 Frank，挥之不去，在吃饭的时候，在起床之后恍惚的时候，在洗手间马桶上看手机的时候，或者在任何时候，都可能冒出来，Frank 甚至怀疑自己强迫症了。小雪老师很专业地告诉 Frank，这是他忧郁症的一部分，没什么大不了的，不要刻意去注意或者避开它。

可是这个问题在叶子去世二周年后，仍然在追着他。至于她车祸里的男子是谁，他和叶子又有什么故事，Frank 反而不是很关心他们的来龙去脉了。这重要吗？人都没了。Frank 早就知道叶子想要的爱情是空中楼阁，自己给不了，没人能够给得了她，这一点，Frank 很笃定。

眼前的 Sindy 和叶子太不一样了。丽兹卡尔顿的大床上，Sindy 瞪大了眼睛，唯恐看不够似的，眼睛一直追随着 Frank 的一举一动，而叶子在床上却是永远闭着眼睛。

叶子闭着眼睛的样子很好看，她的鼻子有点挺，不知道是几千年来的老祖宗哪里混合来的一点外族血统，眼睑闭拢之后，眼睫毛显得修长含蓄。如果不是脸上的表情变化起伏，Frank 会感觉自己在努力地唱独角戏。Frank 永远不知道，叶子闭着的眼睛后面，是谁活在她的世界里，到底是 Frank，还是别的男人。

Frank 偶尔想过这个问题，但他不想往下追，这注定会是一个无聊的话题，无论是出其不意的结果，还是暗黑的人性，都不好说，就像人研究不透人一样，还是不要揭开盖子的好。

和第一次不一样了，Sindy 像是在 Frank 浑身上下游戏的猫，活泛极了，一会儿上，一会儿下，一会儿钻到 Frank 的胳膊底下，一会儿躲到 Frank 背后，用脑袋拱他。我是属猫的，Sindy 骄傲地宣称自己的地盘，Frank 好像是她占领的新属地，好奇地在 Frank 身上挠挠，嗅嗅，活跃而不安分。

Frank 已经睡意朦胧了，眼睛半眯半睁，由着 Sindy，只是半边身子侧着，有意无意地看 HBO 上正在放的暮光 II，小丫头片子克里斯蒂娜和爱德华修长惨白的身子贴在一起。克里斯蒂娜年轻的脸上流淌着忧郁，恍惚有些像叶子。

Sindy 把柔软温润的胸脯紧紧贴在 Frank 的后背上，贴得紧紧的，从身后伸出胳膊箍住 Frank。Frank 能够感到自己背上两团软软的棉花糖。静静地，两个人都能感到彼此的心跳，平静悠长。世界上到底是男人需要女人更多一点，还是女人需要男人更多一点，回到原点，上帝的设计，至少在肌肤之亲上，男女彼此的需要，是最真实和美好的。不幸的是，人类倾向于把一切复杂化，复杂的过程中就忘记了最原点的简单快乐了。感谢上帝把 Sindy 送到自己这个形容枯槁的老男人身边，让我又活了过来。Frank 想。

叶子是要缠着 Frank 睡的，手脚都搭上来，像是章鱼，像是列侬和大田洋子，全身紧紧包住 Frank，都嫌不够。叶子对 Frank 有着对父亲般的依赖和占有，经常腻着 Frank。Frank 虽然睡着不舒服，但不忍心把叶子拔开。叶子睡熟了就自己闪到一边去了，像是婴儿团成一团，自己使劲抱着自己。

Frank 老是觉得自己像是叶子的最后救命稻草，叶子的状态，像是随时可能在下一个漩涡来临时撒手而去，她自己应该有这个潜意识。Frank 猜测。

Frank 总是用实验室和公司的工作为借口，给自己留出来空间，否则就被叶子占满了，其实，叶子不知道，Frank 在美国这么多年学术生活，让他养成了安静甚至是孤单的生活习惯。

他可以一个人开一整天的车，听着音乐台，从加州开到美国加拿大边境，停下来吃个汉堡，端杯咖啡，一个人晃荡，自得其乐，一点不枯燥，还非常享受。

他也可以一个月不见朋友，不和国内老爹老妈老同事通话，不和华人留学生去唐人街吃点心，不和实验室同事说五分钟以上的话，上下班，吃饭穿衣睡觉写字上网，没有任何枯燥的感觉。

他可以想着问题，写着文章，甚至手上还拿着试管时，就瞬间神飞天外，虽然不是冥想，就像是入定，整个大脑凝聚在一点，世界静止，仿佛心脏都停止了跳动。凝神屏气，好像什么都在想，又好像什么都没有想。大脑是安静的，身体四肢，五脏六腑，甚至到细胞都是舒展的、通畅的，这愉悦甚至超过了嗑药。

Frank 不怕孤独，甚至可以用孤独拯救自己，他享受孤独。

可是叶子害怕孤独。刚结婚前几年，叶子恨不得成为 Frank 身上的一个挂件。Frank 如果不陪她逛街吃饭，不陪她看电影，不陪她参加各种沙龙聚会，她都会很不高兴。叶子的不高兴是自我惩罚式的，默默地。很多天不说话，把自己关起来，电话不接，脸不洗，任人怎么叫都不开门。Frank 硬着头皮被叶子拽着东一场，西一场的，偏偏叶子张罗的事又超级多，自己大学的习惯沿袭下来，有没有她的事，她都要出现。

有一次，一屋子的女孩子叽叽喳喳，口水横飞，激动地讨论一个韩国单眼皮的青涩小男生，只有 Frank 这么一位被叶子带过来的男家属，像个外星人，在旁边摸摸这摸摸那的，百无聊赖，Frank 实在受不了了，找个借口溜掉了。叶子回来后谁都不理，直接摔门进了主卧，两天不开门，一句话都不听 Frank 解释。这一切对 Frank 来说，都是不能理解的，是不是天下的女人都是这样的？毕竟和叶子，是他第一次走进婚姻，他也不明白。

有一次，趁叶子心情好，Frank 半开玩笑地问叶子：“叶子，你是不是需要在人多的地方，刷存在感呀？”

叶子一愣，惊讶地看着 Frank 足足半分钟，像回过味来似的，也不否认，说：“我就害怕一个人待着。你要是爱我，就要陪着我，天涯海角也要陪着我，你是我老公呀！”

Frank 观察到这一点，自己独处的方式不可能适用于叶子。叶子完全是另外一套系统，完全不兼容，她的系统，自己没有密码，进不去。

后来，Frank 索性该出门就出门，该在办公室就在办公室，他希望叶子能够慢慢接受。叶子看起来倒是接受了，后来叶子也不着家，大家各忙各的，好像最后终于各得其所了。

可是，Frank 不清楚的是，叶子心态却变了很多。她感觉 Frank 不爱她了，不再哄着她给她买礼物，不再花时间陪她，不以她为中心了，是不是厌倦了，甚至烦她了。疑云每天漫天遍野地压上来，铺满心头，胸口被堵得不能透气。

叶子选择了逃避。逃避 Frank，逃避自己，逃避面对，甚至连 Frank 希望要个孩子，她也要逃避。

所有的人都不爱我。爱过我的人，最后都会离我而去，这就是我的宿命。Frank 也不例外。我不在乎。我早就是一个应该跳下瀑布悬崖的人，我还在乎什么？

Frank 当然不知道叶子生命中那个夏天到底发生了什么。叶子也从来没对 Frank 开放过这个禁区，因为，她连自己都不允许进入这个心底的无人区。

叶子时不时在微博上转的，比如：婚姻就是一个空壳，你我都是躯体，都用逃避去填补空虚，得到了更多更多的虚无；爱是易碎的东西，转瞬即逝，甚至都没有可以纪念的机会之类的张小娴式的文字。Frank 看了也不得要领。

无论是否能够意识到，或者能够承认，人的所谓各类偏执，大部分时候只是一种愚蠢和狭隘的遮羞布。太多的人，有太多的东西，不能面对自己最爱的人。他们宁愿对着树洞呐喊，宁愿和陌生人喝酒聊天，或者像叶子宁愿在论坛上倾吐，而面对日夜相处的那个活生生的爱人，她想象着自己变成了火堆上的圣女贞德，咬碎了牙口，一滴鲜血顺着嘴角流下来，也不吐一个字。

Frank 能隐隐感觉到叶子过去的一些影子，影响到了她的现在，无论是个性还是生活生存方式，都能看到蛛丝马迹。仅此而已，这些影子是什么，不得而知。

Frank 知道叶子的过去，还是从小雪那里，不过已经是在叶子发生车祸两年后了。

Frank 知道后，收获却是更甚的无力感，想想都无解，像是面对一个巨大到无垠的虚空。他也不知道或者不能确认，假设在叶子生前他知道了这些，他又能为叶子做到些什么，但至少，他想，他至少可以理解叶子很多，她的章鱼般纠缠的睡姿，她的手脚冰凉毛孔竖立，她把自己关起来的自毁般的生气和抗议方式，她找不到 Frank 时种种抓狂和要死要活，甚至和 Frank 吵架时候的歇斯底里，动不动就说 Frank 变了，不再爱她了，一切一切好像都有了解释。

可是自己为什么不能早点知道这一切，才有可能试着去理解她，去化解她，去爱那个残缺的她。

这种无力感对 Frank 的摧毁就像是千里长堤溃于蚁穴的过程，无声无息的。大概有半年的时间，Frank 才意识到，这就是自己忧郁症的源头。毕竟忧郁和理智无关，Frank 有一双理智的眼睛，可以盯着自己忧郁症的黑暗，一步步放大蔓延，又无可奈何。

人生就是在高速路上一周七天每天 24 小时的驾驶，一时的疏漏和走神可能没事，但也有可能瞬间就天翻地覆，物是人非。叶子的这场车祸是人生漫长高速上的一个疏忽，还是本来就是叶子想要的，没人能够回答，Frank 和小雪也不知道，叶子如果能够活下来，她又能解释多少，没人知道，没人能够解答。

隐隐中，Frank 相信，这场车祸是蓄谋已久的，是叶子自己想要的，她要向自己索取什么。甚至，慢慢地，Frank 笃信，这是对她自己的交代，是对她过去岁月的交代，也是对 Frank 的交代，用这么激烈的方式。

Frank 这么想是因为，后来，他莫名其妙地收到过一个微信的截屏，就是出事那天晚上，叶子和一个年轻男人的调情，或者这也是叶子想要的，哪怕是自己走后，也要 Frank 恨自己。

人之所以成为人，就在于人性的复杂和多变。没有历史可以告诉现在如何，没有哲学可以解决一切问号，没有感觉可以永恒不变，没有戏剧可以比人生更戏剧化。

可怜的 Frank 要被这么多的问号折磨。看看眼前的 Sindy，又想起这么多关于叶子无解的问号，是不是对 Sindy 不公平。新人在侧，强烈地思念旧人，说不清的滋味弥漫到心头，喘不过气来。我病得不轻吧。

身边的 Sindy 已经沉沉地睡去，裹着 Frank 的手臂慢慢松下来，Frank 轻轻放好 Sindy 的胳膊，溜下床来，坐在窗前发呆，窗外是渐渐入眠的城市，灯光暗了下去。

最近又开始失眠了，Frank 忍不住给小雪发了微信过去。小雪在干什么，这个时间，应该是下了节目回家了吧。

为什么和 Sindy 在一起还是要想起小雪，自己是不是已经对小雪产生了深度的依赖，小雪是自己的救命稻草吗，不知道，也无解。

人生本来就无解。

头脑里的念头乱得像是丛生的杂草。

好吧，亲爱的叶子，你成功了，你用这样激烈的方式，成功了把你的人生DNA写进了我的人生基因里，激活了我的忧郁，无限的思念，如影随形，永远改变了我的人生序列。你用这种方式，在我的生命里复活了。你的死，让我们真正做到了你中有我，我中有你。

命该如此爱你。

Frank在酒店mini bar搜索，找到试剂管大小的小瓶威士忌Johnny Walker，拧开，一口吞了下去。

有泪水涌出来。

我完了，一个声音从Frank心底清晰地浮上来。

十　七

小雪后来也曾经想过，通过叶子和 Frank 认识，叶子车祸，上帝又把 Frank 交给自己，这也许就是命运，也许自己这一辈子，真的要和 Frank 纠缠不清了。

这样善良痴情的大男人，内心千疮百孔。自己如此深入地走入了他的内心，可是，自己的内心深处，他又了解多少？

Frank 的事业一直是小雪高山仰止的，人类基因研究虽然又高又冷，极不容易出成果或者赚不到钱，这老兄仍然不顾一切、不算计得失，去追求和实现自己的目标，现代社会，环顾四周，这种人不多了。主流社会价值观，大家不就是能投机就投机，能取巧就取巧，社会地位和金钱等值吗？

主流标准下的成功男人，还真入不了小雪的法眼。

小雪本身是心理学科班出身，最近她有很多心理学作品很流行，其中《亲爱的，世界本来就不是你的》还上了百万级的销量排行榜。美女加才女，还主持电台话题和情感节目，粉丝众多，自己挣钱的机会也是大把大把的。与其他主持不同的是，小雪拒绝上电视台，拒绝商业活动，表面上看，是看不上国内电视台上蹿下跳的阿猫阿狗男女主持和光头的不光头的心灵导师，不屑为伍。其实，内心深处，小雪还是坚持认为她的深夜电台电波更有着《西雅图夜未眠》式的浪漫和神秘感，更适合她。或者换句话说，她是不想把自己的心理学也娱乐化了。

要再说深点，Frank 对专业的偏执追求，使小雪内心多出几分敬重。现在的商场精英，多如牛毛的是在江湖行走，人前人后八面玲珑的企业家，他们每天活在人堆里，面子在人堆里，钱在人堆里，靠的是人脉和人气兑换金钱。不仅仅是书卷气，Frank 还比他们多了太多思想和精神上的追求。每次谈到自己在专业上的突破和最新的成果，小雪都能够看到这个大男人来自心底的对于自己事业的骄傲，那是支撑他整个世界的基石。

说不清哪些方面，倒是和自己的前男友有几分相似，都够偏执，够一根筋。

叶子在的时候，小雪对 Frank 的感觉总是怪怪的，知道太多叶子的秘密，让小雪对 Frank 抱有莫名同情。小雪总觉得叶子有几分对不住 Frank，毕竟 Frank 是后来者，全心全意地爱着叶子，可叶子有多少的爱和过去是藏了起来，给了自己树洞里秘密的，连她自己怕也是说不清楚的吧。

Frank 陷在叶子车祸的痛苦里，又让小雪多了很多的煎熬。这是叶子的包袱，为什么会转到自己的肩上，让自己背负起来，小雪自己也百思不得其解。人就是这么奇怪，难道叶子在世的时候，自己的潜意识就对 Frank 负起了心理上的责任么？

有叶子在的时候，从来没有往深处想过。叶子的车祸，反而把 Frank 推向自己，推到今天这样的距离。

也不知道 Frank 怎么想自己的，好像他对自己有种小雪也说不清楚的一股依赖感，他对自己的信任，应该说大部分是对心理治疗师的。生活方方面面，甚至公司的苦恼，Frank 都向自己吐露，却并不见得想要从她这里得到什么答案。

Frank 曾经说过自己是专业上的领跑者，生活上的屌丝。他有次开玩笑说，小雪我怎么就感觉你是我生活上的建筑师，可以重建我混乱的生活。小雪当时心中一动，嘴上也没说什么。

这种情况，让小雪有些尴尬，大部分时候，小雪是分得清的，自己是心理医师，对 Frank 负有心理医师的责任，应该恪守心理医师的专业和本分。可有些时候，小雪也恍惚 Frank 把自己当作了什么角色。仅仅是心理医师，抑或是朋友，还是其他的。

照理说，小雪这么多的客户，啥大风浪也都经历过，这种界限的迷惑是不应该的，但是，究竟是个什么词更恰当，小雪也要苦笑了。Frank 对自己太特殊，面对真实的自己时候，小雪不得不承认，自己迷上 Frank 了，欲罢不能。

是不是自己想多了，小雪想想，心中也泛起丝丝的苦涩，浅浅地叹口气。分析别人容易，分析自己难。小雪一直不自觉地把 Frank 与自己二十岁时碰到的前男友，美国男生 Joe 相比，Joe 也是大个子。

当时二十多岁的小雪，听着诺拉琼斯的Don’t Know Why，穿着GAP中性风盖到脚踝的T恤式长裙，踢踏着暇步士的平板拖鞋，拖着RIMOWA的大箱子，一个人，从乡下的明尼苏达，搬到了纽约城。

从网上找到的蜗居是东河旁边一幢上世纪70年代的红砖三层房子里一个小得不能再小的半地下一居室，楼里有着旧却宽敞的大电梯，屋里有宜家风格的家具和一张大床。

她找了一份在路透社汤玛森网站做新闻编辑的工作，负责亚太区过来的信息编辑，部分做新闻，部分做数据的分类和处理，进数据库，她的中文背景起到了主要作用，高大上的心理学硕士学位基本上没有什么加分。不久，她又在星岛日报纽约给自己混了个兼职，这回，主要是她的心理学硕士学位把负责招聘的那个带黑镜框的瘦瘦高高、白白净净的台湾腔主管男给唬住了。混兼职多点银子是好的，也不是主要的，主要的是有个迅速切入当地华人圈子的管道。长期在白人的办公室里待着，吃喝玩乐，旁边都是白人，小雪担心自己做很快地随波逐流，被白人文化染得白不白，黄不黄的，谈不上东成西就，反而成了东邪西毒，不伦不类。毕竟，白人讨论的热火朝天的民主党还是共和党的，还不如东河上的大铁桥的历史和纽约城里的与养女闹绯闻的小老头导演伍迪·艾伦更让小雪有兴趣。

小雪后来有篇文章中，说这次转场是正确的选择，是人生的一个必然，她的很多刻骨铭心的故事是在这里。想想也是，纽约这个庞大嘈杂的城市，有太多的可能了，反过来，对小雪这样高知加小清新加深刻洞察人性的人，是典型的纽约时时刻刻需要的新鲜血液，纽约24小时大门洞开地欢迎。小雪在这里也如鱼得水般自在。

小雪在这里碰到了她的第一次，小雪生命中第一个真正意义上的男人，一个纯种白人男孩子，NYU的研究生，兼职做着房地产翻修生意，还是个有一出没一出半吊子的地下演员。

世界上最不缺的是演员，小鲜肉是好的，新鲜脸蛋也层出不穷，像雨后林子里疯长的蘑菇，菌种早在那里了，就缺一场春雨。总有几个男男女女，英国的，法国的，南非的，美国的，是可以看的入眼的。一个好的故事拍成电影，小鲜肉们认真地假戏真做，人生、男女、兄弟、生死，凑齐了，就会成功，有名有钱，接着人生、接着生人，戏里戏外的，真真假假的幸福。

人就是视觉系的动物，不要否认，否认活得不踏实。形而上的和形而下的结合，才是真的人性。

纽约更不缺演员，去百老汇几条街，去SOHO区地下酒吧，去下城的布鲁克林区老工业区，喊一嗓子，有戏演，满大街举手的都是演员。各种各样的电影培训班、电影演员俱乐部，鱼龙混杂，丝毫不比加州、洛杉矶少。多少是因为这里的百老汇，是因为德尼罗曾经是小意大利的混混出身，还有那个对纽约痴迷的小老头导演伍迪·艾伦，一直在这里晃悠取景。

这么众多的小鲜肉，中间就有混成小雪纽约闺蜜的Keli。

Keli的经历说起来，不是传奇，是离奇。Keli的家乡是黑龙江的一个小县城，13岁就成功逃学，在县城的一个野戏班子唱二人转小黄曲，兼职在台上穿着超短裙浓妆艳抹地给“小沈阳”“小广东”什么的“乡村”歌手唱歌伴舞，练就了一身的才艺，吹拉弹唱样样精通。

Keli的生存能力超强，当过酒店服务员，当过酒吧啤酒推销员，当过售楼小姐，同时兼职做着三陪小姐。适合青春饭的职业，Keli都试过，攒了不少的钱，身边还经常变换男朋友，三教九流，农工商学兵小流氓腐败分子，不一而足。

如果仅仅是生存能力强，还不足以成为传奇，Keli在挣钱泡帅哥的百忙之中，居然懂得在省城付首付，买了两套小房子，一套自己住，一套出租，用租金抵每月的贷款。这足以证明，Keli最适应的的确还是社会大学。Keli从自己各色男友和各个行业中学会了投资理财，掌握了立于不败之地的利器。

Keli在20岁的时候又做了一件对自己人生举足轻重的决定，她报了个英文培训班。起因比较简单，她在凯宾斯基的酒吧喝黑啤酒的时候，挂上了一个在哈尔滨凯宾斯基酒店当经理的美国小伙Robin。Robin的中文有限，Keli厌烦了用手比划不清楚什么是哈尔滨红肠就啤酒，就跑去报了个名，学习英文。

Keli对这个男人认真，是因为她发现美国白人男孩子和她过去的那些中国人男朋友都不一样，美国人热情、直率，不把女朋友当私产，没有占有欲，当然也没有什么关心呵护之类的虚情假意，他们更多地把女朋友当作一个平等的人来尊敬，不干涉。当然，既然把你当成自有属性的人，女人也不要指望男人当饭票。

中国很多人不理解这个一点，有个中国女星，还是一线的，前些年爱情也走国际范，泡了一个加州做投资的犹太人，很快让人在北京 CBD 银泰中心买房子，犹太佬还真听话，很快下手买了，可就是房屋证上清清楚楚和女明星没啥关系，女人立刻跟人闹翻脸了。

这点上，这女星还真没有 Keli 明白。Keli 从 16 岁就知道，不依靠男人，自己活得才更好。

Keli 的过去，Robin 从来不问。Keli 干什么，Robin 也不好奇。Keli 说 Robin，还好哈尔滨是你来中国的第一站，你来我们这里的时间还短，你还没有变坏。

Robin 听了很是新鲜，问我为什么会变坏，Keli 笑而不答。

因为 Robin，Keli 对美国的好感一发不可收拾。三年后，她 23 岁，人就在了纽约。

纽约的生活不比哈尔滨更困难，甚至更容易。Keli 的东北二人转的功底和实力，迅速地让 Keli 在纽约所谓演员圈里混开了，她还在娜塔莉·波特曼的一个关于纽约的电影里演过一个开画廊的亚洲女孩子角色，不过十句话的台词，就被男主角，一个行为艺术家在床上掐死了。她的脸被艺术家用石膏脱模，做成了艺术品。

Keli 的非传统人生一下就吸引了小雪，到纽约不久就和 Keli 混在了一起。

你别想把我当你的研究标本哈，Keli 警告小雪。小雪仔细地看着 Keli 血红的口红粘在了手中的万宝路烟嘴上。小心我转眼把你给卖了，卖给老黑，拉到场子里去跳脱衣舞，让变态佬摸你大腿。

Keli 一脸的意淫邪笑。

小雪一脸向往，求之不得，帮帮我吧，亲爱的。我需要被解救。我真的不适合做编辑，我可以做舞女，风情万种的那种，把帅哥迷得五迷三道，然后带回家，绑上手铐，像莎朗斯通一样，火焰红唇和冰刀一起上，慢慢地切了，一块块地丢到东河里去。

Keli 大笑，这听着应该是我做的事，你应该是我的心理医生，坐在桌子后面，听我讲这个故事。这个故事就全了。

Keli 优雅地拽拽包臀的超短裙，懒懒地给小雪面前的杯子加了点红酒，给自己的斟满，一口干掉半杯。算了，算了，你爸这么出名，你指不定哪天也成了大明星，我回国，记得请我吃饭就行了。

喝酒的小酒吧开在苏荷区一个凋敝的巷子里，旁边是一个常年关着门的仓库，锈迹斑斑的大铁门，门前一捆风吹日晒、年代久远、从来没有打开过的报纸。酒吧是 Keli 的某个前男友开的，地下一层，地上一层，有铁椅子和高高的吧台，窄窄的铁皮门，墙上有花花绿绿的海报，过了期的也懒得撕下来，层层叠叠地贴上去，看上去有点颓废的、黑色的气息，很适合 Keli 的感觉。这里常有艺术圈的、地下演员的聚会，还有 NYU 的大学生过来。也是 Keli 开 party 主要据点之一。

亚裔的女孩子一直是美国男孩子的追逐热点和心头好。她们的肤色、天南海北的口音、黑色长发或者偏分、小骨架、高挑的身子骨，异域风情比起纽约从小学起就胖墩墩的美国女孩，不知道要有多么的诱惑和风情。

亚洲的女孩子在美国甚至比美国女孩子还要敢穿，或者是因为骨子里面自卑，表现在外面，更敢拼，搏注意力。毕竟这是纽约，可以承受世界其他地方不能承受的一切底线。

所以，Keli 的女友们身边经常围着一堆的美国男孩子。

其中就有 Joe，小雪真正能够称得上的第一任男友，陪了小雪三年。这个高大威猛的白人男孩子，有着希腊雕塑般立体的脸。卷发，浓眉大眼，深深的眼眶，挺挺的鼻梁，宽厚的胸肌。认识小雪那年才 22 岁，整整比小雪小了五岁。不知道是这五岁是一个巨大落差，还是 Joe 太特别了，小雪感觉自己经常跟不上 Joe 的节奏。

Joe 太能折腾了，他应该是小雪这辈子认识的所有男孩子中，精力最旺盛的，绝对没有之一。

人生是如此的无望和空虚，只有通过挑战他，颠覆他，蹂躏他，轻视他，才能获得意义，才能打败内心的无力。这是 Joe 的人生信条，他的人生选择和设计，百分百地体现了他的人生信条。

Joe 在大学一年级到纽约创业做地产生意，他和一个地产经纪合伙，在纽约附近的地方，看见旧房子价格合适的或买或走法院程序拍卖下来，重新装修，然后再卖出去。如果这算是主业的话，Joe 还做一家外州朗姆酒在纽约代理。每天风尘仆仆的，到处转悠着照看客户，查销量。晚上回家后还要维护和更新他自己的一家非营利的新闻网站，长年累月地在网站上编辑文章，对华盛顿政治人物陟罚臧否，或者打嘴仗，或者与人组织政治俱乐部，不亦乐乎。这样一天下来，午夜两三点还兴致勃勃地拉小雪出去喝酒，看乐队演出。第二天小雪去上班都爬不起来了，Joe 已经给小雪做好煎蛋和咖啡，自己出门去学校了。

小雪盯着咖啡发呆，挠挠蓬乱的头发去洗澡，边洗边琢磨：28！我是不是太老了？现在小孩都这样吗，我们这老阿姨该如何混呐？

Joe 的家庭出身挺好，他们家在西维吉尼亚州，他父亲在当地有个比较大的包装工厂，为周围几个州的生鲜产品提供包装，生活稳定而富足，按国内的标准是个富二代。

Joe 十岁那年，工厂失火，一晚上，全部的厂子付之一炬。还好，没有死人。

保险公司的理赔漫长而且苛刻，到手的保险金，也只是杯水车薪。

在三年的只建设没有回收的漫长重建周期中，资金缺口巨大，Joe 的父亲需要用自己多年的客户人脉，向老客户维吉尼亚的农场主们信用借款，还把自己的大宅子抵押给当地的银行，东拼西凑，才能坚持下来。

Joe 的妈妈做了十几年的家庭主妇，大火后，又重新出去找了份银行职员的工作，晚上为人兼职做保姆，周末在邻居的洗衣店里兼职。一句怨言都没有，好像一切都是应该的。

Joe 兄妹五个除了上学外，每个人都打零工。Joe 周末两天在当地的大胖厨子披萨店打工，其他时候的晚上，还在当地的一个啤酒厂做两个小时的小工，负责看电脑屏幕，监督流水线的运作，不耽误做作业。兄弟姐妹赚的钱部分零花，大部分交给父亲，也投入了新工厂建设。

美国人是不是都这样不得而知，至少再怎么辛苦和资金拮据都不会让 Joe 的父亲在新工厂的投入上降低一点标准。三年下来，新的工厂三试成功后，成了当地最先进的包装工厂，利润率比原来的老厂子高了两三倍的样子，很多新产品也是行业领先的品质。老客户，大部分也是债权人，订单大把的下来，不到一年，就把债务平了。

Joe 三年下来交给父亲的钱将近两万美金，也转化成了公司 5% 的股份，每年分红又转成股份，等到 Joe 大学毕业的时候，这部分股份也值个二三百万美金的样子。

小雪碰到 Joe 的时候，有点半信半疑，不能确定 Joe 是不是真的对自己有感觉，自己对这个有着希腊雕像般俊美面孔的男孩子倒是有点晕菜。

Joe 第一次和小雪单独聊天聊了很久，把小雪聊得有点踩到了云彩，整个人飘乎乎，脸微微发热，腿都有点发软，本来想把打开的喜力啤酒递给 Joe，发现 Joe 满脸的笑意和张大了嘴巴惊讶，原来手上递过去的竟然是烟灰缸。

小雪大笑，笑自己的颠三倒四，笑自己这是怎么了。Joe 大笑，笑这个美丽的中国姑娘，和他认识的那么多的美国姑娘不同，怎么学了这么复杂的心理学，还那么的直率和豪爽，而且可爱，简直就是各种矛盾的综合体，问题是还挺和谐的状态，真是搞不明白，看不透。

Joe 和小雪并没住在一起。Joe 住在 NYU 附近自己租的一个带小阁楼的三层房子，一楼是房东的主人房、厨房和车库，二层上去的房子和小阁楼 Joe 都租了下来。二层用来睡觉，小阁楼里放着电脑和书架。房屋主人养的一只肥硕孤独的白色波斯猫会时不时飞檐走壁的，出现在阁楼的窗户旁，踩着瓦片，拖着粗粗的尾巴，或者懒洋洋地晒太阳，或者透过窗户好奇的向屋里张望，看到人以后，眼神马上变得犀利起来。

Joe 喜欢出其不意，有时候，小雪正在办公室格子间里，专心地对付北京中心发过来的信息汇总，突然就有电话进来，Joe 像蝙蝠侠出现在楼下的星巴克里。

我就需要你五分钟，Joe 端着咖啡，笑眯眯地看着小雪，亲爱的，就五分钟。

小男孩，你这是恋母情结，小雪甜蜜蜜地刺激 Joe，把 Joe 的咖啡夺过来喝一大口。

每个男人都或多或少把自己的女朋友看作母亲、女友、女儿的魔方，有时候是这一面，有时候是那一面，转来转去的，每天都不一样。这也不奇怪。

又能怎么样，whatever，Joe 从不怕谁的打击，阳光的脸，放松了身体，后仰到星巴克窄窄的铁椅子里，一副美帝国主义保护下青春无敌的样子，欣赏着自己的女朋友。

直愣愣盯着小雪一会儿，Joe 突然起身，就飞也似的闪人了，咖啡和空位都留给还没回过味来的小雪。

我约了一个新的酒吧老板谈价钱，我们晚上见，baby。

小雪放弃了去了解 Joe 的行踪的努力。他一会儿在布鲁克林看房子，一会儿在上东酒吧结算朗姆酒的销售，一会儿在学校上课，整个纽约都是他的游戏场，他钻进钻出地铁，一辆二手的半旧不新的丰田凯美瑞车子可以随时丢在那个区的地铁站或是酒吧后院，神出鬼没的。

我是纽约城的幽灵，出现在任何地方。有次 Joe 自我评价，张牙舞爪，做成幽灵游荡的样子。

纽约的秋天转瞬就过去了，中央公园里面的法桐枝桠，不知何时已经光秃秃的，遒劲有力地指向中央公园上方灰蒙蒙长方形的纽约天空。时间飞逝，转眼认识 Joe 三个年头了。

小雪的公寓转角处就是一家 Whole Food 的中型店，然后就是一串的洗衣店、披萨店、卖中文报纸的彩票小店。在一个“大卫周六深夜脱口秀”大牌子下，经常有个须发浓密长得像马克思的前东德怪蜀黍，站在街角拉小提琴，脚下琴盒打开，三三两两的美元角票和硬币。

当小雪看到怪蜀黍给自己的厚西服外面又鼓鼓囊囊地加了件风衣，用来抵挡深秋时不时飘起的小雨，小雪意识到要给 Joe 买冬衣了。

小雪喜欢给 Joe 买衣服。Joe 有着男模般的身材，好买衣服，标码的大号，Joe 穿起来都帅帅的，每次买的都好有成就感。

Joe 经常穿着 NYU 的灰色套头衫，风里雨里的都不换，赶上不洗头的时候，胡子拉碴的，像是布朗科斯区的流浪汉。小雪喜欢欧范，经常给 Joe 买欧洲的品牌的休闲西服和宽松的大毛衣。看着 Joe

穿上，出门看电影逛逛梅西百货，简直像是牵了一个欧洲大帅哥。

面对自己的战果，不能盯着看的时间太久了。久了，自己会把自己盯得两腿发软，倒在 Joe 的怀里。

有次小雪情不自禁之时，用爪子轻轻挠 Joe 的平整厚实的胸大肌，看着一条条的抓痕慢慢变红，贱兮兮问 Joe，小男孩，你不去做模特，是种浪费，好吗！

小雪想到中文里的词，暴殄天物。英文里面没有对应的词，只得作罢。

Joe 不置可否地撇撇嘴，非也，我做过的，没有太多的钱，还要提前去候场、排练，很费时间的，就不做了。

真的？小雪的瞳孔都放大了几倍，这小子还有什么没有做过？

Joe 对小雪的吃惊不解，耸耸眉毛，是的，没有意义，只认识了一堆东欧俄罗斯的哥们，超级能喝酒，经常蹭我的朗姆酒喝。

小雪心底冒出了无数的感叹号和叹息。毕竟是两个世界成长起来的，白人男孩子有太多的东西不是她小雪都能够了解的。像齐豫的那首歌，飞鸟和鱼，谁能理解谁更多一些，一个天空中的存在，一个在水的世界。

Joe 对小雪买的衣服，喜欢归喜欢，不过只要小雪不监督，每天抓起来的仍然是他的 NYU 套头衫和牛仔裤，美国的男孩子，真没办法。

小雪曾经问过 Joe，如果只让你们美国人吃法国大餐中国大餐，变着花样地吃，不带重样的，就是不让吃汉堡，你最多能坚持多长时间？

Joe有点迟疑，先是伸出三个手指头，然后又犹犹豫豫地弯了一个。

小雪撇撇嘴，Joe瞪大眼睛，装出可怜兮兮的样子，让上帝救救我们可怜的美国人吧，他祈祷。

小雪当时像是泡在蜜缸里，泡的时间长了，三年下来，也就信以为真了，认为生活就是这样甜甜蜜蜜、简简单单的，简单得连她的心理分析都无用武之地了。

Joe的父母来纽约，住在中央花园左侧的东方文华酒店。Joe很正式地穿起西服，带了小雪来见他们。Joe的父亲母亲是那种非常nice的老绅士和淑女，老头的白胡子和白头发浑然一体，质地很好的深蓝西服，金黄的铜扣子，还在西服口袋里塞了丝质的手帕，一丝不苟，可能是为了见小雪，显得非常正式。

Joe的妈妈Susan长得有点像老布什的太太芭芭拉，有点微胖和富态，略掐腰米色针织西装和筒裙，一条艳丽的丝巾。Joe的父亲话不多，主要是Joe的母亲Susan在说，问寒问暖的，一见之下，老夫妻对儿子这个东方女朋友非常喜欢。

为了拉近关系，不让小雪尴尬，Susan还努力回忆起七大姑八姨和中国的关系，有去过北京上海的，有在中国做过生意的，有在香港旅行度蜜月的，有在当地县里接待过中国国有企业代表团的，都算上了。

Susan说得热闹，老头听得也开心，当下就约小雪和Joe一起回维吉尼亚过圣诞节。Joe 捏了捏小雪的手，没等小雪表态，of course，就兴奋地答应下来。Joe 滔滔不绝地说起家里的大房子和冬天滑雪的冬屋，房子后面的山林和笔直的水杉和落叶松。小雪似乎也能看到山坡上大雾中的灯光，有狗叫，有人声，有人“砰”的一声打开了气泡酒，甚至可以闻到冰冷的寒气里有烤苹果馅饼的甜腻腻的香气。

看着小儿子，Joe 爸妈的笑容像加拿大枫树蜜糖，浓得化解不开。

小雪有点为难，之前小雪爸妈说好的，要她趁圣诞节回北京小住几天。上学的时候，小雪回去过一次，掐指一算，又有两年没见亲爱的帅老爹和永远淑女范慢三拍的美女老妈了，听说老爹最近又上了一部京味的片子《离婚时代》，在里面演女主角保护欲过强的爸爸，还没机会欣赏一下。

还有北京朋友同学胡同串子的死党，还有金宝街的大董烤鸭和巫山烤鱼的川味苍蝇馆子，想想都有盼头。心里蠢蠢欲动，虽然飞回去一趟很辛苦，小雪早早就订好了纽约飞北京的航班，怕临时抓不上票。

同样是有雪的冬天，Joe 的圣诞世界很诱人，而自己的魂牵梦绕的老北京似乎更加真切。

看着 Joe 兴奋放光的脸，小雪也没多说什么，托着腮微笑，她不愿意扫兴，Joe 的，老人的。

回来的晚上，小雪没回自己的公寓，蹭在 Joe 的小阁楼里面。Joe 在自己的电脑上飞也似的打字。英文是比汉字输入有优势，更适合互联网时代，美国就凭这一点还是会在互联网世纪称王称霸，为什么没有人想到这一点。小雪把Joe的大毛衣当睡裙穿上，两条白嫩笔直的细腿晃晃荡荡的，秋风的晚上，这个天花板不规则的窄小阁楼里，暖暖的灯光，厚地毯，散在各处的书，很是舒服。在Joe的小阁楼里，小雪经常把自己想象成房东家的那只猫，藐视一切家国天下的自由主义者，优哉游哉。

小雪光着脚，蹑手蹑脚地下楼梯去，以免打搅了楼下要早睡的房东老太太，给Joe端了杯热气腾腾的咖啡上来，自己热了杯牛奶。

宝贝，实际情况是我已经买了回北京机票了，圣诞节假期。小雪在Joe耳朵边嘟囔了一句，顺便扯扯Joe的大耳垂。然后若无其事地坐在地毯上，靠着沙发，喝自己的牛奶。

什么？Joe还沉浸在网上的世界，眼睛死盯着自己的屏幕，没有回过味来的，头也不回。

半个月前，我就和爸妈说好了，要回北京过圣诞节的，亲爱的，而且我已经订好机票了。

Joe扭过来头，端着咖啡，喝了几大口，很深刻地盯着小雪，呆呆的，颇有一会儿。

小雪有点不知所措，Joe这个样子，她之前还没见过，那颗绝顶聪明的大脑袋里，在想什么，不得而知。

Joe噗嗤笑了，baby，你太可爱了，你是自由的，你可以去任何你想去的任何地方，北京，任何地方。来，过来，到这里来。

Joe把小雪拢在怀里，温暖厚重，小雪最受不了Joe的熊抱，整个把她的世界都覆盖了感觉，在他的怀里，小雪会完全迷失，柔软到窒息，直到完全失去意识。其实人生何必那么多的奔波劳苦，那么多的折腾，其实就在这小小阁楼里，就在Joe的身边，永远睡去不要醒来，该是多么的美好。地球有什么理由这样永远忠实地转动下去，白天黑夜的，是为了人类吗？如果真的是为了人类，还真不值得。谁在为了谁而活着？

等小雪从北京回来不久，Joe去接的时候，纽约下过了冬天的第一场大雪。纽约的高楼大厦遮天蔽日的，没有个半个月，残雪是化不了的。

小雪时差倒得七荤八素，挣扎着去公司露个面，打扫卫生要交水电费，等等，忙活了一周才消停。稍微一消停，小雪立刻就感冒了。懒懒地赖在家里，拖不动腿，小雪才发现虽然通了几次电话，过去一周，Joe好像并没有像以往一样突然出现。这小子，小雪隐隐有点不安。

果然，Joe再出现，给小雪了另外一个大大的意外。

Joe突然停掉了自己在NYU读的硕士课程，要搬去加州，去做一个电影投资公司。

Joe的决定毅然决然的没有道理，让小雪没有任何的反应空间。

原因大概是一个NYU毕业的师兄，在洛杉矶设立了一个电影的投资基金，在纽约找到了一个Old Money的保险业家族出种子基金，和皮尔斯的动画工作室筹划了一个系列动画的项目，拉Joe一起做，听起来应该是个周期很长很大的项目，没个三五年不能有结果，所以 Joe 决定先停掉 NYU 的研究生学位学习，反正学分可以挂起来，未来有时间还可以读完的。

不然，你和我一起去加州如何，那里的中餐遍地都是，我发誓会陪你吃中餐。Joe 抓起小雪的手，试图把事情说得轻松些。

你已经决定了吗？小雪垂下眼睛，不看 Joe，手在 Joe 的大手中，变得无力松软，滑脱出来。

Joe 安静地点点头，沉稳得像是一棵树，没有余地的清晰，小雪不能直视 Joe 的眼睛，低头时，泪水冲出来。你的决定里面没有我，小雪在心里面说，但她没有说出来。突然她想起了 Joe 对她说过的一句话，baby，你是自由的，你可以去任何你想去的地方。泪水以洪水般的速度奔流。

Joe 有些慌乱，过来想抱抱小雪，小雪倔强地躲开了。

Joe，我需要些时间想一想。小雪特别想找个贝壳钻进去，猫起来，或者像 Joe 房东的那只大白猫，一跃跳上窗台，消失在屋顶上。Joe 站在原处发了一会儿呆，有点手足无措。Joe 何时走掉的，小雪好像都没有注意到，是不是感冒药的作用，只是沉沉地睡了过去。第二天中午小雪醒过来的时候，静静地发呆，桌上还是小雪昨天晚上叫的 Joe 的最爱，纽约地狱魔鬼披萨，盒子都没有打开。还有没有喝完的半杯红酒，加州纳帕产的，Joe 最喜欢的一个酒庄。另一张方便贴，上面有 Joe 的留言：Call me.

窗台残雪映得窗子白得刺眼，屋外有人声，好像是老门童在走廊里不停向熟人租客打招呼，聊家常，咯咯地笑，黑人特有的厚重响亮的嗓子。应该是隔壁干洗店的老板过来给楼里住户送洗过的衣服来了。

世界依旧还在那里，Joe 就这样消失了，迅速得就像是他随时可以再出现一样，端着咖啡，笑盈盈的脸，伸手就会把小雪拦在怀里。小雪甚至不敢肯定 Joe 已经不在纽约了，也不确定 Joe 是不是已经和自己分开了，就像当初不能肯定 Joe 是不是喜欢自己一样。

Joe 还经常有电话短信过来，直到半年以后。小雪陆陆续续地知道，他在加州的电影项目进展不顺利，夭折了，他把合伙人的股份给买断了。Joe 的二手房产生意在加州倒是出乎意料的火爆，公司规模比在纽约的时候大了不少，雇了十几号人，在加州郊区买了一栋独立别墅，做办公楼用。

Joe 再没有到纽约来，或者他来过，再也没有过来找小雪停留。

最后一次的电话里，Joe 给小雪说，Joe 的老爹说过一句话，小雪会是美国男孩子梦寐以求的女朋友，但不见得是一位美国人的好太太。

小雪在电话里大笑，说我也很同意，Joe，看起来我们分手是个正确的选择。小雪听到话筒里自己的笑声，很空洞，一点都不真实。

小雪不能想象自己和 Joe 的三年爱情会以这样的一个结束方式，像是交响乐到达高潮后慢慢拖尾，降声调，直到余音袅袅，成为绝响。如此说来，没能成行的维吉尼亚圣诞节应该是这幕欢喜音乐剧的最后一个高潮部分？小雪不能理解，也不能接受的，这幕交响乐的结束似乎是有个导演的手在指挥，而这个导演和自己没有任何关系，没有透露一点的剧情，演员难道不是也有权利看看剧本的吗？

小雪觉得，最后的一段是空白的，有点空落落的。小雪甚至不知道对待 Joe 的离开，什么才是正确的方式，她是应该痛苦、痛哭，是失落、忧郁，还是现在的茫然？

Joe 的突然离开，好像 New York 不再是原来她的纽约了，突然变得遥远而且陌生，还有点冷漠。还是会到法拉盛吃中餐，还是会和 Keli 喝酒耍嘴皮子耍酒疯，还是会去远点的五十几街 Border 蹭书看，可是没有一个人随时出现在你的手机短信里，随时出现在你的面前，像是吃饭突然没了味觉，机械地吞咽，生命突然失去了感受的能力。这让小雪感到纽约的这个冬天特别寒冷。小雪索性在春节的时候，用年假又回去北京了。

春节的北京，整个城市空空荡荡的，人们都从哪儿来的回到哪儿去了，喧嚣的城市清净了不少，让人有似曾相识的陌生感。

一个有冬日暖阳的下午，小雪陪老妈在三里屯逛街，也没有什么要买的，两个人坐在星巴克的一个角落里喝咖啡。咖啡喝了第二口的时候，小雪没忍住，第一次和老妈提了和 Joe 的分手，说他的样子，他的甜蜜，他的怪癖，他的生意，他的一切的一切。然而，是的，他们分手了，没有缘由。三年，一个人走进你的生命，又走出了你的生命。你和他分享一切，自然天成，他又消失在街口，用背影告诉你，亲爱的，我是自由的，就像你一样，也是自由的，一切都合理得无法反驳。

小雪说到最后的时候，戛然而止，Joe 阳光可爱的脸，厚实的肩膀，浮现眼前，让人无限爱恋，而自己已经泣不成声，用双手撑着自己的脸，泪水泉水般地汩汩流淌，脸色却平和得和窗外的冬日暖阳一样安静。

对面的老妈像是能容纳百川的大海，满满的爱，柔柔地盯着自己，不插话也不多问，只是不停地把纸巾递给小雪，深沉博大。

多美好呀，雪儿，妈妈说。多美好的爱情。Joe 是个优秀的男人，在你最美好的年纪，在纽约碰到了。三年的美好年华，没有什么可以遗憾的吧。一切都没有对和错，此情可待成追忆，多少年后，你的记忆里，Joe 还是你生命中的美好。没有对错和怨恨，他没有走出你的生命。他已经在你的生命里了。只不过，生命下一段的旅程，已经没有了 Joe。

妈妈的柔声细语一滴一滴地渗进了小雪的心头，帮她把满腹满胸的苦涩肿胀慢慢挤出去。

妈妈伸出手，把小雪的刘海分一分，仔细地欣慰地欣赏着自己美丽的女儿。

雪儿，人生就是一场经历。一切曾经的美好和未来的美好，都不要忽略掉。积攒了一路的美好，等你到了我的年纪，你的收获就是你的人生。

小雪点点头，侧脸亲亲妈妈温暖的手。有妈妈，真好。

男人最好不要在三十岁前太聪明，太聪明的人，把人家的一生一世都在三十多年过完了，三十岁后就活得懈怠了、焦虑了。

看到小雪慢慢缓过劲来，妈妈有感而发似的幽幽地说。

喔，妈，我爸他年轻时候也太聪明吗？小雪突然有精神关心老妈了，话锋转到爸爸身上。

你爸爸他呀，年轻的时候太聪明，他三十岁以后都靠我活着了，妈妈笑得很舒展，多少楼台，多少烟雨，一切都在这一颦一笑举手投足之间，化散开了。

小雪又在纽约待了两年，这两年没有更多的事情发生，没人知道小雪这两年过得如何。只是很少再在 Keli 的酒吧里见到她，华人圈子里的都知道 Denial 曾经十分努力地追过小雪，没有回响，也就没有了耐心，很快把精力放到了一个新来纽约工作的新浪网的小编辑身上。纽约这么大，从来就不缺少前赴后继的新鲜的面孔。

小雪回国之前，开始把她的博客整理成书了。几年后，小雪慢慢变成了回国后的小雪老师。那时候，她才第一次见到叶子的老公 Frank，叶子去世后，她还成了 Frank 的心理医生，现在居然慢慢暗恋上了 Frank。世事无常，物是人非，一切的变化太大了。

过尽遥山如画，短衣匹马。萧萧木落不胜秋，莫回首、夕阳下。别是柔肠萦挂，待归才罢。却愁拥髻向灯前，说不尽、离人话。

这是小雪很喜欢的一首纳兰词，离开纽约的最后一天，她敲到手机里，发给 Joe，无论他是否会找人翻译，已经不再重要，然后就把自己在纽约的手机号码注销了。

十 八

Frank 最近酒喝得有点多，满脑袋的烦心事，交叉纠结地化解不开。

酒精好呀，不走肾，走肝，走心，外带按摩神经，让人感觉不到肉身沉重，整个世界好像就剩下一挂千丝万缕的神经系统，有点白日飞升的味道。过了嗨点，倦了就会昏沉沉睡去，省得满脑子乱糟糟的问号和没有逻辑的叹号，让人不知所措，无处安身。

虽然书上没有专门讲，但 Frank 在协和上研究生的时候很有兴趣地研究过酒精的代谢过程，当医生的时候也处理过很多喝过去的来急诊打吊瓶的。

等 Frank 自己喜欢上喝威士忌，其实是在美国养成的习惯。

试验紧张的时候，被老板死盯着时间表，神经绷得死死的，一天 10 个小时下来，累得腰都直不起来，半瓶威士忌下去，立刻在沙发上鼾声如雷，第二天爬起来，洗个澡，还可以照常战斗。那时候真是年轻。

后来喝得精致起来，还上网搜集材料，按照苏格兰和英格兰的威士忌产区地图，一路喝下来，慢慢地，土腥味，烟熏味，稻草味，盐碱地的味道，皮子味，厚薄浓厚，远的近的，可以分得清楚了。

股权被收购，有钱了之后，网上机场追着买，碰到昂贵的年份酒，毫不犹豫地买下来，对比着喝，十年一觉美国梦，都浸满了威士忌的味道。

Frank 清楚最近有些失控了，原来喝酒都是品，一手捧书，一手加冰，微醺是最好的状态，不过分，不耽误写今天的总结报告。最近有点过了，动不动半瓶子的百龄坛下去，像是猪八戒吃人参果，直来直去地往下灌，特别渴望酒精到位后的那点安宁，直接奔着结果去了。

安定和威士忌之间，医生出身的 Frank 宁愿选择威士忌。

叶子走后，Frank 就不在主卧室里睡了，太大，没人气。房子装修是叶子一手操持的，靠床的一侧，有枝叶繁茂的壁纸，铺满了整个一面墙，墙上有叶子和 Frank 的大幅结婚照，物是人非，人没了，照片上的笑依然灿烂如昨，让 Frank 都没有走进去的欲望和勇气。卧室有前女主人的衣服间，里面挂满了叶子各色的衣服，现在仍然在那里，由阿姨打理着。Frank 不知道该如何处理屋里的一切，就保持着原状，拖着。

Frank 一人住在书房，有书架，有单人床和沙发，有台灯，像是自己美国住惯了的单身房间，开了台灯，半明半暗，让人更踏实。如今书架上还空出一层来放各种威士忌，满满的一溜，大概有几十瓶。有时候，Frank 会对着这些酒瓶子发愣，像是对着实验室的瓶瓶罐罐，装满灵魂的试剂。

酒放在伸手可及的地方，碰到失眠的时候，方便爬起来接着往下喝，喝纯的，慢慢喝到睡着，量越来越大。Frank 很清楚，很客观，以医生的专业角度给自己定性：酒精依赖症，中度。

到了中度，喝了也不见得就能睡得着，每天就是情不自禁地想喝，有点恶性循环和上瘾。回到家里，对着一溜高矮胖瘦的威士忌，金黄色和深褐色的液体，简直没有抵抗力。威士忌像女人，是双刃剑，她可以让你昏昏入睡，也可以让你午夜两点钟就醒来，整宿无眠，第二天，就像是脚底下踩了棉花，头脑不清，口齿不清。

最近 Frank 到公司谁都不见，把自己关到实验室，埋头做实验。几天过去，他发现自己甚至开始害怕和人说话，哪怕是 Sindy，或者是老路。这个季度的董事会上个月中就发通知了，已经被推迟了两次，还是没有具体开会的时间。这个情况持续了将近一个月了。

就算是 Sindy 也不了解发生了什么。

Sindy 是公司董秘，要组织董事会，在电话里已经被 Derek 吼了无数次了，没人知道大老板这是怎么了。工作的事只是一方面，要命的是，Frank 也不接她的电话，短信，微信什么都不回。Sindy 实在是不知道发生了什么，为什么突然之间，一切都 shut down，像是阳光满地的大白天一脚踩进无底深渊里面，没有光线，透不过气来，什么情况，这到底是为了什么，因为公司，因为我吗？我做错了什么？是惩罚吗？如果是惩罚，也要让我死个明白，好吧，简直让人发疯，还让不让人活了？见鬼了！

走投无路，情急之下，想起求助小雪了，仿佛是抓到了救命稻草一样。小雪没想到Sindy会给她打电话，刚接起来时还略微有点诧异，电话里Sindy的声音火急火燎的，把小雪也给惊着了。小雪在Sindy杂乱的信息中，慢慢听明白了原因，电话中也是掩饰不住的着急，草草地安慰着Sindy：应该没有什么事的，亲爱的，你也别着急。但也没多说什么，只是答应Sindy立刻和Frank联系上，先搞清楚状况，然后就匆匆挂机了。

听起来，小雪也不知情，Sindy心中暗自消停了一下，小雪和Frank的心理咨询关系她很清楚，估计这种诡异的事情，也就是小雪可以给个答案，或许是Frank的忧郁症又犯了，或许Frank还有不想让她知道的事情，小雪却知道？想到还要求助于小雪和Frank联系，Sindy心里空落落的。自己在Frank心里到底算是什么？这个问题像针一般扎着Sindy，Sindy甚至能够看到自己的一副赤诚火热的心肺，一道道鲜血流下来，为什么？凭什么？怎么了？

Sindy不知道，Frank还真是白天撞了鬼，而且就是因为她Sindy。Frank手机上莫名其妙地接连收到了三张Sindy不知何年何月的床上艳照，既不知道是谁发的，也不知道发照片的是何居心。

两周前Frank和胖子吃饭约在工体的一家西班牙餐厅，地方是Frank约的，说他们家的西班牙海鲜饭超级好吃，满满一大铁盘子的，米粒浸透了海鲜汤汁，无比弹牙美味。

海鲜饭还没上来，胖子就听出来了，Frank有点搞不定二股东基金 Derek 他们，希望至少要先争取到胖子这张牌，通过胖子去搞定基金。

西班牙红酒口味偏淡，单宁薄，胖子像喝矿泉水似的连着灌了几杯，才感觉解渴。胖子明白自己的股份比例太小，但是小股东也是股东，尤其是大股东和二股东出现僵局了时候，有时候，还真要听自己这样小股东的。

胖子从来都不喜欢二股东基金 Derek，这些脑满肠肥的老外，拿着别人的钱在国内到处耍，好像多懂中国商业似的，满口公司治理和商业道德的，好像自己就站在道德制高点，谁还不知道你们的老大高盛是怎么发的黑心财？！

马克思他老人家怎么说的，资本主义诞生的每一个毛孔都滴着肮脏的血液。

可说到这件事，就不一样了。瞌睡碰到枕头了。Sindy 这张美女牌现在看起来基本上算是废，奶奶的，从这小丫头片子过河拆桥，对自己爱答不理的，得不到更多的内幕信息了。

现在自己急需第二张有控制力的好牌，公司僵局可能是一个好机会，一方面拖住 Frank 公司的 IPO 进程，一方面可以拉拢二股东基金接受让自己公司并购华益医疗的计划，到自己这条战线来。然后再想办法把 Frank 搞定，软的不行，就来硬的。

机会来了，胖子当时就像一只饿了半个月的老狼，突然就闻到了烤羔羊的味道，心里痒痒的百爪挠心。《纸牌屋》里的 Underwoods 不是得意洋洋地说过，每个危机里面都蕴藏着天大的机会，只是看对谁来说。这个让 Frank 愁肠百结的僵局，可能会让胖子取得决定性的胜利。

胖子让自己平静下来，拍胸脯表态说，兄弟，这件事上，他们基金太不地道了，赚多少钱才是赚哪？赚了这么多，还不愿意拿出来做股权激励，股权激励是为了大家好嘛！你放心，哥哥我是百分之一千一万地支持你，这是公司的大事，Frank 你要咬住，绝对不能向基金松口，最终基金还不是要听公司的吗？放心吧。

和 Frank 吃饭过后，胖子开始积极部署，主线有三条，一条是 Derek 要详细谈，暗中支持基金和 Frank 继续对峙，另外一条是针对 Sindy 的，顺水推舟，你们不是团结在一起吗，我就是要分裂你们。你们小毛孩，跟我斗，有可比性吗？

本来，从香港回来后，Frank 一直在准备董事会上怎么和 Derek 最后摊牌，把员工激励机制定下来，排除上市的障碍，启动 IPO。奈何，当时基金进来是给基金小股东权利的，也就是说，章程上白纸黑字规定了，在增资和股权设置等公司经营的重大方面，需要 100% 的股东票数通过。

股东结构中 Frank 有 55% 的股权，Derek 的基金持有大概 35% 的股权，胖子老吴持有 5% 的股权，其他三名创业时候的高管共计持有 5% 的股权。老路因为是后来加入的，还没有股权。

Frank 自信自己对胖子老吴持有的 5% 和高管持有的 5% 是有说一不二的影响力的，但只要基金的 35% 的投票权不同意，就足以否决公司任何的重组，上市，股权激励等一系列的工作。Frank 自从上次董事会和 Derek 发生争论后就一直头痛这件事，一筹莫展。

在这件事上，Derek 超乎完美地表现了什么是美国人的直白和资本逐利的毫不妥协性，Frank 在香港飞回北京的飞机上，花了两个小时专门写给 Derek 一封长长的邮件，一下飞机就发给了他，把留住人才的重要性、公司的性质和创新、超级依赖核心人才，以及这些核心人员得来和留住多么不易等因素仔仔细细写下来，有归纳有总结，入情入理。Frank 自己重复修改了几次，直到自己感觉到比较全面了才满意。他超级重视通过这封邮件沟通，希望和 Derek 达到沟通协调一致的结果，让他支持自己，支持公司的长期发展。

一个美籍华人，太难为他了，用中文写了比 Frank 还长的回信，意思就是一句话，我们的权利就是我们的权利，高管是很重要，股东的权益也很重要，高管不就是为股东权益服务的吗，股权绝对不可以给这么多，把我们的权益稀释了，要给你自己给。看得出来，应该不是让秘书代写的，其中的表达有很多还是英文的主谓宾定状补，别别扭扭的，倒是也能看懂。

这话有点让 Frank 尴尬得下不来台，毕竟自己作为大股东和 Derek 基金的股权比例相差 20%，这 30% 的股权给出去，基金一跃变成了大股东，实际控制人就变了，且不说给上市造成了障碍，整个公司都是给基金打工的，真是岂有此理？

Frank 把 Derek 的邮件转发给其他董事了，也抄送了不是董事的胖子老吴，一个字也没写，Frank 自己气的已经不知道要写什么了。

就在此后一周后，诡异的事情发生了。Frank 的手机中连续进来三条彩信，手机号是一个陌生的号码，和上次发叶子照片的号码不同，但来源地都是广东，每条彩信里都有一张女孩子的裸照。乍看之下，Frank 还以为是网络小黄图，每张图片下还有中文字：常姝的记忆，1/21。起初没有在意，准备动动手指头删掉。

等等，Frank 脑子里突然闪过，谁，常姝不是 Sindy 的中文名字么，随即再把照片打开，放大了看，照片中的女孩子可不就是 Sindy 吗？酒店的大床上，Sindy 全裸着，趴在床上看电视，拍照的人应该是在后面，叫了她一声，她侧过身来，用手臂撑着脑袋，对着镜头笑，坦坦荡荡的，一丝不挂。

编号常姝的记忆，2/21 的照片是 Sindy 把被子一角拉到胸前，还来不及，完全遮住胸前，从脸上的表情看，应该是惊叫连连的样子。照片中的 Sindy 那时候还是直发，长长地铺散开来。这是一场有图有激情的游戏。

编号常姝的记忆，3/21 的照片中，Sindy 干脆把头发垂下来，四肢着地，像是蜥蜴贴在床上匍匐前进，装作贞子的样子吓人，镜头从上方拍下来，还有一只男人的毛毛的腿在画面里面，应该就是拍照的人的吧。

照片的清晰度非常高，但可能是曝光不好，画面中有昏暗的部分，或者是因为酒店的窗帘是拉上的，仅仅酒店的灯光，光线不够，但是 Sindy 的雪白肌肤像是她的独家签名一样，是 Sindy 确定无疑。

1/21 什么意思，是说同样的一组照片有 21 张吗？其他的照片不用猜也知道，无非就单独还是合拍，是摆姿势还是动作片。“常姝的记忆”想表达什么意思，是常姝要求立此存照，以资纪念的吗？还是在拍照片的人的记忆中，有一个女孩子叫做常姝的。看时间的话，相片上没有具体年月日，从 Sindy 的年龄看，她还留着直发，面庞比现在稚嫩不少，有些青涩，按照 Sindy 现在近三十的年龄看，应该是大学期间？看环境应该是一个一般的酒店，是不上星级的那种。看来无论是拍照片的大毛腿，还是那时候叫常姝的女孩子，当时并不是很有钱的样子。

其他的再也看不出来什么有用的信息了，Frank 迟疑了一下，还是按照电话号码回过去，对方关机。

Frank 是学医出身，对生老病死和人体，比常人有着更为洒脱通达的看法。不就是一副皮囊肉身嘛，每天都带着，有时候还是挺烦的。人体不得不让人敬畏，至于人类的情欲和繁衍，说科学点是大自然进化优选的结果，说得宗教点，是造物主按照他自己的秘而不宣的逻辑设计出来的关键一环，可以试着去解读和理解，不要尝试去改变。

艳照没有什么可怕的，可是以这种方式收到自己最亲近女友的艳照，还是让他顿时无所适从。Frank 起初以为自己面对这三张艳照会很平静，甚至一个下午都没有再拿起手机看看，都没什么时间去想这件事，接各种电话，和财务过一下管理报表。中间老路带着一个国内的潜在合作方，下午到公司现场考察，上楼来和 Frank 打了个招呼，寒暄了两句，屁股没有坐热就走了。

直到 4 点左右，Sindy 的微信中发来几个萌妞忽闪大眼睛的表情，问他是否有时间周末参加几个金融圈子朋友的聚会。其中的一个姐们挑头在北京郊区租了一片闲置地，做起了有机蔬菜种植，在自己的朋友圈里做垂直电商了。聚会就在他们院子里，吃吃新鲜的毛豆茄子老玉米等农家菜，然后爬山徒步消化食减减肥。

Frank 简单地回了两个字，有事。然后把三星手机一下扔到桌子上，“咣”的一声很响，甚至吓了 Frank 自己一跳。自己怎么了，非常生气吗？

心头说不清楚的滋味，恶心，苦涩，愤怒，沮丧，郁闷，好像都不是，好像都有一点点五味杂陈，各种东西突然像决了堤的洪水，喷涌而出，一下子把 Frank 淹没了。Frank 坐在办公室椅子上安静了半天不能思考，不能说话，不能动弹，直到他的司机在楼下催他下班，他才慢慢地，一步一挪地，下楼回家去。

一夜无眠。Frank 斜躺在大沙发上，昨天的衣服未换，杯中残酒，一张白纸上胡乱记下晚上失眠时脑子里闪过的碎片。

我为什么这么恼怒？我喜不喜欢 Sindy ？我把 Sindy 当做什么了，女友还是未来的妻子，还是逢场作戏？

Sindy 是在背叛我吗？如果这仅仅是 Sindy 和她的前男友的私密照，我为什么这么反感？ Sindy 是无耻没有下限的人吗？

为什么有人把照片发给我，这个人是谁，他为什么如影随形地跟着我，从叶子到 Sindy ？报复我？报复 Sindy 吗？我对 Sindy 又了解多少，知道些什么？我该如何面对 Sindy ？直面呢，回避呢，还是干脆就云淡风轻，当一切都没有发生过？

如果告诉了Sindy之后，哪个女孩子能够经得起这样的事情，如果她也把自己很认真地当作男朋友的话。

一堆杂乱无章的问号，好像还是没有答案。

Frank在北京黎明雾气中，睁着疲惫的眼睛，在叶子搭建的后院阳光房的木头平台上慢慢踱步，晨雾慢慢退去，Frank也慢慢意识到，原来，就像眼前的这些晨雾，Sindy已经渗透入自己的生活和感情中很深了，只不过自己从来没有意识到，甚至没有花点时间去分析自己。

别人看如天书的基因序列分析对于他Frank是很简单的，很有条理和逻辑的，分析心灵和情感，尤其是自己的，却是很难的事情。我是个彻头彻尾的感情失败者，无论和叶子，还是和Sindy，Frank自嘲地想，眼睛发干，喉咙像是堵了异物，不上不下，发胀。

一阵阵的寒冷迎面而来，自己身上的衣物已经挡不住了，一阵的冷战袭来，让Frank抱紧双臂坚持着，不愿退回屋里去，他要借助寒意让自己的脑子多清醒一会。

我一厢情愿地认为叶子的死就是个事故，其实是我选择去相信，她不是酒驾车祸死掉的，其实，她是为了逃避我，逃避和我的婚姻，才死掉的，她副驾驶上的那个男子不就是明证吗。为什么，她也曾经那么爱我，曾经花费一年的心血装修我们的家，这个阳光房和露台，我那么爱她，想要保护呵护她，想要安慰她，她却要带着一个萍水相逢的男子，羽化而去，用这么激烈不妥协的方式向我宣誓和挑战。

叶子，你不需要向我证明什么，不值得，我不能承担起任何一个女人给我的爱，Sindy 也一样。Sindy，叶子做不到的，恐怕，你也做不到了。我想努力，努力去爱你，去爱你们，但，我可能太胆怯，面对你，包括你的未知的一切，我没有勇气了。

你们都放弃我吧，一了百了的干净透彻，一切都如同生命一样，白云苍狗，终究没有意义，我们没有必要这么努力这么伤心这么偏执地去迎合，去改变这虚空。小雪，救救我吧！

不眠不休，让 Frank 的脑子时而像灌了浆糊，时而像拨云见日般的清醒，Frank 隐隐约约感觉到，那个手机号今天是不是还要发些什么过来。

果然，下午，差不多时间的，又有三条彩信进来，不出所料的是，编号是 4/21，5/21，6/21。内容上是前面三张照片剧情的延续，看得出来应该是同一时间和地点的，只不过内容越来越裸露，其中一张是 Sindy 的大头照，光着身子，对着镜头肆无忌惮地笑，尖尖的新鲜的乳房，年轻没有负担的脸，无所顾忌地挥洒着青春的快乐和对别人的信任。

Frank 对着 Sindy 的笑脸发呆。这应该是把 21 张照片分七天发完的架势。Frank 懒得理他了，直接把这个号码屏蔽了。懒得去管到底是谁在幕后筹划这件事情，伤害已经形成了，高兴了吧，孙子。简单屏蔽个号码容易，想屏蔽自己的脑子里时不时冒出来的问号几乎不可能，控制不住地往外冒，领着 Frank 钻一个又一个的胡同，如同法国人擅长修剪的迷宫，无休止地猜，精疲力竭。

Frank 干脆一头扎进实验室，整天不出来，公司治理方面的事情一概不问，实验室里的厚玻璃仿佛能防弹也能防着纷乱的思绪钻进来，能让自己找到平静，躲起来。

实验室玻璃也把 Sindy 和老路一干人等都统统挡在外边。让他们丈二和尚摸不到头脑，傻了眼。

老路等一干公司高管担心不已，这算什么事，这么大的公司，马上就奔着上市去了，公司多少人的美好前程啊，老板出问题了，而且问题还出的莫名其妙，问题到底出在哪里，谁能给说一下。

同时很着急的还有胖子老吴，老路知道老吴最近对公司的事情超级热心，甚至老吴最近一直就待在北京没走。

老路还知道老吴最近为什么一反常态地驻扎在北京了。原因有两个。一个是他的三元桥的地产项目问题恶化了，这个也不是一时半会儿的事情，项目进行大概是半年多了。另外一个，就不能多说了，胖子提了一个任何人也不能拒绝的计划，让焦急的老路突然看到了希望，一个光明无比的希望。

老路哪里可能知道，胖子感觉到自己像是站在了悬崖边上，惶恐的是，黑漆漆的，不知道背后是不是有谁这时候突然冲出来，再给他致命的一推，他就万丈深渊，万劫不复了。

到五月份了，三元桥项目，老王那边没有丝毫进展，内蒙古的债权人是当地市国资委控股的国有企业，当地警方对市政府的要求不折不扣地执行，老王和债权人的纠纷债权是十几个亿，也不是胖子可以简简单单就能解开的扣。

胖子找了关系，去探视了两次，老王两个月不到，减了20斤的肉，见了胖子像见了救命稻草，忠哥你把我捞出去，我把三元桥房地产的项目利润全部转让给你都行，前提是你要把我整出去，这他妈不是人待的地方，你看我天天晚上睡不着觉，马上要死到这里面了。胖子避开老王眼光中急切的希望，只是点头，我再找找人看看。胖子琢磨的都是自己的事，要不是和你老王合资栽到这个项目了，我胖子会千里迢迢地跑内蒙古小县城的拘留所来看你？不见得吧！你老王得对我有多大恩情？

眼看着老王那边短期内出来的可能性几乎是零，胖子决定再搏的大点，他从朋友处挪了两个亿，半年25%的利息，考虑到是短期过桥使用的目的，胖子也就咬牙答应了。胖子又和北京福汇公司摊开了谈，说老王的事是短期内也不见得解决的，你们要不就同意改变一下付款进程，把这一笔老王应付的4亿变成2亿，胖子来付，另外的2个亿并入下一期一并支付，为了让对方答应，胖子又在价格上主动表示加了5千万，算是拖后付款的对价。

福汇公司的老沈是大烟枪，一下午一包大中华，一刻不停地喷云吐雾，盯着胖子想了一会儿，不慌不忙地说，忠哥，这事吧，真不是我们的原因，你说一千道一万的，说破天，也是第二笔钱付不出来了。好，我再信你一次，可是价格上，只加5千万是不行的，这个数。

老沈耷拉下眼专心弹烟灰，不看胖子，伸出两个手指头，向胖子晃。再加两个亿，第三笔连同没付的两个亿，一起付了。

胖子也不动声色，现在是人为刀俎，我为鱼肉，老沈趁机狠咬一口，胖子也不是没有心理预期。总比老沈翻脸不认人让这个交易黄了要好。自己从上市公司挪出来的那3个亿，要再从老沈嘴里抠出来，估计比登天还难。但老沈一张嘴就要加2个亿，还是出乎了胖子的预料，他妈的，孙子太黑了，比蝎子还狠。

胖子盯着老沈趾高气扬的长脸和肿眼泡，内心翻腾，恨不得直接就骂出来，骂他脸上，转念一想，小不忍则乱大谋，就强忍着点了点头。孙子，有一天你要是犯在我手里，咱们一并算清楚。

三个月左右的危机，终于被暂时缓解了，胖子喘了口气，立刻安排签署了补充协议，然后把两亿现金打过去，派了人专门盯在北京福汇公司办理项目的变更登记手续。

不料，比说书唱戏的还戏剧化，一波未平一波又起，内蒙古又来人了，可这次来的不是公安，是当地法院的人，这次更直接，直接奔着福汇公司去的，把项目公司的材料给调走了。

北京福汇公司的人都懵了，当即就把胖子找过来，胖子也是当头一棒，云里雾里。这是什么情况，内蒙古法院怎么可能这么精准地找到福汇公司，没有老王指路是不可能的呀，这里边一定有老王的事呀。

胖子没猜错。老王的资产有价值的都抵押了，国外有些探矿权，内蒙古的法院也是鞭长莫及，老王就把三元桥的地产扯了进来，老王明知这个项目没做下去，首笔钱也是胖子付的，和他老王也没啥关系，可是那个胖子两次来探监，都只顾着这个项目，不顾自己的死活，一点没有把自己捞出去的迹象。除了自救，谁他妈的都靠不住。所以，老王就把这个项目交代给了债权人，债权人律师看到了拿真金白银偿债的机会，立刻到当地法院申请了代位求偿权主张债权，让法院派人到福汇公司把钱要过来，或者不行就把地产给执行了，看谁的关系更硬更强。

腹背受敌，胖子这次是彻底地毛了，心里没底了。

上市公司的3亿是不可能长期压着，新打过去的2亿，是三个月的短期过桥资金，这要是拖下去，形成了死结，自己可就是吃不了兜着走了。如果上市公司那边捂不住，这边朋友拆借的高利贷再还不上，就像蜡烛两头着火，事情就会很快失控，他胖子可怎么转身，这个绝对不能发生。

胖子要抓住任何可抓住的机会，过了这个坎，自救还来得及。我胖子一辈子商场，大风大浪的也经过不少。但过去也就是个三千万的坏账啦，供应商跑路了，几百万的回扣被人给供出来这种小事，这回真的是个大坑，以前的事跟这次比都是毛毛雨。阿弥陀佛，毛主席保佑，我一定能浮出水，拔掉钉，再爬出坑来。天无绝人之路嘛。

当胖子打起十二分的精神来，把身上每个细胞都调动起来当作脑细胞用的时候，他发现上帝伸过来的救命稻草就在身边，华益医疗。

华益医疗最近矛盾重重，胖子都看在眼里。胖子一直希望把华益医疗装进自己的申华医疗上市公司的计划，苦于 Frank 从来都不松口，自己也一直无计可施，就像是在高墙外一直转悠的狐狸，口水流了半桶，却进不了院子半步。最近，事情出现了微妙的变化。Frank 的董事会出现了僵局，而自己的这位仁兄发小 Frank 自从老婆车祸后，就有点心理上的毛病，不见得能驾驭得了这种局面，更重要的是，他们华益医疗的利润进入了快车道，今年能到 1.5 个亿。前途更加不可限量的是，他们乳腺癌的基因检测技术听说马上要过药监局审批，成为行业首例的国内自主知识产权的基因检测方法，其市场想象空间之大，可想而知。

这就是一个金矿，不，钻石矿。如果能够装入申华医药的话，申华医药的利润就增加一倍，同时，基因检测技术可能会让上市公司的市盈率从现在的 16 倍放大到 30 倍都不止，这样的话，申华医药就会鲤鱼跳龙门，从现在 30 亿的市值，放大成为 120 亿左右。目前胖子和阿朱的家族信托持有上市公司的 46% 的股份，那就放大到将近 60 亿，即使拿出来一部分股份定增给华益医疗的股东，自己的股权也会放大两三倍，考虑到二级市场的反应，可能四五倍的增值也未必打的住，这样一来，目前的困局，就微不足道，可以轻松解决了，从容转身了。

胖子忍住心中的狂喜，机遇千载难逢，像是游戏打通关一样，这件事要做成，大概有几个关键的步骤：第一是争取 Derek 的一致行动，目前，Derek 和 Frank 的矛盾加深，胖子作为小股东深知 Derek 的心态，恨不得赶紧套现，落袋为安，只要抓住这一点，不怕 Derek 这个老小子不同意自己的计划；第二是争取高管，主要是老路，达成统一战线，在华益医疗内部建立自己的利益代言人。胖子感觉到老路基本是江湖路数，应该可以争取过来，只不过要许之以利，无怪乎高官厚禄罢了，这个也应该可以搞定；最麻烦的是目前 Frank 这个把持 IPO 的小董秘 Sindy，这丫头片子，本来是自己安排的一步好棋，一方面用美女拉拢 Frank，一方面让 Sindy 把控上市进程，让自己有机会得到华益医疗的内幕信息。可是，好棋变成了臭棋，这丫头片子对 Frank 动了真的感情，自己奔着上位去了，不但不给自己提供有用的信息，还倒戈投入了 Frank 的怀抱，处处提防着胖子，真是赔了夫人又折兵，成为了一块实实在在的绊脚石。如果 Sindy 从中作梗，给 Frank 通风报信，这个计划，可以分分秒秒地毁在这小妖精手里，妈妈的，胖子一时还没有对付 Sindy 的办法。

胖子悔不当初，不停地用胖手摩挲肉褶子层层叠叠的后脑勺。

他妈的小妖精，不信你没有漏洞，漂亮女孩都他妈的有事。胖子一巴掌拍下去，手边的咖啡都被震了出来，看看大爷怎么收拾你，跟我玩，算你狠，现在大爷来真的，看你抗不抗得住。

胖子现在像是一头斗牛，眼睛里只有华益医疗这块资产，抛着蹄子，喘着粗气，已经站到了斗牛场上了，见佛杀佛。毕竟这是一桩宏大的赌局，是他胖子的救命稻草，不可不谨慎，好处是胖子一直就是华益医疗的股东，5% 的小股东也是股东呀，千万别把豆包不当干粮，谁说胖子没有长性，这件事上，胖子可是一直盯着，埋藏了这么长时间，现在机会终于要来了。

话说 Frank 太固执，不听劝，和申华医药合并，难道不是皆大欢喜吗，大家兄弟一场，这么多年，我胖子能亏待你吗，换股你也拿到上市公司的股票了，这么多年来的努力不也是有了回报吗？事业平台还是公司的治理控制权，客观地说，我看 Frank 你最多就是个顶尖科技人员的材料，公司治理方面一塌糊涂，如果换了我胖子，怎么可能让 Derek 的基金有两个臭钱就在我公司里瞎嘚瑟，更别说是为了过世的老婆，居然能够把一个男人搞得忧郁了。做不了上市公司，换股装入我们公司，你 Frank 爱搞科研就搞搞科研，不爱科研，就套现一大笔，全球旅行去，好好治治你的忧郁症，对你 Frank 来说才是最好的出路。哥们怎么就是想不明白呐！现在老天爷把机会给了我，是看好我，兄弟，哥哥我就不客气了，我那屁股后边一堆烂账，全指望这一仗翻身了。无论你和我，兄弟们都没的选择，只能这条路走到黑了。

最近老路和胖子见得比较频繁，和胖子的预测基本吻合，老路当时对马上要到手的股票期权和 IPO 上市过程有点绝望了，结果胖子提的这个方案几乎把所有的障碍一扫而光。更重要的是，注入上市公司后，华益医疗的盘子虽然换了主人，但是胖子答应给老路的条件，几乎无法拒绝：为了配合 Derek 的要求，把其他核心员工的期权对折，把范围从全公司的 50 人大规模缩减到 5 个人，保持他老路现有股权激励不削减。胖子个人保证，上市公司会聘任老路当 CEO 和董事，工资和奖金在现在的基础上翻倍。

老路秒钟之间就把自己的利益算清楚了，上市公司CEO，年薪300万，加股票期权市值8000万到一个亿左右，和目前相比简直就是天壤之别。问题是马上装入上市公司，马上就可以套现，兵贵神速，这年头，谁敢赌长期呀。何况老板动不动就闭关，小心脏受不了呀。

可问题是，老路说，Frank那边，能过得去吗？你看他现在的情况，不知道到底怎么了，半个月了，与世隔绝，不和人沟通。老路早就听说Frank有忧郁症，平常留意过，没觉得有什么，这次是不是加重了。老路忧心忡忡，对胖子面露难色，欲迎还拒，做做姿态。

胖子突然得意起来，Frank怎么啦，最近是不是忧郁症加重了。

胖子的本事是得意但不忘形，哼哼一下，还是挤出了一句，都是女人闹得吧，就没有了下文。

老路惊诧于胖子的信息来源的真实和准确性，和自己猜得差不多，这小子，怎么对一切了如指掌，华益医疗里面他安插了多少人呐，绝不可等闲视之。

胖子眼看几步棋都走到位了，火候差不多了，也就直截了当地把步骤交代给了老路，老路一一记下，分头执行去了。胖子看着老路起身离去，晃晃二郎腿，暗自得意自己的三步棋走的稳稳当当，大有决胜千里之外的气势。感谢上帝，在关上一扇窗户的同时，又给我指了一条明路。如果Frank乖乖签字，让老路代理签字同意这个方案，就齐活了，这一出，戏名应该叫什么，叫李代桃僵，还是叫借尸还魂？借 Frank 的盘子，还我胖子的魂。等这一仗打完，一定进藏去看看我师父，还还愿，减减孽障，毕竟是强取豪夺，逼兄弟就范的事，减寿。

半个月不到，不出所料，Sindy 辞职了，Frank 对申华医药的收购方案签字同意了，确切地说是老路拿到 Frank 的授权，签字同意董事会决议，Derek 当然不反对，董事会通过方案。一个月后，上市公司方面申华医药信息披露了收购方案，香港市场没有涨停板的限制，当天股价飙升了 68%，第二天，第三天，还有基金不停地跟进。上市公司一片繁华。胖子每天听到的都是天涯海角的哥们来的电话和微信，祝贺之声不绝于耳。

胖子高调地在香港金钟万豪多功能厅办了一场答谢宴席，门口一排飘着红彩带的大花篮，大屏幕上一根股票的大阳线，以势不可挡的几乎 90 度角指向天空，鼓点密集，激动人心。胖子少见的西装革履，站在门口迎来送往，香港、北京、珠海的头面人物和机构投资者纷纷上门，胖子茅台红酒香槟一通火力全开，周旋在众人之间，俨然站在了人生舞台的中心，有些头重脚轻，迷糊之间，还不忘往老婆阿朱脸上瞄，眼见得阿朱也笑逐颜开，把酒言欢。这让胖子有了完胜的感觉，这个成就，是我胖子独自完成的，没有借助你们朱家什么力量吧。够爽，透亮，胖子一口干了手中的香槟。

大厅里人头攒动，Derek 已经酒高了，窝在角落里，正和一个发嗲的财经女公关深入探讨人生的意义和他们家在法国的夏屋，他们基金这一仗下来盈利了八倍左右，他自己跟投加分成的部分，让他轻易进入亿万富豪的行列。老路被胖子拽着和香港地头蛇们一个个喝过来，今后在香港混，总要先拜香港的山头和码头吧，今天到场的资本市场大脑袋不少。每个人，无论在这次资本盛宴中有没有分到一杯羹的，都兴意盎然，飘飘欲仙，没有人关心在这次收购中变成上市公司第二大股东的Frank根本没有出现在酒会现场，这么大的市场动静，好像和他这个资产的控股股东没有任何关系，也没有人关心他的去向。

这显然是属于胖子的时刻。

十　九

小雪今天早早起床，昨天下节目已经很晚了，还要熬夜写今天的谈话要点，镜子里自己隐隐有点黑眼圈，最近的事情都凑到一起了，没有时间闲琴野鹤琴棋书画。女人真是不能偷懒，就算是保养，也要有心境才行。小雪轻叹一口气。淡扫蛾眉，用粉底稍微掩饰了一下，来不及吃点早餐，喝了口莲子红枣粥，就匆匆出门了，出门前又抓了一件 MAXMARA 的碎花风衣在手上，今年北京的冬天来得格外的早，十月底，京城已经下了第一场薄薄的雪，尤其是山里面格外的冷。

小雪要去凤凰岭见 Frank，把昨天的一些情况和 Frank 聊聊。不知道 Frank 是不是还是对之以长篇大论的佛经学习心得，无论如何，作为心理咨询师也好，作为好朋友也好，小雪必须把外界的信息传递过来，否则，哪天再过去，Frank 已经持戒了，也未可知。小雪显得心事重重，她隐隐有感觉，就像是自己手里牵着一根若有若无的风筝线，风筝的那头是 Frank，Frank 和外界的联系就靠这根线了，谁也不知道这线有多结实牢靠，但她清晰地知道，这根联系是万万不能断了的。否则，Frank 一头扎进深山里此生不再出来，也是分分秒秒的事。

昨天上节目前 Sindy 来电话，非要见缝插针地过来坐坐，小丫头，半是央求，半是撒娇的，听出小雪话音中还有一丝的犹豫，索性耍赖和威胁起来："好姐姐，要是不见到你聊聊，我今天非要疯了。我要疯了，以后更要天天缠着你，你这大主持人，大名人，大美女，每天跟在屁股后边跟着我这一个嘴歪眼斜的疯丫头抢镜头，那可是长安街一大景观吧，网上一定传疯了，美女和疯子，想想都好玩。"

"停，停，好，咱大白天地就别意淫了，真是拿你没有办法，亲爱的，在我们台对面的哈根达斯冰淇淋店见吧。只给你一个小时哈，我还要花点时间准备我晚上的节目呐。最近忙得我一点都顾不上我自己的业务了。更别说我的书稿，铁定要逾期了，书商一定会杀了我，最近我一直都在躲她的追杀令呐。"

"好嘞，姐，你最好了。我保证，绝对重要的事情，那下午不见不散哈。"

Sindy 超级能缠人，超级能聊，尤其是碰到小雪这样善于倾听的，不聊个风云变幻山河变色的，一般不舍得停机。Sindy 刚刚辞职那会，小雪陪她聊过几个通宵，没合眼。

想起 Frank，想起三个月前的离职，莫名其妙地就被挟持，被置身风暴眼中的 Sindy，心中爱恨情仇就如同火山爆发、岩浆喷涌而出般强烈；好像自己胸中自有万马奔腾，十二级的台风瞬间就可以生成。可这一腔的爱恨情仇，又能找谁倾诉？

幸亏有小雪这个救命恩人，这几个月，是她一直在聆听开导分析，没有她，自己不见得可以撑得过来。真是服了她了，心理大师就是不一样，泰山崩于前面不改色的大男人硬汉，也不见得就能比她把持得住。和她比一比，Sindy 看到了自己的稚嫩和只见树木不见森林的小“镜框”，不过话又说回来了，谁让我 Sindy 是可怜的当局者迷来着，但凡不是因为 Frank 自闭，不是因为自己的年少轻狂和前任拍下的那些闺房密照被无良前男友出卖，不是因为碰到了胖子这样的蛇蝎阴险小人，怎么可能把自己最美好的青春岁月演绎成了这么一盘纠缠不清不堪的烂棋。

眼看着目前局面就要峰回路转，一切向好的方面发展了，可是自己被打碎一地的青春，又有几片可以拼起来，可以找得回来，可以被拯救？天知道。这道伤口何时何地才能愈合，还是会蔓延到无限的人生尽头黑夜里，跟着自己走进坟墓。Sindy 黯然神伤。还是要听听小雪姐姐的分析，听她的，总可以在一团乱麻中理出一个方向。

挂了和小雪的电话后，Sindy 失神地在车里坐了一会，半晌没动弹，僵硬得像是三魂七魄脱离了躯壳，白日飞升，浮在空中如同孤魂野鬼般，披头散发，没有方向地游荡，低头俯视，可见草绿色甲壳虫驾驶座上直愣愣的自己，不觉哀怨，不觉清泪两行。

国际俱乐部门前的停车场，几棵叶子落光的白杨，单薄突兀地迎接着不期而至的狂风，天上的浓云如同翻滚了墨筒，厚厚地卷积，层层叠叠，疏忽间，云卷云舒，有阳光如柱，透过云层间隙，笔直地照射下来，如同聚光灯，打在Sindy车身上，Sindy被阳光刺得睁不开眼，深吸一口气，开始慢慢、慢慢缓过神来。

一口热咖啡，一口巧克力圣代冰激凌，是Sindy的经典吃法，而小雪和Frank的爱好一样，面前一杯清汤寡水的美式黑咖啡，托着腮，看着Sindy大啖巧克力糖浆，轻轻一呲牙，细细舌尖刷过洁白的小碎牙，如同美女蛇嗖嗖地吐信子，冷艳性感。这么美好的年纪，这么美好的女孩，谁能不爱上她呢，小雪暗自感叹，瞬间满眼的感动。

小雪想起了自己的书中写过的一段话：清风明月的女子，碰到明眸皓齿的男子，男色女色只是药引子，是鱼饵，是前菜，稍纵即逝，不可长久。抵抗得了日月磨砺和销蚀的，才是灵魂的纠缠，才是包容的长久。

世间的爱情大抵如此，在Sindy身上也应验了。Sindy和Frank谈了一场倏忽间的爱情。可对Frank，这药引子导出来，究竟是什么样的一剂苦药，谁能说得清道得明。前有叶子，后有Sindy，世事无常呀。

“姐，我现在就是没人疼没人爱的孤魂野鬼了，Frank也不要我，就你疼我了。你不能不管我。”

几个月下来，无数次的见面，小雪已经熟悉了Sindy的口味，知道她的咖啡是焦糖玛奇朵，她的冰激凌是巧克力。这丫头的脾性就这样，多大的事也挡不住她对巧克力的热爱。最近她最喜欢的口头禅是：姐，你不能不管我。

“姐，我找你其实是有实质性进展了，电话里说不清楚。”Sindy突然认真地看了一眼小雪，大口的巧克力冰激凌黑白相间在嘴里翻滚搅拌，冰得还来不及咽下去。

小雪也不言语，手捂着自己的咖啡，感受着温热透过手心渗进身体里，安静地等着她说下去。

“我基本闹明白了胖子北京这边的事了。胖子呀，孙子太他妈的乱了，他在北京有两个固定的情儿，一个住在东四环边上的观澜国际，一个住在亚运村。这两个算是比较固定的，不固定的还拍了一大堆的，最近还重金开路砸进混影视圈了。其他城市的我没让查。北京的材料已经足够了。”

“王八蛋，自作孽，不可活。”

Sindy说话间，把一个牛皮纸的文件袋打开，拿出了一叠照片，这是Sindy找的私家侦探，花了一个月调查出来的报告。

因为托了人介绍，这个调查公司的哥们也是原来体制内资深老警官退休的，只接朋友熟人的活，不对外，属于只在此山中，云深不知处的高手。多亏有小雪辗转托了人打了招呼，结果出来果然不辱使命，时间地点人物和照片，一切一目了然。

“要想人不知，除非己莫为。这胖子够嚣张的，你看，他可以在一个小时前和一个女孩喝咖啡，一个小时后和另外一个女孩吃饭，地方都懒得换。”Sindy比对着照片的时间说。

小雪漫不经心地用一个手指头拨拉一叠厚厚的照片，好像是怕脏了手。也不仔细看。这种人渣多了去了。见多不怪了。“这两个固定的情儿，什么来路，查得到吗？”小雪问。

“一个二外的在读研究生，一个是他们公司原来北京公司的前台，被胖子私有化，放到四环外的观澜湖小区圈养，专业当二奶了。这两个时间已经比较长了，至少有几年了，年轻肉体资本证券化，按照时间卖的典型，甚至长相和张冰冰王冰冰之类的也没啥区别，这样整容填鼻子削脸的人都臭大街了，也没什么特别之处。”Sindy 三句话不离本行，看问题，直接就从背后的经济学原理切入，庖丁解牛般清晰犀利。

现在的科技手段真是够了得，小雪叹服。其中有几张，是胖子贼头贼脑在车里泡妞的，从驾驶座伸长了脖子去够副驾驶上的一个墨镜女，真难为了他那么胖，柔韧性挺好，一身肥肉，把个路虎前驾驶舱挤得满满的，像是捆绑扎实的德国火腿，要从黑衬衣中崩出来。墨镜女顺势揪着胖子的金链子，使劲往自己怀里拽，情不自禁的样子，细节清晰得如临现场。

后几张墨镜女摘掉墨镜，看到的脸更清晰，不就是那个台湾过来大陆混，天天在八卦杂志上晒离婚搏出名的那个清纯女星吗？

Sindy 仔细辨识，发出惊讶的叫声，反过来检查照片上的标示，时间就在前几天，地点和人物，没错果然是她。没一个好东西。胖子八成没少花钱吧，最近股价上涨，虚火上升，有钱烧的吧。NO ZUO NO DIE。

小雪并不惊讶，也不好奇，轻轻地小口喝着自己的清苦咖啡。

世界万象，光怪陆离，欲望横流，人性沦陷，都影响不到小雪孑然独立的人生，她好像有一种能力，能够悬浮在大地三尺之上，脚底不沾世俗的灰尘和恶俗，不合作，不妥协，但更难得的是不离不弃，还保持着对生活的热情。

“他怎么样？好吗？”Sindy 突然把话题转到了 Frank 身上。

“挺好的。”小雪知道 Sindy 关心的是 Frank。

“我上周在寺里待了一整天陪他，他看起来挺健康的，脸色也红润了不少，话还是不多，但看得出来说话有了底气，不空了，心情平静，心态也很好。”

“每天四点钟就起来，四点半早课，然后是早斋、缘念、出坡，打扫卫生、搬石头，他们最近在修缮龙泉寺前大殿。干到十一点收坡，用午斋。午斋后，到寮房午休半小时，下午两点准时出坡干活。Frank 分到的工作是用镐铲坚如磐石的冻土，然后将冻土废料运走，主要目的是把冻土坡铲出一条楼梯路，方便上山的行人。”

“你要在现场看看，肯定认不出来他的样子来，虽然是俗家居士，大和尚交代僧众的衣服鞋子给他换上，衣服鞋子上都是汗渍山土。铲累了，就地歇一会儿，接着把铲下的土装到袋子里，运到冻土坡上面去。就这样一直干到下午四点四十左右，洗漱、休整一下，然后是晚课、药石、拜忏、休息。每天周而复始，生活非常有规律。”

“我们上千人的大董事长，基因科学家，铲土……”小雪有些唏嘘。

“我们的计划，你和他说了吗？” Sindy 关心上次小雪和 Frank 的谈话结果。

“都说了。”

“他怎么说？”

“Frank 说：小雪你看这句话，我抄在笔记本上的，‘欲知前世因，今生受者是。欲知后世果，今生作者是。’意思是说，人在世间说到底也就是一个报身，是来受报的，是验证了前世因；不顺心的人事物时，那是自己的福德不够，只能感召来这样的人事物，一切的一切，因果环环相扣。今生所有的相遇，都是久别重逢，珍惜生命中的每一个人，广结善缘，化解恶缘。烦恼来自我执，我执必然是我苦，去掉我执，才能发大菩提心。”

Sindy 惊讶地半天合不上嘴，突然间泪就下来了，她显然还没有心理准备听到 Frank 会用佛学回答她们仔细讨论，甚至处心积虑模拟了各种可能性的计划，难道他说的因果是说自己吗？ Sindy 立刻被心中浮现的一个问题吓住了，不由得脱口问道：“他学佛学得这么深入，他不会真的皈依持戒吧？”

小雪显然也被这个问题击中了，有那么一瞬间，她慌乱得像是被狂风席卷的一片碎纸，无本无根，更没有方向。她张张嘴，没有说什么，只是垂下眼帘，一种深深的无力感瞬间攫取了她，让她无力思考，像是有力的大钳子箍住了她，她想说些什么，只是说不出来。脸色苍白得不能自己。

Sindy 被小雪突如其来的表情吓着了，她前一秒钟还沉浸在自己的悲伤里，突然，她发现，她面前的小雪老师，像是脱离生命水源的金鱼，绝望地张嘴，急促地呼吸仿佛不存在的氧气。

Sindy 闻到了绝望的气息。

小雪掩饰不住的表情已经出卖了她，她也爱着 Frank 对吧，是的，她也爱着 Frank，Sindy 悲哀地想，心底弥漫了更多更浓的愁云。这一切，就凭她们两个相对无言的女子，又能改变多少呐？

沉默中，Sindy 吃力地蹦出涩涩的一句话：“Frank，他，有没有提到我？”

没人会知道 Frank 为什么在关键时刻签署了授权书，竟然全权授权老路对资本运作的方案投票，自己则飘然到北京海淀凤凰岭下的龙泉寺带发修行，挂单作居士。

“点亮佛前灯，熄灭心火，愿此大智慧，照破无众无明，南无阿弥陀佛。”这是 Frank 微信圈朋友里发的最后一条短信，自此手机一关，再也没有更新过。

北京海淀的凤凰岭也不是名山大川，倒是正应了那句话，山不在高，有仙则名。凤凰岭下有座并不宏大也不壮观的古寺，历经千年，到清代已经破落萧条，残垣断壁，香火惨淡如张继的诗所写，“白马驮经事已空，断碑残刹见遗踪。萧萧茅屋秋风起，一夜雨声羁思浓。”

十年前，有大和尚法号“学诚”，白手起家，择凤凰岭而栖，以拓荒的精神，不畏艰险，复兴了龙泉寺。

佛陀祇园精舍传法，孔子杏坛弦歌讲学，大和尚弘扬佛教积极入世、普度众生的精神，龙泉寺格外注重“准佛子”的教化，经常举办精进共修法会。召集有慧根的俗家弟子，精进共修，读诵大乘经典，大和尚开示，传授皈依，吉祥普佛，蒙山超度，八关斋戒，供灯发愿，善行实践。北京的芸芸众生有慧根的倒是有了福报，有了可以修行的精神家园。

Frank 是几年之前就被协和一位大师兄拉着，参加过寺里法诚大和尚的共修课，当时心下欣欣然，平静如湖水，就觉得很是欢喜，自觉和佛法还真是天然有缘分，从此也和法诚大和尚结了缘，长久以来，一直念念不忘，来往不断。Frank 还向叶子推荐过龙泉寺的共修课，叶子心性好玩好动坐不住，去寺里听过一次课，就再也不来了，无奈，是个和佛法无缘的人。

在和小雪促膝长谈，心理治疗的过程中，Frank 不否认自己可能是很多症状杂陈，但小雪说他主要是忧郁症有反复和加重的趋势，他也不反对，但他反对依赖西药治疗的方法。

“作为医生，我知道忧郁症的严重后果，如果不控制的话，生活不能自理的，自杀的都很多。川端康成、张国荣、罗宾威廉姆斯不也自杀了吗，你看奶爸罗宾威廉姆斯多喜兴。我有忧郁症，应该是基因决定的，叶子和 Sindy 都只是外因，我承认，目前越来越严重了，我也承认，但我很清醒，目前情况继续恶化的话，我也不会比这两种情况更好。”Frank 顿顿，接着说，“但是，医生出身，我也很清楚目前抗忧郁的西药对神经系统的严重副作用。”

“小雪老师，我决定还是试试中国传统智慧的佛教，心病还是心药医。我和佛法有很亲近的相通之处，有召唤感，影影绰绰的，我感觉得到，精神层面的。”

“命里该有终须有，命里没有莫强求。”

Frank 说这句话的时候像是在给自己的病人开处方，置身事外的平静，甚至是淡漠，正常得不能更加正常。Frank 自己做医生的时候从来就不是个背教科书，靠切开病人肚子练手艺的庸医，Frank 自己的工作，也让他清楚目前阶段人类的医疗技术基本就是个精神安慰，人类 90% 的毛病，还是要依靠自己身体的免疫系统保佑。

高智商只会让忧郁症更加复杂，Frank 的平静让小雪无法拒绝他的方案。毕竟，你面对的是一颗人类基因密码研究领域全球类似前一百强领军人物的头脑，何况，包括佛家在内的宗教也的确是让人平静下来，治疗心灵创伤的最好方式，没有之一。小雪明白，至于科学和宗教的关系和逻辑，多余的解释和讨论，也都流于空谈，不能免俗。

高手之间的最高交流状态，也应该就是相对已忘言的境界。但隐隐的不安，让小雪又不得不点透些什么。

“佛家道理毕竟是出世的学问，专注在灵魂层面，用来研究和学习，自然是好的，真的以宗教的态度对待，信奉，皈依，不见得能适合你，毕竟，你的基因研究讲究的是格物致知的道路。”小雪小心翼翼地说，一边看着 Frank 的脸色。

Frank 脸上出现了复杂的表情，微笑中有些许僵硬。Frank 说：“这倒也是要讲究缘分深浅的。如果缘分不到，学习佛家也就是修身养性，怡养性情的成分多；如果机缘巧合，可以皈依，倒也是福分，对我来说，可遇而不可求。”

Frank 脸上复杂的笑容后来一直留在小雪的脑海里，数天挥之不去，让她的分析能力也无处施展，笑容里有无奈，有放任，有向往，有迷茫，似乎还有羁绊，似是而非，五味杂陈，不一而足，说不清的意味在里面，每每让小雪回味咀嚼又百思不得其解。Frank 的决定，治疗自己的忧郁似乎是出发点，但好像有发散开了，没有了这层的功利目的，这让小雪困惑，进而变得越来越担心。

“我要找到前行的力量。”Frank 一字一顿地说。这几个字撞击了小雪的耳膜，让她激动地希望立即起身去拥抱他，亲吻他的额头，让她浑身温暖起来，让她薄雾蒙上眼球，她甚至想哭，但她用平静来控制中内心翻腾的情感，只是用手理理眼前的刘海碎发，也一字一顿地说：

“我会陪你慢慢走。”

二 十

香港媒体的嗅觉、胃口和速度都是世界一流的，他们的时效性和抢新闻如同抢命的精神，倒是很好地诠释了自由市场机制的效率和靶向的精准。长久以来，香港的媒体业呈现西方的新闻精神和东方文化传承两个方面，东西合璧，兼收并蓄，值得尊敬。奈何，互联网大潮来袭，摧枯拉朽，香港媒体的媒介创新方面近年来，反而比不上大陆了。

当阿朱两地牌照的丰田保姆车刚刚过关深港口岸，回到深圳，《经济日报》《苹果日报》《大公报》财经版的记者都像打了兴奋剂，电话执著地一波一波进来。阿朱索性关了电话。

从香港回来，她的当务之急是如何抢在新闻媒体铺天盖地的炒作出现之前，把这一切的来龙去脉向家中的老父亲解释，家丑为什么外扬，取得老先生的支持，其他的都在次。说服老爹，阿朱倒是有比较大的把握，话说阿朱是家里的半边天，其实是大半边天，房地产生意那边老爹从来不让胖子插手，但很多事却是要阿朱打理。老父舐犊情深，何况阿朱还是青出于蓝而胜于蓝，是老爹一生的骄傲。这件事更是涉及阿朱的婚姻家庭生活，冷暖自知。下一步如何走，本来也是阿朱自己的事情，去留也是阿朱的取舍。还好阿朱、老吴两人没有孩子，决策时也容易点，否则，这打断骨头连着筋的事情，要复杂多了。

想到这里，阿朱心里五味杂陈，环顾自己的亲戚朋友的都是儿女成群，过年过节，朵朵花儿一样的小脸，让阿朱亲不够。父亲那一辈的兄弟姐妹也多，说明他们老朱家族的血脉旺盛，怎么轮到自己就命运不济，摊上胖子这么一个没有生育能力的主。一个女人平白无故就被剥夺了做母亲的权利，从来就是阿朱心中的无法化解一个死结，自己的老公没有能力也就罢了，居然还在外边妻妾成群，女人一个都不少搞，真是把我当做聋哑人欺负了。

要说当年夫妻本是同林鸟，还有创业艰难相互扶持的情分，没想到，树苗刚刚长大，老吴你就变了脸，真够快的。是我阿朱找上的你，老吴你当时就是穷小子销售一个，我自由恋爱，我死活要你，我咎由自取，老父亲也没话说，如今，时过境迁，老吴你飞黄腾达了，做出背信弃义的事情，还指望我忍气吞声，打掉牙和血吞下，可能吗？我阿朱是白痴还是无能，由着人这样欺负，骑在头上拉屎，还有没有天理啦。

算了，算了，基本信任的基础已经打碎了，这近二十年的夫妻缘分，我看也是尽了。干脆两清吧。你尽情耍你的大千世界，耍你的女明星，我也要对我的人生负责，我阿朱岂能把自己的宝贵人生和这个从芯开始坏的烂苹果绑在一起。

果然，香港媒体没有任何的拖延，得到消息后，确认，采访知情人，不眠不休地加班统稿。第二天一早，大量详实的报道铺天盖地地出现了，经济日报有两个整版的报道，旁边还配发胖子在香港证监会楼前下车掩面突破记者长枪短炮阵的大幅彩照，照片中的胖子眼中有惊魂未定的仓促落败感，报道大幅标题：《证监会立案调查申华医药董事会主席吴忠内幕交易，挪用上市公司资金》。

壹周刊的封面则是劲爆的胖子偷情照片，标题更加直接，申华医药董事会主席吴忠偷情被拍，太太阿朱大义灭亲举报，证监会启动调查吴忠内幕交易，下面的副标题是独家披露十五张偷情照片，×× 女星被曝光。×× 女星情史的报道，又追加了一个深度报道。

这么刺激香艳的新闻，有偷情偷拍，有女星肉金，有夫妻反目举报，还有上市公司的内幕交易，无疑是互联网的饕餮大餐，海陆空齐全，一时间，力压当天上演的变形金刚第 N 集影讯和普京派兵乌克兰消息的风头，站上各大门户平台和 APP 头条，朋友圈里被转发得风生水起，跟风的分析和小道消息，胖子的情人榜，迅猛袭来，一浪高似一浪。

除了大量小道消息，其实媒体拿到的真材实料都是阿朱准备好，通过公司 PR 给到新闻渠道的。媒体挖不到的，是阿朱在去证监会之前，就已经到中环长江中心律师楼签署了法律文件，以信托持有人的名义，把持有申华医药上市公司 42% 的股权家族信托中受益人胖子老吴的收益权停止掉了。

家族信托的设计还要追溯到阿朱父亲老朱把药厂彻底交付给胖

子老吴和阿朱的时候，这是前提条件之一，虽然阿朱和胖子结婚在即，胖子也对药厂发展贡献巨大，阿朱和胖子的股权比例被老朱设计成为 50 对 50，如果两人有孩子，孩子成年后，由父母重新决定股权比例。就目前，为了不产生公司治理僵局，股权交给信托，信托中老朱家的人也就是阿朱是受托人，但由胖子任董事长，这样两人各抓一头，都能有发挥，也算是平衡，老朱才能放心。

当时的阿朱，其实心下还有些不以为然，认为既然结婚吗，夫妻之间不见得要讲这个，反倒是胖子无所谓，毕竟这药厂是老岳父一手打下来的天下，自己也算是鱼跃龙门，在这个新的台阶上发展，他怎么也不会太差，所以满口答应下来，直到后来的重组上市，这个信托架构也一直延续下来。

话又说回来，时移境迁，申华医药发展越来越大，胖子也水涨船高越来越膨胀，这个信托架构像是紧箍咒让他越来越不舒服。老丈人老朱掌控的房地产利润何止药厂这边的十倍，没胖子什么事，不让他插手。信托的股权虽然也可以质押换成流动资金，但总也受制于阿朱监管。上市是我胖子搞的，上市后的并购也是我一手导演的，我胖子也算是资本市场半个大拿，凭什么在我这头鳄鱼脖子上拴一条链子，让我不得开心颜。

虽然打掉牙往肚子里吞，胖子不能说什么，但这一直是胖子的心病。为了绕开这个心腹大患，胖子搞了很多的外围设计，可谓煞费苦心。比如控制上市公司的 CFO，明修栈道暗度陈仓，架空阿朱的财务控制，方便为自己在上市公司体外的业务提供资金；比如这次上市公司的并购，他还让自己的江湖兄弟提前在二级市场布局了将近三亿的资金提前进入申华医药的股票，上市公司信息披露后，逐渐出货，去掉融资成本和三元桥地产项目的高利贷，胖子自己净得了五亿之巨。

也正是这一次并购，让资本市场的溢价和股价狂飙为胖子提供了资信证明或者说信誉担保，也让北京福汇公司的老沈对胖子刮目相看，又同意宽限了两个月的交易周期。这两个月对胖子来说也是至关重要，他在这两个月里多折腾两家险资进来竞价，价高者得，让他把老沈加上的两个亿成本成功地转嫁了出去。这样的一进一出，杠杆效应威力放得很大，他在三元桥项目上赚足了六个亿。

短短不到一年的时间，胖子从四面楚歌、背水一战的绝境到手握十个多亿的现金，遑论他在信托中的收益权翻倍了还有十来个亿，人生大赢家莫过于此吧。钱还是小事，胖子一战成名，他在香港资本市场和医药行业的江湖地位就此确定了，风光无限。

至于老王、昔日兄弟 Frank 该在哪儿呆着在哪儿呆着吧。一将功成万骨枯，这难道不是万古不变的定律吗。兄弟不兄弟的，胖子一路走来，身子底下压着兄弟的尸骨还少吗？多 Frank 一个不算多。

“我老吴的胜利就是达尔文沙文主义的胜利。”胖子在一次喝酒喝大了，拉着身边组织文章吹捧胖子收购的财经杂志的主编，推心置腹地说：“是符合马克思主义哲学的，是符合黑猫白猫论的。”胖主编也喝到位了，谢顶放亮的脑壳上硕果仅存的几根长头发不在中央好好呆着，歪倒了另一边，像是插在耳朵上的羽毛。

“对，对，吴总，您是长袖善舞的资本市场领袖，你们在基因研究领域的突破，造福全人类呀，中国上市公司里面境内境外也是绝无仅有，中国的google，老弟我佩服呀。来，来，敬酒呀。”胖主编招呼桌上的财经女记者，广告部美女公关起立，蜂拥而上，发动了又一轮的敬酒高潮。吴总一饮而尽，胜者为王，败者为寇，天经地义呀！胖子喝的舒坦的时候，万万想不到的是，自己的人生巅峰，居然被几个女人合力釜底抽了薪，瞬间进入了万劫不复。

当阿朱在律师楼冰凉的大皮沙发椅子上翻看大律师Simon准备好的一摞信托材料时，细细思量，反而要感慨老父亲阅人无数和江湖沧桑，对跑江湖做销售的女婿有关键的一点把控，别看这只是棋高一着，还真是有先见之明的大智慧。

不然，目前的局面，倒是应该如何收拾？

律师楼窗外阳光清澈，维多利亚湾的天空中，风云际会，这么美丽的城市，有多少财富，就有多少的人性故事上演。阿朱沉静地拿起沉甸甸的万宝龙钢笔，唰唰地在信托文件上签上了名字，一气呵成。阿朱仔细检查没有遗漏，才拢起文件，整理好，轻轻放回桌上，很有仪式感的样子。

这笔一下去，多少的恩怨情仇，儿女情长，多少的时光，一笔划断，一去不再回头，阿朱现在反而心里坦坦荡荡，波澜不惊。

Simon大律师很绅士地把阿朱送到电梯前，体贴地摁好电梯键：“朱小姐，您放心，我们会很快通知吴忠先生，他作为信托受益人的权益已经被停止了。”

阿朱点点头："离婚协议书的事情，也请Simon大律师多关心，我要出差去趟北京处理公司事情，其间有问题请直接联系我，拜托了。"

过去阿朱倒也不是对胖子在外面彩旗飘飘毫不知情，或者说毫无心理准备，而是懒得去管，胖子一个大男人的，在江湖上做销售的，难免有逢场作戏的情况。

但当阿朱第一次看到这么多详实的偷情第一现场的照片和眼前这个伶牙俐齿、一口京腔的姑娘Sindy时，还是被震惊得麻木了一般，一时间，茫茫然不知所措。

"是，这是我先生，吴忠。"阿朱多年的商场起伏，立刻让她平静下来，先处理好眼前的一切，其他都是后续的事，可以慢慢来。

"请问小姐，你找我的目的是？你是老吴的？"

"吴太太，您不要着急，我不要你的钱，也不是老吴的情人，我就是来把情况告诉你的。"

面对阿朱的满脸狐疑，原本打好腹稿的Sindy，放缓语速，慢慢道来，给阿朱一点点的缓冲时间。

"你们上市公司三个月前定向增发收购了北京的华益医疗对吧，我就是华益医疗的董事局秘书，前董秘。我的另外一个身份是我们董事长的女朋友。您别误会哈，我和我们董事长都是单身，我们是那种，真正的男女朋友，恋爱关系。"

Sindy说到这里的时候，自己反而像感到心虚似的，停顿一下，自己又强调一下，生怕阿朱想歪了。

阿朱突然对上号似的："喔，我听 Frank 说过你的，而且，他也说是他的新交的女朋友，超级能干的，叫 Sindy，不过他没说你是华益医疗的董秘。"

"是吗？" Sindy 眼中有火花一闪，随即又熄灭掉了。

"其实，我们两个本来好好的，还是老吴介绍我去华益医疗工作的，但也是老吴把我和过去男友在一起的照片发给了 Frank，把我们的关系给毁了。" Sindy 眼圈立刻发红了，不由得清清嗓子，把情绪压一压。

"是吗？为什么？他为什么这样做呢？"

"胖子这样做的目的是多层的，一方面，他只是华益医疗的小股东，Frank 一直不同意，他也没有办法收购华益医疗；另外，我们公司正面临着董事会僵局，基金股东不同意 Frank 推动的股权激励计划，认为给核心科研人员的股权比例过高，动用小股东条款，反对启动香港 IPO。"

"胖子联手基金和公司总经理老路，逼着 Frank 同意把公司资产并入申华医药，同时，拉拢我不成，为了排除掉我的干扰，就把我和前男友的照片发给 Frank，破坏了 Frank 和我的关系，让我在公司里和 Frank 面前也无法立足。"

"不知道你是否清楚，Frank 前妻叶子车祸去世就导致 Frank 有过一年左右的忧郁症，病情时好时坏的，这次的照片门事件，又让他又陷入了忧郁症的漩涡，不能自拔，他感觉自己不能领导公司了，为了自己公司上百员工的股权，为了公司不散，就授权老路按照其他管理团队的意见，同意把华益医疗并入了你们上市公司了。”

“你们老吴一手导演了整个的重组大戏，也把他的好哥们Frank毁掉了，现在还不知道Frank能否恢复得过来。他现在在北京郊区的一个寺庙里面做了居士，两耳不闻窗外事。”

“Frank出家了？”

“不，目前还只是居士，他目前的抑郁症和身体状况，也不允许他立刻皈依。他要过渡很长一段时间观察，才能确定可否加入僧众。”

阿朱听得目瞪口呆，她看着眼前的这个小姑娘，像是听到天方夜谭。她原本以为这是个桃色事件的受害者或者是别有居心的小三打上门来，或者是要钱，或者是要人，没想到背后还有这么多的恩怨情仇，还和上市公司并购扯上关系了。

对华益医疗的并购，之前她也是有一大堆的问号，为什么华益医疗同意并入申华医药？胖子挪走的上市公司的钱又从哪里周转的？其实胖子在外边问朋友借的高利贷，有人告到阿朱这里来，后来阿朱再问的时候，好像胖子已经还上了，他哪来的钱？Frank是华益医疗的灵魂人物和导向，为何在并购后把董事长的位子让渡给了职业经理人老路，自己甘做一个二股东？今后上市公司的基因研发由谁来领导，何以为继？这些问题，胖子从来没有正面回答过她。

Sindy的故事好像能回答不少的问号，等等，好像还是有些不能理清的地方，心里转了九曲十八个弯，但阿朱看起来脸不变色心不跳，好像主神归位，五行妥帖。

“那，你的目的是……？”

“我没有什么目的，我也是整个事情的受害者，完全无辜的，胖子抛出来的牺牲品，用于心理上摧毁Frank。现在，公司被老路和胖子联手把持，Frank成了居家修行的上市公司沉默股东，总要有人把这一切闹清楚吧。这个年代好人可以被玩死，我们可以善良，但我们也还没有笨到怎么死的都不知道吧。而且，我想你也有权利知道姓吴的这个人的真实面目，作为他太太。”

阿朱看到Sindy激动的小脸通红，话说得越来越快，不知道会有什么更多的话出来，局面不能失控，赶紧截住。

“所以，你是以其人之道还治其人之身，好吧，我知道了，小姑娘，你有联系方式吗？我也可能会再找到你的。”

阿朱的干练和镇静，远出Sindy的意料之外，整个一个泰山压顶，举重若轻呀。

这个女人不简单。Sindy心底由衷地叹服，又无限地好奇，如果换了是我碰到这种事情，有人拿着材料当面告诉你你老公的真实嘴脸如此丑陋，我又如何做得到若无其事，按部就班，纹丝不乱。Anyway，她会拿胖子怎么办？

“那，这些资料……”

“这些资料我拿着。”

“那你准备如何处理……”

“我怎么处理是我自己的事情和我们的家事，就不有劳Sindy小姐过问了。”

嘎嘣脆。掷地有声。

阿朱声音里的权威性当时就 hold 住了 Sindy 往下探讨的欲望。

目送阿朱背影消失在太平洋咖啡出口的人流中，Sindy 一时缓不过神来。曾经和小雪讨论过的各种场景种种可能，落荒而逃，大哭大闹，撕掉照片，严词拒绝，痛哭流涕，甚至要叫救护车等戏剧场面，都被阿朱的平静给吹得烟消云散，太小儿科了，不在一个等量级。英明神武料事如神如小雪老师，也预测不到阿朱的反应居然是——没有反应。

“真是人生榜样呀，学到了。”Sindy 打给小雪时候的第一句话。

“她会如何动作？难道就此忍气吞声，息事宁人？”

电话中，小雪也无从判断，不知道。“天要下雨娘要嫁人，由她去吧，我们只是做到了自己要做的，你也发泄了，玩够了，回来吧。”

“恶有恶报，你总是相信的吧。”Sindy 似有不甘，恨恨地说。

“卑鄙是卑鄙者的通行证，高尚是高尚者的墓志铭。看欢愉的城市，金色的天空，扭动着无数无辜死亡灵魂的倒影。”小雪在电话里胡乱拼凑剪裁着那位死去现代诗人的碎片诗，自己发梦呓的样子。

两个女子不约而同听到了电话里对方的一声叹息。大家都很沉重。

这是北京今年冬天的第三场大雪，天寒地冻，大雪洋洋洒洒地连下两天，第三天的早晨，还有碎雪零星地飘下来。

龙泉寺大殿前的小广场一早就被僧俗众弟子打扫得干干净净，倒是方砖缝隙间的碎雪残冰，仍然让人一步一滑。山里的风倒是有钻进人骨头里的劲头，往袍子里去。

法诚大和尚处理完寺务，今天破例没有和众弟子午斋，顶着风，向居士这边的院子走来，俗家居士也是午斋的时间，空空荡荡院子里回廊下，只孤单地站着 Frank，小雪送来的黑色风衣裹得紧紧的，苏格兰方格子围巾严严实实护住脖子，向风而立，围巾风衣的皱褶处堆了些许的碎雪花，可能在寒风中立了很长的时间了，等着法诚和尚道别。

Frank 见到大和尚过来，迎上来，躬身行礼："阿弥陀佛，见师父一面，就此要再下山去，完成尚未完成的研究工作。"

"也好，Frank，完成你要完成的，你的工作也是人间善行，记得佛陀的话，向佛不是向外界需求，是求诸于自己内心的。在家人的有在家的修行佛法，要认清自己的缘起，研究做得好，造福人类，多在其中修'观功念恩'、'反观自省'等功课，就是善业。"

"忧郁病症缓解了吗。"

"好多了，心境好了很多，在寺里叨扰这几个月，为师父添了很多麻烦，弟子道谢！"

"我这里有个手书的条幅和一幅画要送你。"大和尚颔首点头示意。

Frank 背过身子，挡住风，展开手卷，上好的徽宣，墨迹鲜亮，力透纸背，是唐代白居易的诗一首：

湛湛玉泉色，悠悠浮云身。闲心对定水，清净两无尘。手把青筇杖，头戴白纶巾。兴尽下山去，知我是谁人。

落款是，唐白居易题玉泉寺，送弟子郭东平居士同修，法诚法师。

展开画幅，见是达摩祖师着红衣在松下观鱼，取意：欲观鱼者，未见鱼，而先见水。欲观佛者，未见佛，而先见心。上有题跋，有余。

Frank眼中有火焰一闪：“太巧了，昨天弟子也写了一个条幅，压在房内桌子上，本来是托法研师兄转送师父的。”大和尚点头，说话间，随Frank移步房内，果然书桌上一封牛皮信封，抽出来条幅，上书：

致法诚法师：

东宫白庶子，南寺远禅师。何处遥相见，心无一事时。

弟子郭东平敬上。

大和尚合掌："阿弥陀佛，善哉善哉。也是白居易的诗，好得很，我等着郭居士心无一事的时候。"

Frank步出龙泉寺的山门，下面停车场有一辆的黑色奔驰SUV500早在外边等候。司机抢上几步，打开车门，小雪笑意盈盈地下车来迎上来，把Frank的双肩包递给他。

小雪今天大红的对襟大衣，黑色袜裤，黑手套，防止雪盲的大墨镜，在天地一片苍茫雾迷的白色之间，分外温暖，甚至有点喜兴。

"手机和手提电脑都在里面了，还有药。"Frank并没有接包，上前轻轻地拥抱了一下小雪，盯着小雪的眼睛。

"谢谢，这大雪，让我的脑子分外清醒。"

"谢谢你，小雪，这么多年，没有你，我都不知道现在会是怎么样的。"

"你看我吧，就是被女人拯救的命。"Frank不忘自我揶揄，找个台阶下。

"我们在外边走一会儿吧。"Frank抽抽鼻子，大口呼吸着，山中雪后的新鲜空气，沁人心脾，令人身心轻松，活力倍增。

"好呀！"小雪显然被Frank的心情感染了，和Frank并肩往山下走去，让奔驰跟在后面一点点慢慢地挪动。

"Sindy那边怎么样了？"Frank关心地问。

"嗯，谈得还行，人家姑娘早就有心理准备吧，只不过还是希望听到你本人亲自告诉她，打个电话也行。她需要亲自向你解释照片的来历和她的那位因爱生恨的前男友，如何龌龊地被老吴利用的来龙去脉。她说她就要求一个解释权，否则，就成了她一辈子过不去的一个坎。”

Frank 点点头，自言自语似的：“我会给她打电话的，无须解释什么，Sindy 也是受害者，她又没做错什么，只不过，缘分未到，不可强求罢啦。我倒是还指望她做回上市公司的董事会秘书职务，毕竟，我对上市公司的程序不是很明白，需要她的帮助。”

小雪把一份香港报纸递给 Frank，上面有申华医药的信息披露，上市公司董事会宣布任命郭东平先生任董事长和首席科学家；同时，董事会也通过了管理层和核心技术人员新的股权激励计划方案，提交股东大会的通过。

“阿朱上周上山来和我谈了一个小时，话说得很清晰。之前只是认识，从未深谈过，阿朱绝对不是一般的女人，心胸豁达，思路清晰，一点都不拖泥带水的。”Frank 说，“她说既然申华医药和华益医疗的合并已成定局，只要我同意，就由我出任董事长，没有我，上市公司的基因研发也就没有方向和美国资源，群龙无首，就会乱。上市公司股权激励计划的设计听我的，只要我同意，她不介意转让一部分股权，或者定向增发股份给我，把大股东的地位让出来。”

“我拒绝了阿朱的好意，只同意新增发一部分股票给现有的管理层和团队，本来这也是和大家的承诺，因为基金反对，没有成为上市公司并购的一部分，公司内部谣言四起，人心涣散，团队岌岌可危，需要凝聚人心的东西。我和阿朱的股权都按照比例摊薄，自己对股权不在意。这样阿朱还是公司大股东，股东排名没变。”

“阿朱听完，默默不语半天，她说，虽然和老吴在走离婚手续，她还是要代老吴对这一切的变故道歉。虽然道歉很无力，于事无补，但还是希望我能原谅他，老吴辜负了我，也辜负了大家，他也会有他应得的惩罚报应。”

Frank 说，“所谓人间正道是沧桑，缘起缘灭，自有天道。他毁了我和 Sindy，毁了我们的上市进程，甚至我们的公司管理团队。我不恨他。老吴做的，不论出发点如何，也只是外因。心境能不能控制，到底还是自己的事。我在佛法中找到了控制缓解忧郁症的方法，让我可以在研究领域再奋斗个二十年，也就足矣。每个人都有自己的人生使命，有人离开了，有人回来了，就像画一个大圆，恩怨得失，不能算计，我们都放下吧。放下后，大家都轻松。”

小雪听得入神，点头补充：“以阿朱的智慧和胸襟，她应该能听得明白你的意思。”

“老吴那边怎么样了？”Frank 瞄了一眼报纸。

“报道说最近被保释了，检方进入了起诉程序，律师团说老吴的两个罪名，最低也应该会判五年，同时罚没非法收入。老吴有的是钱，可以请到香港最好的经济领域证券法刑事辩护律师团。”

“五年后再说吧。”Frank 意味深长地说。

说话间，小雪脚下没踩结实山道上，不由打了趔趄，Frank 一把挽住了小雪胳膊，稳稳地，帮小雪找到重心。旁边有个大个子的好处就是天塌下来，总有人顶着。小雪笑道：“这路，不好走，真滑……”

说话间，抬头看前方的茫茫雪国，不知道何时风渐渐小了，大片的雪花，纷纷扬扬飘下来，山上山下，山舞银蛇，原驰蜡象。从山上看北京城，银装素裹，被大雪淹没了似的，天地间混沌如同回到了人类创世纪之前。

［全文完，2014 年 8 月 25 日，完稿于北京至香港旅途中。2015 年 5 月 13 日，第二稿于北京。］

后　记

有一段时间，我对一切底层有星巴克或者太平洋咖啡的写字楼，怀有不分青红皂白的好感。在谈项目、会朋友的时候有地方歇个脚，忙里偷闲一下，补充点咖啡因，充充电，精神的，还有手机的；还可以顺便鉴定一下来店里补充咖啡因的这个写字楼里活色生香的美女质量。

坐在咖啡馆里，沸腾人声环绕中，我还可以写点字。

越是热闹，越是能够写得进去，或许是因为我写的本来就是人间烟火，或者更准确点，是资本市场的这个小圈子里面的人间烟火。

要一个男人承认自己已经步入中年，在心理上，也不是一件容易的事情。掐指一算，渐入中年，资本市场的职业，我也做了十年有余了。从美国回来后，做资本市场律师，做互联网行业投资，做顾问，做公司董事，做教授，各种角色，扮相不同，角度不一样，但都在资本这个圈子里面兜来兜去，倒也没有游离得太远。

男人最好不要在四十岁前自作聪明，把人家的一生一世都在四十年里过完了，否则，四十岁后就该活得懈怠了、焦虑了。

当我站在北京东三环中路 1 号 20 层办公室的落地窗前，俯视脚下三环车来车往，更多的是惶惶然，不知道自己的四十岁，如何做到“不惑”。于是，就在各次飞行途中，写完了这部小说。全当用文字，对这么多年沉浸其中的资本市场来一次全景扫描。

这部小说起于北京的一场车祸。

或者你把人生看成高速路上一周七天每天二十四小时的驾驶，一时的疏漏和走神，或许没事，压线了，调整一下，一切仍然如常；但也可能，瞬间就天翻地覆，从此，物是人非。

这些年，见了太多资本市场的跌宕起伏，每天早晨睁开眼，这厢有人“起高楼”，莺歌燕舞地宴宾客；那厢里，就有人“楼塌了”，众人兴冲冲地赶来推墙，瓜分完毕，又一哄而散。华厦美服，残垣断壁，多少的红尘情事，惆怅其中，缘起如朝露，去散如烟雨。

尤其是当下，泡沫汹涌，人潮聚散。老面孔拒绝离场，顽强地把握着麦克风，新鲜人粉墨登场，急吼吼地，嚷着划分山头。套路还是那个套路，一直没有变过。

我的小说自不量力地自以为是，负隅顽抗着这些现实，把韧性十足的现实面粉加点温情的水，就捏成小说中的这些人这些事这些规则。可能，也只有这个规则，可以让这个坚硬的现实变得些许温暖软润起来。

这本书的美女编辑 Sunny 淡淡说过一句，这本书乍看之下，就知道是出自做专业的人之手。故事能讲出来的，都是表面文章，表面后面的文章，是要靠点想象力的。让现实自己描述，自己说话，是最自然的方式，也是我的初心。我的文字就像是出家人摸佛珠，一颗一颗地摸出来的。至于其中一些文字，是不是过于专业了，过于详细了，姑且算是专业人士小说中的一点非专业特色吧，我打算保留着，也就不删掉了。

于我自己，文字往往能让我迅速地钻进自己脑子的回路，自己的灵魂庇护所，让我在喧嚣的人群中立刻屏蔽周围的人声。把笔一搁，我可以和我很多熟悉的人和事，从此相忘于人生荒漠了。

人生本无意义，我们无非生而追求它的意义罢了。

我刻意地要走进人群中，否则，我一个人，也抵挡不住，这铺天盖地的孤独。

不离烟火，不入神殿。

对我是最好的状态。

是以为后记。

最后，还要注明一下，本书中引用的著名诗人陈先发老师的诗《古老的信封》，在其他的地方还没有发表过，承蒙陈老师看得起，算是在我的小说中首发了。另外书中还有个彩蛋，我在小说中引用陌陌 APP 的开屏诗，其实是陌陌 COO 章敬平先生的大作，我甚是喜欢，也引用在小说里面，包括这本书的名字《不惑》也是敬平兄所取，敬平兄是挚友，也是我的文学领路人，没有敬平兄的力推，这本小说不知道要在我的电脑里沉睡到猴年马月呐。

此处，一并致敬。

景岗

2016 年 5 月 27 日于北京